SCIENCE FICTION

Herausgegeben
von Wolfgang Jeschke

Ein Verzeichnis aller STAR TREK-Romane
finden Sie am Schluß des Bandes.

STAR TREK
DEEP SPACE NINE

NATHAN ARCHER

WALHALLA

Roman

STAR TREK®
DEEP SPACE NINE™
Band 12

Deutsche Erstausgabe

WILHELM HEYNE VERLAG
MÜNCHEN

HEYNE SCIENCE FICTION & FANTASY
Band 06/5512

Titel der Originalausgabe
VALHALLA
Übersetzung aus dem Amerikanischen
von HARALD PUSCH

Umwelthinweis:
Dieses Buch wurde auf
chlor- und säurefreiem Papier gedruckt.

Redaktion: Rainer Michael Rahn

Erstausgabe by Pocket Books,
a division of Simon & Schuster, Inc., New York
Printed in Germany 1996
Umschlagbild: Pocket Books/Simon & Schuster
Umschlaggestaltung: Atelier Ingrid Schütz, München
Technische Betreuung: M. Spinola
Satz: Schaber Satz- und Datentechnik, Wels
Druck und Bindung: Ebner Ulm

ISBN 3-453-10945-7

STAR TREK

DEEP SPACE NINE

ANMERKUNG DES AUTORS

Die Ereignisse in diesem Roman finden vor jenen statt, die in Lois Tiltons Roman *Verrat* geschildert werden.

1

Das Alien-Schiff kam heiß und schnell herein. Es schoß aus dem Wurmloch heraus wie der Korken aus einer Champagnerflasche. Seine fremdartig glatte Hülle schimmerte genauso blau wie die unheimlich flackernde Entladung des Wurmlochs selbst.

Auf den Monitoren im Hauptkontrollraum der Station, die den Namen *Deep Space Nine* trug, flammten alarmierende Sensordaten auf – die Oberflächentemperatur des Schiffs betrug 3500 Grad Celsius, die Strahlungswerte lagen in einem Bereich, der für alle bekannten humanoiden Lebensformen tödlich war, und es bewegte sich mit überdurchschnittlich hoher Geschwindigkeit.

Lieutenant Jadzia Dax stand an der wissenschaftlichen Station des Hauptkontrollbereichs und überflog rasch die Daten, ohne dabei ein Zeichen von Überraschung erkennen zu lassen.

Dax war eine Trill – ein verschmolzenes Wesen. Ihr äußeres Erscheinungsbild entsprach dem einer attraktiven, dunkelhaarigen jungen Frau, die sich nur durch ein sonderbares Sprenkelmuster an den Schläfen von einem Menschen unterschied. Und genau das – eine junge Frau – war auch der Jadzia-Anteil ihrer Persönlichkeit. Bei der anderen, tief in ihrem Innern verborgenen Hälfte handelte es sich hingegen um eine geschlechtslose, wurmähnliche Kreatur, die seit dreihundert Jahren existierte und in dieser Zeit gelernt hatte, sich nur noch von sehr wenigen Dingen überraschen zu lassen.

Eine Woge von Neutrinos hatte sie vorgewarnt, daß etwas durch das Wurmloch kam, doch bevor das Alien-Schiff tatsächlich auftauchte, hatte Dax angenommen, bei dem Neuankömmling handle es sich um Ferengi, die vor kurzem zu einer Handelsmission aufgebrochen waren und nun vor dem veranschlagten Termin zurückkehrten. Da Dax die Pläne dieses speziellen Ferengi-Captains als ausgesprochen optimistisch eingeschätzt hatte, war sie ohnehin von einer verfrühten Rückkehr ausgegangen.

Bei diesem Schiff handelte es sich jedoch keineswegs um den erwarteten Ferengi-Raumer. Zudem war der Neuankömmling nicht nur gänzlich unerwartet aufgetaucht, sondern glich in seiner Bauweise auch keinem der bekannten Raumschifftypen.

Dax sah von der Konsole hoch und stellte fest, daß sich Commander Benjamin Sisko, der Leiter der Station, und Major Kira Nerys, seine Stellvertreterin, noch immer in Siskos Büro aufhielten, wo sie sich vehement wegen der jüngsten Krise in den Beziehungen zwischen den Bajoranern und dem cardassianischen Imperium stritten.

Daraufhin entschied sich Dax, das Alien-Schiff einer kompletten Sondierung zu unterziehen, ohne sich vorher mit dem vielgeplagten Commander der Station abzusprechen. Benjamin konnte im Moment wohl durchaus auf zusätzliche Kopfschmerzen verzichten.

Der Dax-Anteil der Trill hatte Benjamin Sisko bereits in seiner vorangegangenen Inkarnation gekannt, als er noch nicht Jadzia, sondern Curzon Dax gewesen war. Daher wußte er, daß Sisko ein fähiger, intelligenter und selbstbewußter Mann war – aber auch jemand, der die ihm auferlegte Verantwortung sehr ernst nahm. Dax wollte es nach Möglichkeit vermeiden, ihm zusätzliche Lasten aufzubürden.

Jadzia Dax überflog die eingehenden Daten mit der Leichtigkeit langer Übung. Nach den Ergebnissen der

Sondierung zu urteilen, befanden sich keinerlei Lebensformen an Bord des fremden Schiffs. Allerdings störte die harte Strahlung die Scanner in so erheblichem Maße, daß sie nicht sicher sein konnte, ob die Meßergebnisse tatsächlich korrekt waren. Das Artefakt driftete antriebslos durch den Raum; möglicherweise handelte es sich trotz seines Aussehens und der Geschwindigkeit gar nicht um ein Raumschiff. Auf die Funksprüche der Station hatte es nicht reagiert, was allerdings kaum überraschen konnte, sofern sich tatsächlich keine Lebensformen an Bord befanden.

Falls es sich um ein Wrack handelte, ein Stück Weltraumschrott, das zufällig in das Wurmloch geraten war, mochte es ganz interessant sein, es genauer in Augenschein zu nehmen. Vielleicht konnte sich ein Untersuchungsteam darum kümmern, vorausgesetzt, daß Dax als Wissenschaftsoffizier der Station neben ihren regulären Pflichten die dafür nötige Zeit aufbringen konnte. Im Moment war das freilich nicht der Fall – gleich nach Ende ihrer Schicht im Kontrollraum mußte sie an einer Konferenz mit den Mitgliedern einer aschtarianischen Expedition teilnehmen, deren Ziel die Erforschung des Gamma-Quadranten war. Offenbar gab es ein Problem bei der Genehmigung des Einflugs in das Wurmloch, und zwar ein Problem, das die technische Mannschaft von *Deep Space Nine* nicht lösen konnte.

Dax bezweifelte, daß dieses Problem auch nur annähernd so interessant sein würde wie eine Untersuchung des geheimnisvollen Schiffs, doch die Aschtarianer warteten bereits ungeduldig auf die Freigabe ihres Fluges, während es andererseits keinen Grund gab, bei der Untersuchung des fremden Artefaktes besondere Eile walten zu lassen.

Zumindest nicht, solange es weiterhin harmlos durch das All trieb, wovon Dax allerdings nicht ohne eine genauere Prüfung ausgehen durfte.

Sie berührte ein paar Kontrollen, um sich eine graphische Darstellung der Flugbahn des Schiffs geben zu lassen. Dabei stellte sie fest, daß das fremde Raumschiff, sofern es tatsächlich ohne Antrieb flog und seinen Kurs nicht aus eigener Kraft ändern konnte, innerhalb weniger Stunden in den cardassianischen Raumsektor eindringen würde.

Das veränderte die Lage. Angesichts der gegenwärtigen, in politischer Hinsicht recht angespannten Lage, war alles, was die Cardassianer betraf, und sei es auch nur am Rande, bedeutsam genug, um Commander Sisko davon in Kenntnis zu setzen.

Dax vermutete zwar, daß Benjamin Sisko keineswegs darauf erpicht war, noch mehr über die Cardassianer zu hören, doch in diesem Fall blieb ihm wohl keine andere Wahl. Sie tippte ihren Insignienkommunikator an.

Benjamin Sisko bedachte Major Kira mit einem düsteren Blick. Unter normalen Umständen war ihre äußere Erscheinung mit den rötlichen Haaren und den fast menschlichen Gesichtszügen für ihn ein durchaus angenehmer Anblick, der durch die gefurchte Nase und den Clan-Ohrring eine interessante exotische Note erhielt.

Im Moment nahm er jedoch nichts anderes wahr als ihre schwer erträgliche bajoranische Sturheit.

Schon möglich, daß eben diese Sturheit den Bajoranern geholfen hatte, die lange Zeitspanne der cardassianischen Okkupation zu überstehen, aber das machte den Umgang damit auch nicht leichter.

»Major«, erklärte er zum drittenmal, »ich weigere mich, einen Krieg zwischen den Cardassianern und der Föderation anzuzetteln.«

»Ich rede ja auch gar nicht von Krieg!« brüllte Kira. Sie bemerkte, welchen Ton sie angeschlagen hatte, rief sich innerlich selbst zur Ordnung, biß die Zähne zusammen und sagte mit erzwungener Ruhe: »Ich verlange nur, daß Sie diese Streifzüge unterbinden.«

»Und Sie glauben wirklich, ich könnte das tun, ohne damit zugleich einen Krieg auszulösen?« fragte Sisko.

»Jawohl!« schrie Kira und fügte dann leiser ein »Vielleicht« hinzu, bevor der Commander etwas einwenden konnte.

»Major«, sagte Sisko, »ich würde Ihnen ja gern behilflich sein, und ich stimme durchaus mit Ihnen überein, daß den Cardassianern jegliche Rechtsgrundlage für diese Ausflüge in bajoranisches Gebiet fehlt, doch bisher haben deren Schiffe noch keinerlei Schaden angerichtet. Weder haben sie auch nur einen einzigen Schuß abgefeuert, noch sind die Schiffe auf bajoranischem Territorium gelandet.«

»Keinen Schaden angerichtet!«

»Zumindest nicht vorsätzlich«, schränkte Sisko ein.

»Aber sie sind in den bajoranischen Raum eingedrungen!«

»Nun, nach der Übereinkunft, die die Cardassianer mit der Föderation und der provisorischen bajoranischen Regierung getroffen haben, steht ihnen das Recht des freien Durchflugs zu, solange sie die interstellaren Gesetze beachten«, rief Sisko dem Major in Erinnerung.

»Durch diese Übereinkunft sollte den Cardassianern der Zugang zum Wurmloch und dem Gamma-Quadranten garantiert werden, Commander, und nicht etwa das Recht, Bajor zu terrorisieren. Und da die *Defiant* auf dem Weg nach ...«

»Trotzdem haben sie sich zumindest an den Buchstaben jener Vereinbarung gehalten«, unterbrach sie Sisko. »Es steht zwar außer Frage, daß sie die bajoranischen Bestimmungen verletzt haben, doch die interstellaren Gesetze haben sie bisher beachtet.«

»Gehört zur Beachtung der Gesetze auch, im Tiefflug über unsere Städte zu rasen und dabei jedes Gebäude und jedes Fahrzeug mit auf Extremleistung geschalteten Sensoren zu scannen?« fragte Kira wütend. »Genau das haben sie nämlich getan!«

Sisko runzelte die Stirn, und Kira hakte sofort noch, um den gerade errungenen Vorteil auszunutzen. »Commander, sie haben mit ihren Sensoren Kurzschlüsse in wertvollen Geräten verursacht und harmlose Bürger zu Tode erschreckt... Ich glaube, Sie können gar nicht nachvollziehen, was es für *uns* bedeutet, cardassianische Schiffe am Himmel auftauchen zu sehen.«

»Vielleicht...«, setzte Sisko an, doch Kira unterbrach ihn. Sie war mit ihren Anklagen noch längst nicht am Ende.

»Wir alle haben unter der cardassianischen Besatzung gelebt«, fuhr sie fort. »Manche von uns wuchsen in ihren Umerziehungslagern auf oder haben als Sklaven für sie gearbeitet. Andere mußten zusehen, wie ihre Familien gefoltert oder getötet wurden. Und viele erinnern sich nur zu gut daran, wie jene Schiffe Gefangene statt Informationen einsammelten und ihre Phaser anstelle der Sensoren einsetzten. Wenn sie jetzt diese Schiffe am Himmel sehen, werden all diese Erinnerungen wieder wachgerufen, Commander. Das ist etwas völlig anderes, als Schiffe der Föderation oder die einer anderen Zivilisation zu sehen. Es sind cardassianische Schiffe, und die besitzen für jeden Bajoraner eine ganz besondere, erschreckende Bedeutung. Bisher ist es noch nicht zum Ausbruch von allgemeiner Panik oder zu Unruhen gekommen, doch das ist nur eine Frage der Zeit. Und die Cardassianer haben nicht das Recht, sich dort aufzuhalten!«

»Es handelt sich um eine Verletzung des bajoranischen Luftraums, das ist richtig...«, setzte Sisko in dem Versuch an, seinen Ersten Offizier wieder zu beruhigen.

»Das ist keineswegs nur eine *Verletzung*, Commander! Wir haben es mit einem vorsätzlichen Angriff zu tun, einer Attacke, die Angst und Schrecken verbreiten soll!«

Sisko hatte bisher versucht, einen mehr oder weniger gleichmütigen Gesichtsausdruck zu zeigen, doch jetzt verhärtete sich seine Miene. Was Major Kira da behauptete, traf im Prinzip zu, und es war auch ziemlich eindeutig, daß sich die Cardassianer ganz gezielt provokativ verhielten, doch er konnte nicht zulassen, daß die Föderation durch die patriotische Hitzköpfigkeit der Bajoraner in einen vermeidbaren Konflikt hineingezogen wurde.

Die improvisierte Situation, in die man ihn unversehens gestellt hatte – ein Föderations-Commander leitete eine von den Cardassianern gebaute Raumstation, die jetzt zu Bajor gehörte –, stellte eine ständige Herausforderung dar, und Sisko fragte sich nicht zum erstenmal, wieso der Föderationsrat diese Lösung für eine gute Idee gehalten hatte.

Natürlich hätten ohne die Präsenz der Föderation schon längst ein paar schießwütige bajoranische Terroristen einen Rachekrieg angezettelt, und die Antwort der Cardassianer hätte darin bestanden, die Bajoraner ein für allemal auszulöschen.

Major Kira war nicht ausgesprochen schießwütig und auch keine Terroristin mehr, doch im Moment schien sie trotzdem entschlossen, einen Krieg vom Zaun zu brechen.

Es war sehr gut möglich, daß die Cardassianer genau das wollten. Vielleicht glaubten sie, wenn sie die Bajoraner zu einem Angriff provozierten, würde die Föderation Bajor beim unvermeidlich erfolgenden Gegenschlag nicht verteidigen.

Oder, ein weitaus erschreckenderer Gedanke, die Cardassianer wären bereit, es auch mit der Föderation aufzunehmen.

»Major, es handelt sich *nicht* um einen Angriff«, erklärte Sisko. »Weder aus der Sicht der Cardassianer noch aus der der Föderation. Zweifellos stellen diese Flüge eine Verletzung der bestehenden Vereinbarungen dar, mit der man sich befassen wird – aber auf den üblichen diplomatischen Wegen, indem man eine offizielle Entschuldigung verlangt und darüber hinaus Reparationen für die entstandenen Schäden. Diese Station oder Schiffe der Föderation einzusetzen, um die Eindringlinge abzuschießen oder einen Gegenschlag in cardassianischem Gebiet durchzuführen, steht jedoch nicht zur Debatte.«

»Diese Station gehört zu Bajor ...«, setzte Kira an.

Siskos Kommunikator zirpte. Der Commander hob eine Hand, als Dax' Stimme erklang: »Dax an Sisko.«

»Hier Sisko«, antwortete er und tippte auf den Insignienkommunikator.

»Ich bitte um Entschuldigung für die Unterbrechung, Commander, aber wir haben einen Eindringling ...«

»Noch ein Cardassianer?« fragte Kira rasch.

»Nein, aus dem Wurmloch«, erwiderte Dax. »Das Objekt ähnelt keinem der bekannten Schiffstypen. Es ist vor etwa drei Minuten aufgetaucht und hält Kurs Richtung cardassianische Grenze.«

Sisko warf einen schnellen Blick auf Major Kira; für einen Moment überfiel ihn die irrationale Vorstellung, sie habe etwas damit zu tun, habe im Rahmen eines Vergeltungsplans gegen die Cardassianer irgendwie dafür gesorgt, daß dieses Schiff aus dem Wurmloch auftauchte.

Auf den ersten Blick mußte diese Idee absurd erscheinen, doch andererseits hatte sie zur bajoranischen Widerstandsbewegung gehört. Sie mochte durchaus noch Kontakte zu den letzten Untergrundgruppen haben, zu jenen Terroristen, die sich auch nach dem Abzug der Cardassianer und der Bildung einer provisorischen Regierung nicht aus ihren Verstecken herausgewagt hatten.

Doch ein unbekanntes Raumschiff, das aus dem Wurmloch auftauchte – so etwas ging eindeutig über die Möglichkeiten der Khon-ma oder vergleichbarer Gruppen hinaus!

Es mußte ein zufälliges Zusammentreffen sein.

Allerdings ein ausgesprochen lästiges.

»Könnte es sich eventuell um ein Schiff der Tosk handeln?« fragte er. In diesem Fall würde es sich wenigstens um eine bekannte Größe handeln. Der erste Besucher aus dem Gamma-Quadranten hatte zwar einige Probleme verursacht, hauptsächlich aus Unkenntnis, doch letzten Endes war weder für die Station noch für Bajor ernsthafter Schaden entstanden.

Und alle anderen, die aus dem Wurmloch gekommen waren, hatten bisher noch keine großen Schwierigkeiten bereitet.

»Nein, Sir, ein völlig unbekannter Typ. Die Sensoren stellen keinerlei Lebensformen an Bord fest.«

»Ein Wrack?«

»Oder eine Rakete«, warf Kira ein.

Sisko warf ihr einen ärgerlichen Blick zu. »Ich komme sofort«, erklärte er und ging zur Tür.

Die Tür führte direkt in die Zentrale – die Cardassianer, die diese Station erbaut hatten, sahen in diesem Umstand ein wesentliches Element effizienten Designs. Manchmal wünschte sich Sisko, sie wären nicht ganz so effizient gewesen. Die Möglichkeit, ein paar Schritte zu gehen und seine Gedanken zu sammeln, ohne sich dabei im Blickfeld der gesamten Besatzung des Kontrollraums zu befinden, wäre ihm sehr angenehm gewesen.

Außerdem hatten die cardassianischen Planer offenbar eine irrationale Begeisterung für Treppen empfunden. Es mochte sich um ein ganz interessantes Konzept handeln, das Büro des Präfekten – mittlerweile das Büro des Stationskommandanten – auf einer höheren Ebene anzulegen, um auf diese Weise seine Autorität symbolisch darzustellen, doch Sisko war es leid, jedesmal die paar Stufen hinauf- oder hinabzulaufen, wenn er irgendwohin wollte.

Und die Stufen, die zur Transporterplattform und den Turboliften führten, waren geradezu lächerlich. Sisko vermutete, ihr Zweck bestand darin, die Leute davor zu bewahren, ungewollt in den Transporter oder den Lift zu stolpern, wenn diese Geräte gerade in Betrieb waren, aber trotzdem …

Nun, niemand hatte je behauptet, die Cardassianer würden wie Menschen denken. Jeder, der einen Blick auf die Anlage der Station warf, auf die merkwürdigen Kurven, eigentümlichen Winkel und trüben Farben, wußte sofort, daß sich das ästhetische Empfinden der Cardassianer erheblich von dem der Menschen unterschied.

Dennoch erwies sich der Entwurf der Station als durchaus funktionell. Den Kontrollraum an der Spitze des Zentralbereichs unterzubringen, war eine gute Idee, ebenso wie der in der Mitte befindliche Situationstisch, um den herum alle wesentlichen Kontrollfunktionen nebeneinander angeordnet waren.

Dax blickte ihm vom Situationstisch entgegen, und Sisko trat neben sie, damit er die Daten ebenfalls ablesen konnte.

Als der Commander die Zentrale betrat, blieb Major Kira noch einen Moment auf der Treppe stehen, um sich innerlich zu sammeln.

Kai Opaka, das frühere religiöse Oberhaupt Bajors, hatte ihr geraten, ihre gewalttätige Vergangenheit hinter sich zu lassen, und genau darum bemühte sie sich auch. Sie wollte ruhig und vernünftig erscheinen. Am liebsten hätte sie so logisch und rational wie ein Vulkanier gewirkt.

Unter anderem, weil emotional vorgetragene Bitten den großen, dunkelhäutigen Erdenmenschen offenbar nur wenig beeindruckten.

Andererseits fiel es ihr sehr schwer, nicht emotional zu reagieren. Selbst die Kai hätte das in diesem Fall eingesehen. Was hier geschah, war eine Wiederkehr der schlechten alten Zeiten, und Kira mußte hart darum kämpfen, nicht in anachronistische Methoden zurückzufallen.

Sie hatte sich alle Mühe gegeben, doch sie schien Sisko nicht verständlich machen zu können, daß ihre Leute angegriffen wurden. *Ihr* Volk, die rechtmäßigen Besitzer dieser Station, wurden von ihren alten Gegnern bedrängt, ihren früheren, selbsternannten Herren, jenen Leuten, die jeden Bajoraner, der ihr Mißfallen erregte, ohne die geringsten Hemmungen umgebracht hatten.

Diesmal erschossen die Cardassianer niemanden, sie landeten nicht und nahmen auch keine Sklaven – noch nicht.

Aber sie waren immer noch Cardassianer. Und sie suchten wieder bajoranisches Gebiet heim. Das war mehr als genug – es war unerträglich.

Vielleicht glaubte die Föderation ja tatsächlich, eine formelle Beschwerde reiche als Reaktion aus, doch Kiras gesamte Lebenserfahrung sprach dagegen. Wenn man die Cardassianer nicht jetzt sofort aufhielt, würde ein ausgewachsener Krieg nötig sein, um sie zu stoppen, dessen war sie sich sicher. Einfach zuzusehen, während die Cardassianer machten, was sie wollten, würde sie nur ermutigen. Aufhalten konnte man sie nur durch eine Machtdemonstration, die stark genug war, um ihnen Respekt einzuflößen, jedoch nicht so stark, um sie zu ängstigen oder so viel Schaden anzurichten, daß sie in Wut gerieten.

Die provisorische bajoranische Regierung reagierte natürlich überhaupt nicht, abgesehen von endlosen Debatten, die zu gar nichts führten. Die eine Hälfte der Regierung fürchtete, jede Aktion würde die Cardassianer zu einer Invasion provozieren können, und die andere Hälfte wagte es nicht, irgend etwas ohne die Unterstützung der Föderation zu unternehmen.

Und unterdessen wurden Menschen verletzt, physisch wie psychisch.

Genau das mußte sie Sisko klarmachen. Er war zwar ein Erdenmensch, kein Bajoraner, doch es mußte trotzdem eine Möglichkeit geben, ihm verständlich zu machen, wie wichtig die Angelegenheit war. Sie mußte ihn dazu bringen, Föderationsschiffe einzusetzen.

Dieses aus dem Wurmloch aufgetauchte Objekt war nichts weiter als eine Störung; was wirklich zählte, waren die Cardassianer. Je eher sie mit dem fremden Schiff fertig waren, desto besser.

Sie setzte eine Miene auf, die Ruhe und Gleichmut ausdrücken sollte, und ging die wenigen Stufen zum Kontrollraum hinunter.

2

Traktorstrahlen«, befahl Sisko, während er das Alien-Schiff auf dem Hauptschirm beobachtete. »Wir holen es herein.«

»Sir, es ist hochgradig radioaktiv«, wandte Dax ein, die sich wieder an ihrer eigenen Station am Situationstisch befand.

»Am oberen Ende von Andockmast zwei sollte es eigentlich sicher genug sein«, meinte Sisko. »Oder wäre es Ihnen lieber, wir lassen es in cardassianisches Gebiet treiben?«

Statt einer Antwort betätigte Dax die Kontrollen des Traktorstrahls. Ein paar Sekunden zuvor waren Chief Miles O'Brien und Dr. Julian Bashir im Kontrollraum aufgetaucht. Der Chief machte einen zwar aufmerksamen, aber ruhigen Eindruck, während Dr. Bashir aufgeregt und nervös wirkte. Die beiden Männer sahen der Trill über die Schulter und lasen die das fremde Schiff betreffenden Daten.

»Schiff erfaßt«, meldete Dax. »Es wird jetzt hereingeholt. Noch immer keinerlei Anzeichen von Leben oder Energie an Bord.«

»Das könnte auch ein Trick sein«, sagte Kira, während sie sich neben Sisko stellte. »Eine Art Falle.«

»Ach?« meinte Sisko und drehte sich zu ihr um.

»Es könnte sich um eine cardassianische Konstruktion handeln«, behauptete Kira. »Eine Waffe oder so etwas wie eine Mine. Und wir holen es direkt in die Station. In dem Ding könnte sich alles mögliche befinden, ein maßgeschneidertes Virus oder eine einfache

Bombe, die ausreicht, um die Station in einen Trümmerhaufen zu verwandeln. Wenn jemand *dagegen* protestiert, können die Cardassianer einfach die Achseln zucken und behaupten, dergleichen gehöre eben zu den Gefahren, die hier draußen lauern. Und unterdessen liegen das Wurmloch und das gesamte bajoranische System ungeschützt da und warten nur darauf, daß sie einmarschieren.«

»Und wie hätten die Cardassianer das bewerkstelligen sollen? Dax hat gesehen, wie das Schiff aus dem Wurmloch herauskam. Ich bezweifle, daß die Cardassianer im Gamma-Quadranten Waffenfabriken betreiben.«

»Und woher wissen wir so genau, daß es sich nicht doch so verhält?«

»Weil wir jedes Schiff untersucht haben, das ins Wurmloch einfliegt, Major«, erwiderte Sisko entnervt. »Das wissen Sie ebensogut wie ich. Und mit Sicherheit hat noch kein cardassianisches Schiff den Gamma-Quadranten erreicht, ohne das Wurmloch zu passieren.«

Da sich der Gamma-Quadrant am anderen Ende der Galaxis befand, im Normalraum selbst für das schnellste Schiff rund siebzig Jahre entfernt, war das gar keine Frage, doch Major Kira wirkte noch keineswegs überzeugt, und Sisko unterdrückte ein Seufzen.

Sie war von den Cardassianern regelrecht besessen. Angesichts ihres persönlichen Hintergrunds war das kaum überraschend, und normalerweise hielt sie ihre Empfindungen auch unter Kontrolle, doch während dieser jüngsten Krise …

Es wäre wirklich hilfreich, dachte Sisko, wenn sie wüßten, was im Moment im cardassianischen Imperium vorging und die Übergriffe auf bajoranisches Gebiet ausgelöst hatte. Monatelang hatten sich die Cardassianer zurückgehalten, und nun dieses plötzliche Eindringen – Flüge, bei denen es sich zwar keineswegs, wie Major Kira behauptete, um Angriffe handelte, die aber den Eindruck erweckten, als führe man eine Art Suche durch. Irgend etwas mußte geschehen sein, was diese Flüge verursacht hatte.

Gewisse Gerüchte hatten *Deep Space Nine* erreicht, die teils auf den über die Subraumkanäle verbreiteten Klatsch zurückgingen, teils auf den Beobachtungen von Reisenden beruhten. Diese Gerüchte sowie ein paar fragmentarische Berichte waren alles, was bisher vorlag, obwohl Starfleet bereits mehrfach um nähere Informationen nachgesucht hatte.

Immerhin stimmten aber die Berichte und Gerüchte in den wesentlichen Punkten überein. Auf Cardassia schien es zu einer politischen Krise gekommen zu sein, und diese wiederum war verantwortlich für die Grenzverletzungen.

Obwohl es in Siskos Augen kaum Sinn ergab, schien alles mit dem Tod eines aufstrebenden jungen Politikers namens Kag Duzek begonnen zu haben. Nur wenige Stunden nach den ersten Meldungen über Duzeks Tod kreuzten cardassianische Schiffe durch bajoranisches Gebiet, und es dauerte nicht lange, bis sie immer dreister in den Luftraum der bajoranischen Welten eindrangen.

Starfleet war sofort in Kenntnis gesetzt worden und hatte daraufhin alle in den Computern gespeicherten Informationen übermittelt, sofern sie nicht als geheim eingestuft waren. Nachdem Sisko diese Berichte durchgesehen hatte, war er allerdings ziemlich sicher, daß kein menschliches Wesen sich die Mühe gemacht hatte, vor der Sendung einen Blick darauf zu werfen, denn sie waren derart vage und unvollständig, daß sie niemandem nutzen konnten.

Und abgesehen von der Übermittlung der Daten hatte Starfleet in der Frage der Luftraumverletzungen bisher nichts unternommen – weshalb Major Kira ihm, Commander Benjamin Sisko, als dem örtlichen Vertreter Starfleets diese Untätigkeit vorwarf. Sie wollte, daß er die Streifzüge der Cardassianer auf der Stelle unterband.

Doch wie sollte er diese Wünsche erfüllen können?

Dax unterbrach seine Überlegungen.

»Andockmanöver beendet, Commander. Ich habe die Notfallschilde rings um die Schleuse hochgefahren; das Schiff selbst scheint zwar stabil zu sein, doch die Radioaktivität ist wirklich sehr hoch.«

»Gute Arbeit, alter Knabe.«

Sisko bemerkte, daß Dax über diese Anrede leise lächelte. Der Grund lag natürlich darin, daß jeder andere auf *Deep Space Nine* in ihr lediglich eine junge Frau sah. Nur Sisko hatte Dax schon während der letzten Symbiose gekannt.

»Commander, ich bitte um Erlaubnis, an Bord des fremden Schiffs gehen und mich dort umsehen zu dürfen«, sagte die Trill.

Sisko sah sie überrascht an.

»Es ist eine einmalige Gelegenheit, Sir«, erklärte Dax. »Das Schiff stellt unseren ersten Kontakt mit einer neuen Kultur dar.«

Ohne den Gedanken laut zu äußern, überlegte Sisko, daß dergleichen auf dieser Station gar nicht so selten vorkam. Das Wurmloch, das den einzigen Zugang zum Gamma-Quadranten darstellte, hatte ihnen bereits mehrere Erstkontakte beschert.

»Es ist aber auch lebensgefährlich, nicht wahr?« meinte Sisko.

»Selbstverständlich werde ich alle nötigen Sicherheitsvorkehrungen treffen«, meinte Dax.

Sisko nahm an, daß Dax wohl kaum drei Jahrhunderte hätte überleben können, ohne einiges über elementare Vorsichtsmaßnahmen zu lernen. Wenn irgend jemand an Bord des Alien-Schiffs sicher sein würde, dann sie.

»Sir«, meldete sich O'Brien, »ich würde Lieutenant

Dax gerne begleiten, wenn es Ihnen recht ist. Die Maschinenanlage dieses Schiffs …«

Bevor er den Satz beenden konnte, unterbrach ihn Sisko mit der Frage: »Besitzen wir gesicherte Erkenntnisse darüber, ob an Bord außer der Radioaktivität noch andere Gefahren drohen?«

»Die Sensoren zeigen keinerlei Lebensformen an«, meinte Dax, »aber möglicherweise werden unsere Geräte durch die Strahlung blockiert.«

»Und wir können natürlich auch nicht feststellen, ob es rein mechanische Hindernisse oder Fallen gibt«, ergänzte O'Brien. »Dennoch sollten wir …«

»Es könnten Verletzte an Bord sein«, warf Dr. Bashir ein.

Dieser Punkt gab den Ausschlag. »Sie alle werden schwere Schutzanzüge tragen und Phaser mitnehmen«, sagte Sisko. »Bleiben Sie die ganze Zeit über zusammen; verhalten Sie sich so, als handle es sich um ein feindliches Schiff.«

»Jawohl, Sir!« antwortete Dr. Bashir lächelnd.

Sisko schaute zu, wie die drei zur Transporterplattform eilten – Dax mit ruhiger Eleganz, O'Brien in knappen, zielgerichteten Schritten, Bashir mit fast schon leichtsinnig wirkendem Tempo –, und seufzte. Er warf einen Blick zu Kira hinüber, doch der Major studierte eine Bildschirmanzeige an der Wissenschaftsstation und schien zumindest im Moment nicht daran interessiert, die Auseinandersetzung wieder aufleben zu lassen, die durch die Ankunft des Schiffs unterbrochen worden war.

Sisko war das ganz recht; auf diese Weise erhielt er die Gelegenheit, noch ein paar Nachforschungen anzustellen. Er mußte unbedingt herausfinden, was auf Cardassia vor sich ging, und sein einziger konkreter Ansatzpunkt war ein Name, der in den Starfleet-Berichten zweimal auftauchte. Bis jetzt war er zu beschäftigt gewesen, um die Sache nachzuprüfen, doch vielleicht war es an der Zeit, ihr eine höhere Priorität einzuräumen.

Er ging zu seinem eigenen Arbeitsplatz am Situationstisch hinüber und rief mit der Leichtigkeit langjähriger Übung sämtliche Daten auf, die der Stationscomputer über Kag Duzek gespeichert hatte.

3

Die Bauweise des Schiffs ähnelte keinem bekannten Typ, doch Miles O'Brien war der Ansicht, er würde einen manuellen Notfallöffner erkennen, wenn er einen sah, und so eine Vorrichtung hatte er gerade links neben der äußeren Schleusentür entdeckt.

Die Schleuse selbst war in einer Art Nische in der Schiffswand untergebracht, und zwar so, daß die äußere Tür genau in Fahrtrichtung lag. Das obere Ende der Tür war auf die Längsachse des Schiffs ausgerichtet, während das untere Ende auf die äußere Wandung deutete. Diese Anordnung, in Verbindung mit der gesamten Erscheinung des Schiffs sowie der Ergebnisse der Sensorenauswertung, hatten O'Brien davon überzeugt, daß die Aliens nicht über künstliche Schwerkraft verfügten, sondern das Schiff hatten rotieren lassen, um so die Zentrifugalkraft als Ersatz für die fehlende Gravitation zu nutzen.

Diese Methode stellte eine recht primitive Lösung des Problems dar, und auch ansonsten machte das Schiff keinen besonders fortschrittlichen Eindruck.

In gewisser Weise empfand O'Brien das als Enttäuschung; die Aussicht, etwas zu entdecken, was der Föderationstechnologie möglicherweise zu einem großen Sprung nach vorn verhalf, war einer der Reize bei jedem Erstkontakt.

Die Schleusentür selbst war breit und niedrig angelegt und wölbte sich leicht nach vorn, während die Seiten schräg nach oben verliefen und so eine Art Trapez bildeten. O'Brien war sich nie so recht darüber klar geworden, weshalb so viele raumfahrende Rassen trapezförmige Türen bevorzugten, doch er hatte sich schon vor langer Zeit daran gewöhnt.

Diese spezielle Tür war zwar am unteren Rand fast drei Meter breit, die Höhe betrug jedoch kaum einen Meter, was offensichtlich nicht gerade menschlichen Maßen entsprach. O'Brien ging daher davon aus, daß die Erbauer des Schiffs nicht einmal entfernt humanoid waren.

Doch ob grundsätzlich humanoid oder nicht, der Griff des Notfallöffners war mit Sicherheit nicht für menschliche Hände entworfen worden. Ein Tentakel hätte eindeutig besser gepaßt als der gepanzerte Handschuh von O'Briens Strahlenschutzanzug.

Er hätte sich fast das Handgelenk verrenkt, bevor er feststellte, daß sich der Griff nicht gleichmäßig weiterdrehen ließ, sondern nur in Neunzig-Grad-Schritten, doch nach ein paar Sekunden hatte er den Bogen heraus. Und mit jeder Drehung an dem Griff glitt die Tür, Zentimeter um Zentimeter, weiter in die aus blauer Keramik bestehende äußere Schiffswandung zurück.

Als sich die Tür öffnete und die Schiffsatmosphäre in die Luftschleuse der Station strömte, registrierten die Temperaturanzeigen über dem Sichtfenster von O'Briens Helm fast augenblicklich das heiße Gas aus der Schleuse des Schiffs. Gleichzeitig flammten Warnlichter auf, die auf toxische Bestandteile hinwiesen. Natürlich verhinderte die autarke Luftversorgung des Anzugs, daß O'Brien etwas von diesen Gasen spürte oder roch; er mußte sich ganz auf die Meßinstrumente verlassen.

Andererseits glaubte er fast Dr. Bashirs ungeduldiges Atmen im Nacken zu spüren, während er den Griff betätigte. O'Brien wußte natürlich, daß so etwas in den klobigen Schutzanzügen ausgeschlossen war, doch der Eifer des Doktors war dermaßen offensichtlich, daß es schon schmerzte.

Eines Tages, dachte O'Brien, bringt sich der Bursche noch selbst um, wenn er nicht lernt, seinen Eifer zu zügeln. Er benimmt sich wie ein Cockerspaniel, der über seine eigenen Ohren stolpert.

O'Brien hielt kurz inne, um den unbequemen Handgriff besser zu packen, und Dr. Bashir drängte sich vor und schob Kopf und Schultern durch die schmale Öffnung.

»Hey!« protestierte O'Brien.

Bashir beachtete ihn überhaupt nicht, und so unterdrückte O'Brien ein Seufzen und drehte weiter an dem Griff.

Kurz darauf krochen alle drei in die Schleuse, die zu niedrig war, um darin zu stehen. Die Kammer war nicht erleuchtet, und da ihre Körper das aus der Station hereinfallende Licht abschirmten, war es unmöglich, die Kontrollen zu erkennen, bis O'Brien seine Helmlampe einschaltete.

Im gleichen Moment ertönte ein Sirren, und rosafarbenes Licht flammte auf. O'Brien schaute rasch zu Dax hinüber.

Sie schien nicht weiter beunruhigt zu sein.

Dr. Bashir hingegen zuckte angesichts der plötzlichen Beleuchtung zusammen und sah sich erschrocken um.

»Es scheint, das Schiff ist nicht völlig außer Betrieb«, bemerkte O'Brien ruhig.

»Die Sensoren haben in einigen Systemen zumindest eingeschränkte Funktionsbereitschaft festgestellt«, erwiderte die Trill.

»Demnach hätte ich mir also die Mühe mit dem verdammten Notfallöffner sparen können, wenn ich gewußt hätte, auf welchen Knopf ich drücken sollte.«

»Schon möglich«, stimmte Dax zu. »Doch Ihre Vorgehensweise war auf jeden Fall sicherer.«

»Aber wenn die Maschinerie noch arbeitet, dann muß das hier der Kontrollschalter sein«, rief Dr. Bashir und drückte auf einen großen roten Knopf neben der inneren Tür, bevor einer der anderen etwas unternehmen konnte.

O'Brien unterdrückte einen Schrei, als sich die äußere Tür nach oben schob und sie in der von rosafarbenem Licht erhellten Kammer einschloß. Der Bursche würde es sogar noch schaffen, gleich mehrere Leute umzubringen. Doch der Schaden war bereits angerichtet, und es würde nichts nützen, ihn jetzt anzubrüllen, oder zumindest nicht mehr, als es bei einem Spaniel nützen würde. O'Brien löste den Phaser von seinem Werkzeuggürtel und hielt ihn schußbereit.

Die Schleuse schien auf die übliche Weise zu funktionieren, trotzdem konnte sich O'Brien einen Kommentar nicht verkneifen. »Dr. Bashir, Sie sind Arzt, kein Erstkontakt-Spezialist. Und ganz offensichtlich sind Sie bisher noch keinem der eher paranoid veranlagten Bewohner der Galaxis begegnet. Bei den Xenophoben von Darius Elf ist ein derart großer, auffälliger Kontrollschalter üblicherweise mit einer Sprengladung von mindestens zehn Kilotonnen verbunden.«

Trotz des Helms erkannte O'Brien, wie Bashir erschrocken zusammenzuckte. »Wirklich?«

»Davon habe ich auch schon gehört, Julian«, bestätigte Dax.

Ein dumpfes Geräusch ertönte, und ein Motor erwachte brummend zum Leben. Bashir drehte sich wieder der inneren Tür zu, die langsam im Boden versank. »Nun«, meinte er, »wer immer dieses Schiff gebaut haben mag, er war jedenfalls nicht so unfreundlich veranlagt.« In entschuldigendem Ton fügte er hinzu: »Trotzdem werde ich mich bemühen, in Zukunft vorsichtiger zu sein.«

Wie O'Brien eine Sekunde später feststellen mußte, hielt dieses Versprechen Dr. Bashir keineswegs davon ab, sich zu bücken und ins Schiffsinnere vorzudringen, sobald sich die Tür weit genug geöffnet hatte. O'Brien folgte ihm, und diesmal unterdrückte er sein Seufzen nicht.

Die drei betraten einen vom gleichen, merkwürdig rosafarbenen Licht erhellten Gang. Dr. Bashir zuckte leicht zusammen, als sein Helm die Decke berührte. Trotz der geringen Höhe betrug die Breite des Korridors mehr als fünf Meter. Die goldfarbenen Wände waren leicht gewölbt. Das gleiche galt auch für Decke und Boden, doch während diese Wölbungen mit der zylindrischen Form des Schiffs zusammenhingen, schienen im Fall der Wände eher ästhetische Gründe den Ausschlag gegeben zu haben.

»Nicht gerade für Humanoide entworfen, würde ich sagen«, meinte O'Brien. Er warf einen Blick auf die Wand, hielt inne und schaute genauer hin.

Bashir und Dax gingen bereits den Korridor entlang, während O'Brien näher an die Wand herantrat und das winzige Wellenmuster betrachtete. Er fuhr mit dem im Panzerhandschuh steckenden Finger darüber hinweg und stoppte an einem Knotenpunkt, der an eine Spinne mit langen Beinen erinnerte.

»Leitungen«, sagte er zu sich selbst. »Aber warum sollte sie jemand auf der Wand verlegen statt in ihrem Innern?« Er untersuchte die bläuliche Erhebung über dem Knotenpunkt, trat dann einen Schritt zurück und betrachtete die darauf zulaufenden Furchen im Material, die so winzig waren, daß sie nur auffielen, wenn man danach suchte.

Eindeutig Schaltkreise, doch in einer Weise aufgebaut, wie er sie noch nie gesehen hatte. Und das Muster hatte etwas Sonderbares an sich, etwas, das ihm beinahe vertraut vorkam – doch andererseits glich es keiner ihm bekannten Technologie …

Und schließlich begriff er: Die Schaltkreise waren so angeordnet wie die Nervenzellen bestimmter Spezies.

Eine interessante Konstruktion. O'Brien fragte sich, wie sie funktionierte – mußten die Schiffssysteme dann nicht in einem nonlinearen Netz arbeiten? In dem Fall wäre eine ausgefeilte Balance des Datenflusses erforderlich. Hatte man dergleichen nicht schon vor geraumer Zeit in der Föderation versucht, ohne dabei brauchbare Ergebnisse zu erzielen?

Nun, wer immer das Schiff gebaut hatte, war in diesem Punkt erfolgreicher gewesen.

O'Brien erinnerte sich jetzt, daß diese Konstruktionsweise tatsächlich erprobt worden war, und zwar mehr als einmal, denn falls dieses System funktionieren sollte, wäre es geradezu unglaublich effizient, und man könnte damit Computer mit erstaunlichen Fähigkeiten bauen…

»Chief!« rief Dax. O'Brien unterbrach das Studium der Schaltkreise, drehte sich um und eilte den Korridor entlang, um zu den anderen aufzuschließen.

Wenig später schauten Dax und O'Brien schweigend zu, wie sich Dr. Bashir, der durch den schweren Anzug behindert wurde, über einen reglosen Alien beugte. Bashir hielt den Tricorder in der von seinem gepanzerten Handschuh bedeckten Hand, während er mit der anderen vorsichtig gegen das häßliche, blaurote Fleisch des krebsähnlichen Wesens drückte.

Der Raum, in dem sie sich aufhielten, war in einem unangenehmen Winkel geneigt; die künstliche Gravitation von *DS NINE* paßte nicht zu der Zentrifugalkraft, die ursprünglich auf dem Schiff geherrscht hatte.

»Das Wesen ist tot«, meinte Bashir schließlich und trat einen Schritt zurück. »Vermutlich seit zwei oder drei Tagen, obwohl das bei einer unbekannten Rasse schwer einzuschätzen ist. Sofern irgendeine Konservierungsmethode angewendet wurde, könnte der Zeitpunkt des Todes auch schon erheblich länger zurückliegen.«

O'Brien betrachtete das Wesen und gab sich dabei alle Mühe, keine Erleichterung über dessen Tod zu empfinden. Sein ganzes Erwachsenenleben hindurch hatte er mit Aliens zu tun gehabt, darunter auch einige, die ziemlich abstoßend gewesen waren, daher hatte er geglaubt, mittlerweile über derartige Reaktionen hinausgewachsen zu sein, doch diese Kreatur war wirklich ungewöhnlich häßlich.

Der Alien erinnerte entfernt an einen Krebs. Er verfügte über einen halbes Dutzend gegliederte, mit Widerhaken versehene Beine, die offensichtlich der Fortbewegung gedient hatten. Hinzu kam eine Reihe von Gliedmaßen an der Vorderseite des Torsos, die an gespaltene Tentakel mit eingebauten Ellbogen erinnerten. Vier dunkle Höhlungen über diesen Gliedmaßen stellten offensichtlich die Augen oder deren Äquivalent dar.

Die gedrungene, breite Gestalt des Wesens paßte ausgezeichnet zur Form der Gänge und Türen. Man durfte also davon ausgehen, daß es sich bei dieser Spezies um die Erbauer des Schiffs handelte, nicht um Eindringlinge, die es erst später in ihren Besitz gebracht hatten.

»Es scheint erstickt zu sein«, fügte Dr. Bashir etwas verspätet hinzu.

Dax dachte darüber nach und fragte dann: »Welche Art von Atmosphäre hat es benötigt, Julian?«

Bashir betrachtete stirnrunzelnd den Tricorder. »Hauptsächlich ein Wasserstoff-Methan-Gemisch. Und bevor Sie fragen: Genau davon sind wir im Moment umgeben.«

»Was hat es dann umgebracht?« wollte O'Brien wissen. »Hat jemand es erstickt? Wo ist seine Nase oder sein Mund?«

»Es scheint durch Luftlöcher an seinen Flanken geatmet zu haben. Vierzehn davon gibt es insgesamt. Aber mir ist nicht klar, wie jemand alle vierzehn gleichzeitig blockieren könnte, ohne daß es dabei zu einem heftigen Kampf kommen würde.«

»Ich bemerkte keine Anzeichen eines Kampfes«, meinte Dax und schaute sich im Raum um.

O'Brien ließ ebenfalls seinen Blick wandern.

Der Raum wirkte so fremdartig, daß er beim besten Willen nicht hätte sagen können, ob hier ein Kampf stattgefunden hatte oder nicht. Nichts schien von seinem Platz verrückt zu sein, doch da er keine Ahnung hatte, worum es sich bei den meisten Objekten eigentlich handelte, wollte das nicht viel besagen. Die kurzen roten Zylinder an einer der Wände standen allesamt in Reih und Glied und mußten irgendwie an ihrem Platz befestigt sein; die gewundenen schwarzen Röhren, die aus einem Ding herausgerutscht waren, das wie ein quadratischer Eimer aussah, schienen nur durch das Schwerefeld der Station beeinflußt worden zu sein.

Doch sollten diese beiden flachen, braunen Scheiben tatsächlich auf dem Boden liegen? Und wenn nicht, waren sie durch den Wechsel der Schwerkraft dort hingefallen, oder hatte sie jemand geworfen?

Sollte das oktogonale Paneel an der Wand offenstehen? Und sollten die Dinge, die dahinter sichtbar wurden, sich tatsächlich dort befinden, worum immer es sich dabei auch handeln mochte?

Was hatte den Alien getötet? Und hielt dieses ›Etwas‹ sich noch immer an Bord auf?

»Gehen wir weiter«, schlug O'Brien vor.

Bashir sah zu Dax hinüber. Statt einer Antwort setzte sie sich einfach in Bewegung.

Kurz darauf entdeckten sie die Brücke des Schiffs – jedenfalls hielt O'Brien es für die Brücke. Es gab Kontrollpaneele und Bildschirme, die trotz ihrer fremdartigen Konstruktion als solche erkennbar und in einer Menge vorhanden waren, wie man sie auf einer Brücke erwarten durfte. Und ihre Anordnung schien die Vermutungen zu bestätigen, die O'Brien bezüglich des Schiffscomputers hegte.

Der Raum stand im Verhältnis zur Schwerkraft ›richtig herum‹, was nicht nur angenehm war, sondern auch die Schlußfolgerung nahelegte, daß es sich um eine wichtige Einrichtung handelte, die sowohl während des Fluges als auch nach einer Landung benutzt wurde.

Hier entdeckten sie einen weiteren toten Alien, der zur gleichen krebsähnlichen Spezies wie der erste gehörte. Allerdings wies diese Leiche dunkelgrüne Flecken auf der blauroten Haut auf, die bei dem anderen Wesen gefehlt hatten.

Bashir hatte seinen Tricorder schon in Gang gesetzt, bevor einer der anderen etwas sagen konnte.

»Auch erstickt«, erklärte er kurz darauf.

Dax sah O'Brien an. »Könnte das Lebenserhaltungssystem versagt haben?«

O'Brien runzelte die Stirn und betrachtete die Anzeigen in seinem Helm. Die Luft bestand hauptsächlich aus Wasserstoff und Methan, und obwohl sie für jeden Menschen oder Trill absolut tödlich gewesen wäre, schien der Druck ausreichend zu sein, um die krebsartigen Wesen am Leben zu erhalten.

Einige der anderen Anzeigen wirkten jedoch weitaus weniger positiv. »Doktor«, fragte O'Brien, »sind Sie sicher, daß die Wesen erstickt sind? Könnte es sich nicht auch um radioaktive Verseuchung handeln?«

»Nun, ich nehme an, das wäre möglich«, gab Bashir zu. »Ich weiß natürlich nichts Genaues über diese Spezies, aber es wäre denkbar, daß harte radioaktive Strahlung den Gastransport innerhalb ihrer Kreislaufflüssigkeit unterbindet. Allerdings kann ich keine Gewebedegeneration feststellen, die bei den meisten Lebewesen ein typisches Symptom für eine Strahlenvergiftung ist.«

»Die Luft scheint jedenfalls in Ordnung zu sein«, meinte O'Brien und ergänzte dann eilig: »Für sie, meine ich. Jeder von uns wäre nach spätestens einer halben Minute so tot wie eine Makrele. Doch das betrifft nur die chemische Zusammensetzung der Atmosphäre. Von der Strahlung her gesehen, ist sie hochgiftig. Ohne die Anzüge würden wir in jeder Minute mehrere hundert Rem aufnehmen.« O'Brien schüttelte den Kopf. »Der Aufenthalt hier wäre für niemanden besonders zuträglich – obwohl Atemnot nicht das Hauptproblem wäre.«

»Es gibt aber Spezies, die in radioaktiver Umgebung gedeihen«, erklärte Dax.

»Ich glaube aber nicht, daß diese Spezies dazu gehört«, wandte Bashir ein.

O'Brien äußerte sich nicht dazu. Statt dessen schaute er sich um, suchte nach einem Schlüssel für die Rätsel, die sie hier gefunden hatten, und entdeckte tatsächlich etwas, das er wiedererkannte.

Dieses Schiff mochte eine fremdartige Technologie repräsentieren und für eine nichthumanoide Rasse konstruiert sein, doch es gab immer ein paar Dinge, die sich auf Anhieb enträtseln ließen. Bei dem erleuchteten Diagramm auf dem großen Paneel an der Steuerbordseite handelte es sich ohne jede Frage um ein Statusdisplay des Schiffs. O'Brien kniete nieder und begutachtete es.

Die blauen Linien, vermutete er, zeigten den Energiefluß an, während die dickeren roten Linien die Luftversorgung darstellen mußten – soweit schienen die Dinge klar zu sein. Bei der Struktur, die durch das Zentrum des Schiffs verlief und sich am Heck weitete, mußte es sich um den Hauptantrieb handeln, von dem er bereits aufgrund des Scannings wußte, daß es sich um einen hochenergetischen Ionenantrieb handelte, der das Schiff bis in relativistische Bereiche beschleunigen, jedoch keine Überlichtgeschwindigkeit erreichen konnte. Die Krebswesen schienen noch keine Warptechnologie entwickelt zu haben, oder zumindest keine, mit der O'Brien vertraut gewesen wäre.

Diese grünen Flecken auf dem Antrieb – benutzten

diese Wesen Grün als Gefahrensignal? Das Farbschema, das er bisher an Bord gesehen hatte, legte diese Vermutung nahe.

Wenn es sich so verhielt, gab es ein paar sehr ernste Probleme bei den Schiffsmaschinen.

Ernste Probleme bei den Schiffsmaschinen führten mitunter zu einer Explosion. Wenn das hier ebenfalls geschah, würde die Station beschädigt werden – ganz zu Schweigen vom Schicksal der drei Personen, die sich gerade an Bord aufhielten.

O'Brien fuhr die vom Diagramm angezeigten Wege mit dem Finger nach und erhob sich.

»Kommt mit«, sagte er.

Die Hauptenergiequelle des Schiffs bestand aus einem primitiven Kernspaltungsreaktor, und alle Dämpfungsstäbe waren herausgezogen worden – O'Brien konnte nur vermuten, daß es sich um Sabotage handelte.

Die Absichten des Saboteurs waren jedoch durch ein Sicherheitssystem vereitelt worden: Als der Reaktor kritisch wurde, hatte die Hitze eine altmodische Sicherung durchgeschmolzen, die federbetriebene Dämpfungsplatten auslöste, welche die Reaktion unterbrachen, bevor sie zu einer vollständigen Kernschmelze oder einer Explosion führen konnte.

Auf diese Weise war zwar die Vernichtung des Schiffs verhindert worden, nicht jedoch der Austritt harter Strahlung, der das Schiff verseuchte und in einen tödlichen Aufenthaltsort verwandelte.

Im Reaktorraum entdeckten sie einen dritten toten Alien, der allerdings recht weit von den Kontrollen entfernt lag. O'Brien hatte keine Möglichkeit zu entscheiden, ob es sich bei dem Toten um den Saboteur handelte oder um ein unbeteiligtes Opfer.

Genau wie die Brücke war auch der Reaktorraum so konstruiert, daß man ihn auch unter den gegenwärtigen Umständen problemlos betreten konnte.

Doch die hier herrschende Radioaktivität erreichte ein geradezu erschreckendes Ausmaß. Die Anzugsensoren zeigten ein mehrfaches jener Strahlung an, die sie auf der Brücke registriert hatten.

»Wir sollten uns besser hinausbeamen lassen«, meinte O'Brien, »und zwar direkt zur Dekontamination. Nach unserem Aufenthalt hier können wir unmöglich in diesen Anzügen durch die Flure der Station laufen.« Er warf noch einen Blick auf die Anzeigen und zuckte zusammen. Selbst die schweren Anzüge würden sie nicht für unbegrenzte Zeit vor einer derart hohen Radioaktivität schützen. »Unsere Freunde im Wurmloch werden vermutlich nicht sehr erfreut gewesen sein, als dieses Ding durchkam.«

»Ich bin mir nicht sicher, ob simple Radioaktivität ihnen überhaupt etwas ausmacht«, sagte Dax.

»Nun, mir macht sie etwas aus«, erwiderte O'Brien. »Wir werden das ganze Schiff dekontaminieren müssen, und der Reaktor sollte verschrottet werden. Die Brennstäbe lassen sich jedenfalls nicht mehr retten.« Er sah sich in dem Raum um und registrierte die Schaltkreise, die hier wie überall im Schiff in die Wände eingebaut waren – eine höchst bemerkenswerte Technik, insbesondere in Verbindung mit dem Besrethine-Neuralnetz. »Trotzdem sollte es ein Vergnügen sein herauszufinden, wie diese Dinge funktionieren. Diese Leute haben vielleicht nicht viel Ahnung von Antriebstechnologie, aber wenn ihr Computersystem so arbeitet, wie ich es vermute, wird das Daystrom-Institut außerordentlich großes Interesse daran zeigen.«

»Und diese Überreste… wirklich faszinierend«, sagte Bashir, während er den toten Alien betrachtete. »Eine Spezies wie diese habe ich noch nie zu Gesicht bekommen. Ich kann es kaum erwarten, sie in einem ordentlichen Labor mit vernünftigen Instrumenten und ohne diesen Anzug zu untersuchen.«

»Das wird vielleicht nicht möglich sein«, meinte Dax und warf einen Blick auf die Helmanzeigen. Sie tippte ihren Kommunikator an.

Sisko hörte aufmerksam zu, als Dax schilderte, was die Untersuchungsmannschaft an Bord des Wracks entdeckt hatte.

»Keine überlebenden Mannschaftsmitglieder?« fragte er nach.

»Nein, Sir«, entgegnete Dax. »Drei Tote; keinerlei Hinweise auf Überlebende.«

»Irgendwelche Spuren, die auf Cardassianer hindeuten?« Sisko sah zu Kira hinüber, als er die Frage stellte. Sie erwiderte den Blick ungerührt.

»Nein, Sir«, antwortete Dax. »Wenn die Cardassianer irgend etwas damit zu tun haben, sind sie erheblich schlauer, als wir dachten, und zu wesentlich mehr in der Lage, als wir glauben.«

Sisko nickte.

»Noch etwas, Benjamin«, fuhr Dax fort. »O'Brien behauptet, das Computersystem unterscheide sich grundsätzlich von allem, womit wir vertraut sind. Es handelt sich um etwas, das als Besrethine-Neuralnetz bezeichnet wird, und das weder die Föderation noch die Cardassianer jemals zum Funktionieren gebracht haben. Wenn die Cardassianer tatsächlich ein derartiges System entwickelt hätten, würden sie es auf gar keinen Fall in unsere Hände geraten lassen.«

O'Brien mischte sich ein.

»Commander, wenn es sich bei diesem Computer tatsächlich um das handelt, was ich vermute, dann ist er nicht nur keinesfalls cardassianischer Herkunft, wir sollten auch absolut sicherstellen, daß die Cardassianer ihn nicht in die Finger bekommen.«

»Interessant«, meinte Sisko. »Sie glauben also, diese Konstruktion ist wertvoll?«

»Und gefährlich!« bestätigte O'Brien.

»Ganz eindeutig wertvoll, Benjamin«, meldete sich Dax wieder. »Chief O'Brien glaubt, dieses System könnte die Computertechnologie der Föderation um ein ganzes Jahrhundert voranbringen, und ich teile diese Ansicht.«

»Hervorragend«, meinte Sisko. »Wollen Sie sich noch länger dort umsehen? Wir könnten dafür sorgen …«

»Nein, Benjamin«, antwortete Dax. »Wir sind langsam an der Grenze dessen angekommen, womit unsere Anzüge noch fertig werden. Ich habe mich nur über Funk gemeldet, statt persönlich Bericht zu erstatten, weil wir von hier aus direkt zur Dekontamination gebeamt werden müssen.«

»Ich kümmere mich darum. Sisko Ende.« Er wandte sich an Kira, die schon zu den Transporterkontrollen hinüberging, bevor er etwas sagen konnte.

»Die Crew ist demnach tot?« fragte sie, während sie die Koordinaten einstellte.

»Es sieht so aus.«

»Dann würde die Entdeckung des Schiffs unter das Bergungsrecht fallen, nicht war?« überlegte sie laut. »Und O'Brien meint, das Computersystem wäre wertvoll.«

»Wir können kaum für uns selbst Anspruch darauf erheben, Major …«

Kira sah ihn überrascht an, als der Transporter summte. »Nicht für *uns,* Commander«, sagte sie. »Für *Bajor.*«

4

Sisko und Kira stritten sich noch immer, als O'Brien und Dax auf der Transporterplattform des Kontrollraums erschienen. Sie kamen direkt aus der Dekontamination, wo sie auch die Schutzanzüge zurückgelassen hatten.

»Wir müssen alles versuchen, um das Schiff den rechtmäßigen Eigentümern zurückzugeben«, beharrte Sisko. »Der Entwurf des Computers ist das geistige Eigentum der Schiffsbauer. Ich hoffe zwar, daß sie bereit sind, es mit uns zu teilen, doch wir haben kein Recht, es einfach zu stehlen.«

»Das Schiff ist ein Wrack, Commander, und nach interstellarem Recht gehört es demjenigen, der es birgt – und genau das haben wir getan«, erwiderte Kira. »Dies hier ist eine bajoranische Station, was bedeutet, das Schiff gehört dem Volk von Bajor. Und wenn sich das Computerdesign tatsächlich als wertvoll erweist, stellt es einen Aktivposten für Bajor dar!«

O'Brien und Dax wechselten einen amüsierten Blick, bevor sie ihre Plätze am Situationstisch einnahmen. Keiner von beiden zeigte besonderes Interesse, sich in die Diskussion einzumischen.

Wenig später blickte Dax von ihrem Schirm hoch und meldete: »Benjamin, ein cardassianisches Kriegsschiff nähert sich der Station.«

Sisko und Kira, die einander immer näher gerückt waren, bis die Distanz zwischen ihnen nur noch Zentimeter betrug, wobei sie sich weiterhin stritten, ohne dabei laut zu werden, drehten sich jetzt um und sahen erschrocken zu Dax hinüber.

»Was für ein Schiff?« fragte Kira und schoß einen herausfordernden Blick auf Sisko. »Einer der Eindringlinge?«

»Nein, es handelt sich um einen Kreuzer der Galor-Klasse. Zu den Eindringlingen gehörte kein Schiff dieser Größenordnung. Benjamin, sie nehmen Kontakt mit uns auf.«

»Dann hören wir uns mal an, was sie wollen«, meinte Sisko. »Auf den Schirm.«

Das Bild eines lächelnden Cardassianers erschien auf dem Schirm. Wie Sisko schon fast vermutet hatte, handelte es sich um Gul Dukat, den früheren Präfekten von Bajor. Dukat schien noch immer jeden Kontakt zwischen dem cardassianischen Imperium und *Deep Space Nine*, seinem ehemaligen Hauptquartier, als seine spezielle Aufgabe zu betrachten.

An den Provokationen hatte er vermutlich nicht teilgenommen – zumindest nicht mit diesem Schiff.

Allerdings konnte Sisko kaum mit Sicherheit ausschließen, daß Dukat in irgendeiner Weise damit zu tun hatte.

Abgesehen von den sonderbar geformten Gesichtern und der stärker entwickelten Muskulatur waren die Cardassianer den Menschen sehr ähnlich, und ein Lächeln bedeutete bei ihnen das gleiche wie bei den meisten Humanoiden. Trotzdem erwiderte Sisko dieses Lächeln nicht.

»Gul Dukat«, sagte er. »Was führt Sie nach *Deep Space Nine?* Sie sind doch nicht hier, um sich für die Grenzverletzungen zu entschuldigen, oder?«

Gul Dukat zeigte sein übliches, aufgesetztes Lächeln. »Lieber Himmel, was für eine freundliche Begrüßung. Und von welchen Grenzverletzungen sprechen Sie?«

»Bisher hat es sieben gegeben«, mischte sich Kira ein.

»Cardassianische Schiffe führen Tiefflüge über Bajor und bajoranischen Ansiedlungen durch.«

»Oh, wie unangenehm, meine Liebe«, murmelte Dukat. Dann lächelte er wieder. »Ich bin jedoch nicht aus diesem Grund hier.«

»Ach?« sagte Sisko.

»Ich glaube, Sie haben etwas, das Ihnen nicht gehört – dieses Schiff am Andockmast zwei.«

»Dort befindet sich tatsächlich ein Alien-Schiff«, gab Sisko gelassen zu.

»Ah, dann haben Sie es also auch bemerkt«, sagte Dukat. »Vielleicht ist Ihnen ja ebenfalls bekannt, daß sich dieses Schiff auf dem Weg nach Cardassia befand? Wie ich aus zuverlässiger Quelle erfahren habe, hatte es direkten Kurs auf cardassianisches Gebiet genommen, als Sie es mit einem Traktorstrahl ... äh, abgelenkt haben. Eine unserer Grenzpatrouillen hat den ganzen Vorgang zufälligerweise beobachtet.«

»Ich fürchte, Sie verschwenden nur Ihre Zeit, Gul Dukat«, erklärte Sisko. »Bei dem Schiff handelt es sich offensichtlich um ein Wrack, das ins Wurmloch gestürzt ist. Die Mannschaft ist tot, der Antrieb zerstört. Wir haben lediglich eine Gefahr für die Schiffahrt beseitigt.«

»Wie vorausschauend von Ihnen, Commander. Doch zweifellos hätten wir Cardassianer uns schon um diese Angelegenheit gekümmert, wenn Sie sich nicht eingemischt hätten.«

»War es das, was Sie uns mitteilen wollten?«

»Was ich Ihnen mitteilen wollte, Commander«, sagte Dukat, der seine verbindliche Haltung schlagartig ablegte, »ist die Tatsache, daß ein unvoreingenommener Beobachter den Eindruck haben könnte, Sie hätten dieses Schiff mit Hilfe Ihres Traktorstrahls *gestohlen,* als Sie es, nachdem es aus dem Wurmloch herausgekommen war, ohne Genehmigung der Eigentümer zu Ihrer Station geholt haben.«

»Es gestohlen?«

Gul Dukat nickte. »O ja, ein dreister Diebstahl. Sie behaupten, niemand habe sich an Bord befunden. Wenn das zutrifft, so scheint der ursprüngliche Kurs des Schiffs meiner Ansicht nach zu beweisen, daß die bisherigen Besitzer des Schiffs eindeutig vorhatten, es dem cardassianischen Volk zum Geschenk zu machen.«

»Die Mannschaft befand sich an Bord, Gul Dukat, aber sie war tot. Was ihre Absichten betrifft...«

»Commander«, unterbrach ihn der Cardassianer, »ihre Absichten interessieren mich recht wenig. Ich möchte, daß Sie das Schiff freigeben und mir überlassen. Sollten Sie es nicht freigeben, sehe ich mich bedauerlicherweise gezwungen, es trotzdem an mich zu nehmen, ungeachtet der Schäden, die dadurch an ihrer kostbaren Station entstehen könnten. Ich habe meine Phaser bisher noch nicht auf den Mast gerichtet – es ist also noch nicht zu spät, Vernunft anzunehmen und die Angelegenheit friedlich zu bereinigen.«

»Sie haben merkwürdige Vorstellungen von friedfertigem Verhalten«, sagte Sisko.

»Und Sie haben zehn Sekunden, um sich zu entscheiden«, erwiderte Dukat.

Sisko starrte schweigend auf den Schirm; Dukat erwiderte den Blick.

»Dukat scheint ja sehr hinter dem Wrack herzusein«, sagte Kira leise.

»Wenn er von diesem Computer weiß, kann ich ihm das nicht mal vorwerfen«, murmelte O'Brien. »Allerdings wüßte ich nicht, wie er davon erfahren haben könnte.«

»Wahrscheinlich ahnt er davon auch nichts«, meinte Kira bitter. »Er hat nur die Chance gesehen, uns etwas wegzunehmen.«

»Benjamin«, meldete Dax, »ein zweites cardassianisches Schiff nähert sich. Ebenfalls ein Kreuzer.«

»Haben Sie Verstärkung angefordert?« fragte Sisko. »Also wirklich, Gul Dukat, das war wohl kaum nötig.«

»Verstärkung?« Dukat warf einen Blick auf etwas, das sich außerhalb von Siskos Bild befand. »Würden Sie mich einen Moment entschuldigen, Commander?«

Der Schirm erlosch.

»Was zum ...«, begann Sisko.

»Benjamin«, sagte Dax, »der Neuankömmling funkt Gul Dukat an.«

»Und was soll man nun davon halten?« fragte Sisko.

Kira zuckte die Achseln.

»Gul Dukat reagiert nicht auf den Anruf«, meldete Dax. »Das andere Schiff lädt die Phaser ...«

»Schilde hoch«, rief Sisko.

»Schilde sind oben, Sir«, bestätigte O'Brien.

»Benjamin, er richtet die Phaser auf Gul Dukats Schiff«, sagte Dax.

»Was, zum Teufel ...«, knurrte O'Brien. »Was geht da vor?«

»Halten Sie die Schilde oben«, befahl Sisko. »Es könnte ein Trick sein – und wenn nicht, könnten wir trotzdem ins Kreuzfeuer geraten.«

»Das zweite Schiff kontaktiert uns«, sagte Dax. »Jetzt sogar alle beide.«

»Nehmen Sie beide Gespräche an und teilen Sie den Bildschirm.«

Gul Dukats Bild erschien auf der linken Seite, und rechts war ein zweiter Cardassianer zu sehen. Sisko hatte für einen Moment erwogen, ob sich das zweite Schiff vielleicht gar nicht in cardassianischer Hand befand, doch wer immer dort das Kommando führte, war eindeutig Cardassianer und trug auch die entsprechende Uniform.

»Commander«, meldete sich der Neuankömmling zu Wort, »ich bin Gul Kaidan, militärischer Berater von Kag Leghuris. Es scheint, als wären Sie im Besitz eines

Objektes, das rechtmäßig dem cardassianischen Imperium gehört.«

»Das hat uns Gul Dukat auch gerade erzählt«, erwiderte Sisko. »Doch ich fürchte, ich fand seine Argumente wenig überzeugend.« Er sah zu Dukat hinüber und richtete seinen Blick dann wieder auf Kaidan.

»Gul Dukat«, erklärte Kaidan, »handelte ohne die Genehmigung des Imperialen Rats.«

»Jetzt hören Sie aber auf, Gul Kaidan«, antwortete Dukat. »Seit wann braucht man eine Genehmigung, um einen Akt von Piraterie zu unterbinden?«

»Niemand hat Piraterie begangen«, protestierte Sisko. »Diese Station hat in Übereinstimmung mit allen einschlägigen Vereinbarungen im bajoranischen Raum ein herrenloses Schiff geborgen, um eine Gefahr für die Schiffahrt zu beseitigen.«

»Ich muß jedoch feststellen«, sagte Gul Dukat, der es irgendwie schaffte, den Eindruck zu erwecken, verächtlich zu schnauben, obwohl er nichts dergleichen tat, »daß Sie dieses unerwünschte Objekt nicht einfach vernichtet haben.«

»Ich beabsichtige nicht, mich für unsere wissenschaftliche Neugier zu entschuldigen«, erklärte Sisko gelassen. »Im übrigen wußten wir anfangs nicht, ob es Überlebende an Bord gab, und handelten somit auch aus humanitären Gründen.«

»Ah, der berühmte Humanismus der Föderation«, sagte Dukat. »Nachdem Sie sich inzwischen überzeugt haben, daß es keine Überlebenden gibt, wären Sie jetzt vielleicht so freundlich, mir das Schiff zu übergeben?«

»Das dürfen Sie unter gar keinen Umständen tun«, schaltete sich Gul Kaidan sofort ein. »Dieses Schiff ist Eigentum der cardassianischen Regierung, und *ich* bin der Vertreter dieser Regierung! Gul Dukat handelt auf eigene Faust und ohne Genehmigung.«

»Ich verstehe«, meinte Sisko. »Und Sie, Gul Kaidan, verfügen über die erforderliche Genehmigung? Wenn ich eine Subraumverbindung nach Cardassia herstelle, wird die Regierung bestätigen, daß Sie berechtigt sind, das Schiff zu beanspruchen?«

Kaidans Miene wurde unsicher, und Gul Dukat lächelte.

»Ich bin Offizier der Imperialen Regierung«, erklärte Kaidan.

»Genau wie ich«, sagte Dukat sanft.

»Ich wurde vom Imperialen Rat mit meinen gegenwärtigen Aufgaben betraut«, beharrte Kaidan. »Gul Dukat handelt unabhängig.«

»Aber keiner von Ihnen ist tatsächlich ermächtigt, das Schiff zu beanspruchen?« fragte Sisko.

»Gul Kaidans gegenwärtige Aufgaben bestehen hauptsächlich darin, mir nachzuspionieren, Commander«, sagte Dukat. »Ich bezweifle, daß seine Herren auf Cardassia daran gedacht haben, ihm zu sagen: ›Ach, übrigens, falls du zufällig über ein entführtes Schiff stolperst, dann reklamiere es für uns.‹ Kurz gesagt, er blufft.«

»Ich nehme im Imperium eine höhere Position ein als Sie, Gul Dukat ...«

»Im Moment vielleicht, aber meine Akte ...«

»Meine Herren«, sagte Sisko scharf, »Sie verstehen sicher, daß ich unter diesen Umständen keinem von Ihnen das Schiff überlassen kann.«

Beide Cardassianer dachten ein paar Sekunden darüber nach.

»In der Tat«, bemerkte Gul Kaidan. »Wenn Sie mir versichern, Commander, daß Sie das Schiff nicht diesem arroganten Narren ...«

»Bemühen Sie sich nicht, Gul Kaidan«, unterbrach ihn Dukat. »Wenn Sie so freundlich wären, Ihre Waffensysteme zu deaktivieren, damit ich sicher sein kann, nicht hinterrücks beschossen zu werden, dann verschwinde ich von hier. Es ist offensichtlich, daß Ihr Auftauchen genau für die Art von Komplikation gesorgt hat, die unser guter Commander Sisko braucht, um einen Grund zu haben, das Objekt an Ort und Stelle zu belassen. Ich verlasse mich allerdings darauf, Commander, daß Sie sicherstellen, daß niemand, Cardassianer oder sonst jemand, das Schiff betritt, solange die unbedeutende Frage nach dem Besitzer nicht geregelt ist.«

»Das sollte möglich sein«, stimmte Sisko vorsichtig zu.

»Dann werde ich die Lösung zumindest fürs erste unserer verehrten Regierung überlassen.«

Gul Dukats Bild verschwand abrupt vom Schirm.

Gul Kaidan drehte sich für einen Moment zur Seite und murmelte etwas, das die Beobachter auf *Deep Space Nine* nicht verstehen konnten; dann wandte er sich wieder an Sisko.

»Nun, Commander«, sagte er, »wenn Sie mir jetzt das Schiff übergeben würden, kann ich …«

»Gul Kaidan«, unterbrach ihn Sisko, »ich bin sicher, Sie haben gehört, was ich eben gesagt habe. Ich kann das Schiff *niemandem* überlassen, solange die Frage nach dem rechtmäßigen Besitzer noch offen ist.«

»Gul Kaidans Schiff hat die Waffen deaktiviert, Benjamin«, meldete Dax.

»Eine freundschaftliche Warnung, Commander«, sagte Gul Kaidan. »Obwohl es das cardassianische Imperium durchaus zu schätzen weiß, daß Sie die Flugrouten von Trümmern freihalten, so gehört doch alles von Wert an Bord dieses Schiffs dem Imperium. Jeder Versuch, sich etwas anzueignen, wird ernste Konsequenzen nach sich ziehen.«

»Danke für die Warnung.« Sisko blickte verärgert darüber, daß er sich in der Defensive befand, auf den Schirm. Es war völlig in Ordnung gewesen, das Schiff aufzubringen. Wenn sich jemand in jüngster Zeit etwas hatte zuschulden kommen lassen, dann die Cardassianer, und Sisko hatte durchaus vor, diesen Punkt deutlich zu machen.

Allerdings kannte er diesen Gul Kaidan nicht. Offensichtlich nahm er eine Stellung von einiger Autorität ein – das Imperium überließ Kriegsschiffe der Galor-Klasse wahrlich nicht jedem –, doch Gul Dukat hatte Kaidan ganz offensichtlich nicht als jemanden betrachtet, der ihm Befehle geben konnte. Sisko war sich daher nicht ganz sicher, wie ernst er nehmen mußte, was Kaidan sagte. War er tatsächlich ein Vertreter der cardassianischen Regierung?

Und was ging hier eigentlich vor? Cardassianische Schiffe, die sich gegenseitig bedrohten? Hing dieses Verhalten irgendwie mit den Grenzverletzungen zusammen?

»Gul Dukats Schiff dreht ab«, meldete Dax.

Wie Sisko Gul Kaidan gegenüber auftreten sollte, hing nicht zuletzt davon ab, ob der Cardassianer tatsächlich etwas mit den Grenzverletzungen zu tun hatte – nur wußte der Commander eben nicht, ob eine derartige Verbindung bestand.

Wenigstens hatte jeder Cardassianer, dem Sisko bisher begegnet war, eine Vorliebe für trockenen Sarkasmus gezeigt – tatsächlich war dieser Zug so ausgeprägt, daß der Commander zu der Ansicht neigte, es handle sich in der Tat um einen grundlegenden Aspekt der cardassianischen Kultur. Insofern war es ihm nicht schwer gefallen, eine passende Erwiderung auf die ›freundschaftliche Warnung‹ zu formulieren. Ob der Cardassianer sie als subtile Ironie oder schlichte Höflichkeit einschätzte, blieb ihm selbst überlassen.

»Ich hoffe, Sie halten es nicht für ungebührlich, wenn ich erwähne, daß sich einige Ihrer Landsleute in letzter Zeit nicht eben von ihrer freundlichsten Seite gezeigt haben – und damit meine ich keineswegs Gul Dukats Besuch«, sagte Sisko.

»Und wovon sprechen Sie dann?« fragte der Cardassianer mit hochgezogenen Augenbrauen.

»Nun, vielleicht sollte diese Angelegenheit eher auf dem normalen diplomatischen Weg behandelt werden, doch in jüngster Zeit ist es zu mehreren… Zwischenfällen gekommen. Cardassianische Schiffe sind in bajoranisches Gebiet eingedrungen.«

»Oh, tatsächlich?« Der Cardassianer heuchelte Überraschung. »Das ist mir neu. Wie unangenehm! Bitte, Commander, berichten Sie mir mehr darüber.«

Siskos Gesicht wirkte völlig ausdruckslos, als er schweigend auf den Schirm blickte, und verriet nichts von seinen Gedankengängen.

Er war sicher, daß Kaidan nicht nur wegen des Wracks hier war, denn andernfalls würde er weiter über diesen Punkt diskutieren oder hätte sich gleich nach Gul Dukats Abflug ebenfalls aus dem Staub gemacht. Nach Siskos Erfahrung taten Cardassianer nie etwas, von dem sie sich keinen Gewinn versprachen. Insofern warf Kaidans Besuch eine ganze Reihe von Fragen auf, deren wichtigste für Sisko im Moment die war, was der Cardassianer wirklich wollte.

Und sobald er das herausgefunden hatte, konnte sich Sisko darüber Gedanken machen, ob er Kaidan entgegenkommen sollte oder nicht.

Die Nachricht von der Ankunft des Wracks konnte Cardassia bisher noch gar nicht erreicht haben, ganz zu schweigen von der Möglichkeit, daß man bereits ein Schiff hergeschickt hatte. Sowohl Gul Dukat wie auch Gul Kaidan mußten sich daher bereits in der Nähe der Station aufgehalten haben. Und das hieß, sie befanden sich *nicht* wegen des Wracks hier.

Sisko war sich jetzt sicher, daß eine Verbindung zwischen Kaidans Anwesenheit und den Überfällen – nein, den Grenzverletzungen bestand. Er durfte nicht vergessen, daß es sich nach den Buchstaben des Gesetzes nicht um Überfälle handelte; niemand hatte einen Schuß abgefeuert oder Beute genommen. Doch was Kaidans Unwissenheit betraf, so war sie ganz eindeutig nur vorgeschoben – fast so, als wollte er Sisko zu verstehen geben, daß es sich um eine Lüge handelte.

Doch warum?

War Kaidan tatsächlich an dem Wrack interessiert? Doch woher sollte er wissen, ob es überhaupt einen gewissen Wert besaß? Schließlich hatte Sisko selbst gerade erst erfahren, daß O'Brien den Bordcomputer für bemerkenswert hielt. Gul Kaidan konnte davon gar nichts wissen, es sei denn, ähnliche Schiffe wären schon früher aufgetaucht und von den Cardassianern abgefangen worden.

Doch wenn das der Fall war, besäßen die Cardassianer schon längst jene Computertechnologie, die O'Brien in derartige Begeisterung versetzt hatte. Somit schied diese Möglichkeit ebenfalls aus.

Also hatte Gul Kaidan vermutlich nur deshalb Interesse an dem Wrack angemeldet, um zu verhindern, daß es Gul Dukat in die Hände fiel.

Doch was mochte im cardassianischen Imperium vorgehen, daß sich diese beiden Offiziere gegenseitig an die Kehle gingen?

»Ich muß gestehen, ich bin etwas verwirrt, Gul Kaidan«, sagte Sisko. »Ich hatte angenommen, das Imperium würde seine Untergebenen immer genau im Auge behalten.«

»Normalerweise ist das auch so«, stimmte Kaidan zu. »Nur ist die gegenwärtige Situation weit vom Normalzustand entfernt.«

»Vielleicht sollten wir diese Situation dann einmal genauer erörtern«, schlug Sisko vor, der so viele Informationen wie möglich sammeln wollte.

»Es wäre mir ein Vergnügen, Commander«, antwortete der Cardassianer lächelnd. »Allerdings sollten wir diese Unterhaltung besser nicht über einen offenen Kanal führen.«

Deshalb also hatte Gul Kaidan so offensichtlich gelogen. Der Cardassianer wollte zu einem privaten Gespräch eingeladen werden.

Wirklich höchst interessant.

»Natürlich nicht«, stimmte Sisko zu. »Wenn Sie bereit wären, an Bord der Station zu kommen, könnten wir uns in einer etwas angemesseneren Umgebung unterhalten.«

»Ich nehme Ihre freundliche Einladung gerne an, Commander. Wenn Sie mir die Transporterkoordinaten übermitteln könnten ...«

»Selbstverständlich.« Sisko nickte O'Brien zu, der dem Gespräch aufmerksam gefolgt war.

»Jawohl, Sir.« O'Brien ging zum Kontrollpaneel des Transporters hinüber.

Sisko hatte den Eindruck, als sei O'Brien wegen irgend etwas nicht so ganz glücklich. Entweder mißfiel im die Vorstellung, einen Cardassianer auf die Station zu lassen, oder er ärgerte sich über Siskos Zusage, niemanden an Bord des fremden Schiffs mit seinem faszinierenden Computersystem zu lassen.

Doch das Schiff würde warten müssen. Solange ihm niemand zu nahe kam, stellte es keine akute Gefahr dar.

Ein cardassianisches Kriegsschiff hingegen bedeutete *immer* eine akute Gefahr.

5

Der cardassianische Commander schien sonderbarerweise zu zögern, als Sisko vorschlug, sich in seinem Büro zu unterhalten.

Nun, dachte Sisko, es konnte nicht schaden, auf seine Launen einzugehen. Außerdem würde sich sein Sohn Jake noch mindestens eine Stunde lang in Keiko O'Briens Klassenzimmer unten an der Promenade aufhalten. »Ein Büro wirkt natürlich ein wenig steif und formell«, sagte er. »Vielleicht haben wir es in meiner Unterkunft etwas bequemer.«

Der Cardassianer strahlte. »Ah, das wäre ausgezeichnet, Commander.«

Kurz darauf nahmen sie in den bequemen Sesseln Platz, Sisko mit einem Becher Kaffee, während Kaidan ein Gebräu bevorzugte, das nach Siskos Ansicht wie eine perverse Mischung aus Limonensaft und Zwiebeln roch.

Leicht amüsiert stellte Sisko anhand der Miene fest, die Gul Kaidan nach dem ersten Schluck aufsetzte, daß die von den Cardassianern gebauten Replikatoren der Station bei seinem Getränk offenbar auch keine bessere Leistung zeigten als bei Kaffee.

Nach einem Augenblick des höflichen Schweigens sagte Sisko in freundlichem Tonfall: »Gul Kaidan, ich kann es nur schwer glauben, daß Sie überhaupt nichts von den Grenzverletzungen des bajoranischen Territoriums wissen.«

Der Cardassianer lächelte über seinen Becher hinweg und sah sich in dem Raum um, bevor er bemerkte:

»Die Einrichtung scheint mir recht spartanisch geraten, Commander, aber immerhin sind wir hier unter uns, nicht wahr?«

Sisko dachte über diese Bemerkung nach. Unter uns? Was glaubte der Cardassianer denn, wer sie im Büro des Stationskommandanten oder an Bord von Kaidans eigenem Schiff belauschen könnte?

»Es sollte ausreichen«, meinte er.

Kaidan setzte seinen Becher ab. »Man kann nie zu vorsichtig sein.«

»Ich nehme an, Sie haben Ihre Gründe, um sich über solche Dinge Gedanken zu machen, Gul Kaidan?«

»Nun ja, in diesen unruhigen Zeiten...« Er vollführte eine sonderbare Bewegung mit der Hand, die Sisko als das cardassianische Äquivalent eines Achselzuckens einschätzte.

»Mir ist natürlich bewußt, daß innerhalb des cardassianischen Imperiums offenbar gewisse Probleme aufgetreten sind«, sagte Sisko. »Was genau hat denn die Dinge so durcheinander gebracht, Gul Kaidan?«

»Ich dachte, man hätte selbst hier davon gehört.«

Wovon gehört? Sisko dachte über diese Bemerkung nach.

Im Lauf der Zeit war Sisko zu dem Schluß gekommen, daß Ehrlichkeit sich nicht unbedingt auszahlte, wenn man mit Cardassianern zu tun hatte. Mit Sicherheit hielten andere Cardassianer nicht viel davon, ein Ziel direkt anzusteuern. Ein Bluff wäre gewiß vorzuziehen, doch wenn man bedachte, wie wenig Sisko tatsächlich wußte, dürfte ihm selbst das schwerfallen.

Er kam zu dem Schluß, daß er mit einer Mischung aus Fakten und Fiktion am besten fahren würde. »Wenn Sie sich auf den Tod von Kag Duzek beziehen«, sagte er, »so sind wir darüber natürlich im Bilde. Allerdings vermag ich die Verbindung zu den jüngsten Ereignissen nicht recht zu erkennen.«

Die Unterlagen des Stationscomputers hatten sich in dieser Frage als wenig hilfreich erwiesen. Sisko hatte einiges über Kag Duzeks familiären Hintergrund und die Anfänge seiner Karriere in Erfahrung gebracht und außerdem herausgefunden, daß er einer jener politischen Fraktionen angehört hatte, die derzeit kaum über Einfluß verfügten, doch das war auch schon alles gewesen.

»Aber, Commander«, sagte Kaidan, »sicher wissen Sie doch, daß Kag Duzek als der Erbe des Goran Tokar bezeichnet wurde?«

Sisko achtete darauf, seine Verwirrung nicht zu zeigen. Er verschränkte die Hände und nickte nachdenklich.

Wer, zum Teufel, war der Goran Tokar? Der Name kam ihm vage vertraut vor, und soweit er wußte, nahm ein Goran einen hohen Rang innerhalb der cardassianischen Hierarchie ein, doch darüber hinaus ließ ihn entweder sein Gedächtnis oder seine Ausbildung im Stich. Und wieso sollte Kag Duzeks Verbindung zu ihm irgend etwas erklären? Was hatte sie mit den Grenzverletzungen zu tun – oder damit, Gul Dukat vom Diebstahl des Wracks abzuhalten?

»Und inwiefern bringt Sie das nun hierher, Gul Kaidan?« fragte Sisko.

Kaidan setzte wieder dieses zwar charmante, aber unechte Lächeln auf, das so vielen Cardassianern eigen war. »Natürlich können Sie nichts über meine eigenen politischen Verbindungen wissen«, gab er zu. »Soweit mir bekannt ist, sind Gul Dukats Leute beim Löschen der Unterlagen dieser Station recht gründlich vorgegangen.«

Tatsächlich war diese Löschung nur sehr punktuell erfolgt, doch das würde Sisko wohl kaum einem Cardassianer gegenüber erwähnen. Andererseits war praktisch alles gelöscht worden, was die cardassianische Innenpolitik anging, und somit fehlten ihm für dieses Gespräch die nötigen Informationen.

Sisko nickte nur, ohne sich zu äußern.

»Wie jeder, der mich kennt, bestätigen wird, Commander, habe ich stets die Politik der gegenwärtigen Regierung unterstützt. Tatsächlich habe ich meine Karriere und alle damit verbundenen Hoffnungen auf diesen Punkt hin ausgerichtet. Als ebenfalls aus politischen Gründen eingesetzter Commander werden Sie das sicher zu schätzen wissen.«

»Meine eigene Ernennung hatte keinen politischen Hintergrund«, widersprach Sisko ruhig.

»Aber, Commander, *jede* Berufung ist politisch zu sehen. Soweit ich mich entsinne, wurden Sie hergeschickt, bevor man das Wurmloch entdeckte – möglicherweise haben Sie Feinde innerhalb Ihrer Bürokratie? Und das Wurmloch hat Ihnen dann die Möglichkeit geboten, das Blatt zu wenden, oder etwa nicht?«

Das war eine faszinierende Erklärung; ganz offensichtlich übertrug der Cardassianer seine eigenen Erfahrungen auf Siskos Situation. »Ich nehme an, das Wurmloch hat in Ihrer eigenen Regierung für erhebliche Unruhe gesorgt«, sagte Sisko, ohne Kaidans Vermutungen zu widersprechen oder zuzustimmen.

»Nun ja, natürlich«, gab Kaidan zu. »Wir haben Bajor als wertlos aufgegeben, und daß kurz darauf das Wurmloch auftauchte, dessen Bedeutung noch gar nicht abzuschätzen ist, hat natürlich einigen politischen Schaden angerichtet. Um die Wahrheit zu sagen, wir sehen uns jetzt den Angriffen zweier politischer Gruppierungen ausgesetzt, die vor der Entdeckung des Wurmlochs keine ernsthafte Bedrohung darstellten.«

»Ich verstehe«, meinte Sisko. »Und Gul Dukat hat sich jetzt einer dieser Parteien angeschlossen?«

»Gul Dukat«, sagte Kaidan giftig, »ist ein übler Opportunist, der sich bisher geweigert hat, überhaupt für eine Seite Stellung zu beziehen.«

Sisko nickte. »Ich nehme an, Sie wollen damit zum Ausdruck bringen, daß Gul Dukat beabsichtigt, den politischen Schaden auszunutzen, den das Wurmloch angerichtet hat, während Sie hier sind, um eben diesen Schaden möglichst einzudämmen?«

»Sagen wir lieber, ich hoffe zu verhindern, daß es zu weiteren Irritationen kommt«, meinte der Cardassianer. »Wenn ich beispielsweise nachweisen könnte, daß wir trotz allem Nutzen aus dem Wurmloch ziehen, etwa in Form dieses Schiffs, das Sie aufgebracht haben, ohne dabei die Kosten für den Unterhalt der Station aufbringen zu müssen, dann würde das zweifellos zur Konsolidierung der politischen Lage beitragen.«

»Ich verstehe«, wiederholte Sisko.

»Und wenn ich beweisen könnte, daß dieses Schiff ohne jeden Wert ist, würde das möglicherweise wenigstens ein paar Stimmen innerhalb der Opposition zum Schweigen bringen«, fuhr Kaidan fort. »Unser großer Schwachpunkt besteht momentan darin, daß es so aussieht, als hätten wir etwas von erheblicher Bedeutung aufgegeben. Wenn wir nachweisen, daß es im Grunde gar keinen Wert besitzt, würde uns das ebenso helfen.« Der Cardassianer lächelte. »Ich spreche so offen, Commander, weil ich hoffe, Sie werden uns dabei helfen, unsere Vormachtstellung innerhalb des Imperiums zu erhalten.«

»Ach?« Sisko runzelte die Stirn. »Wieso erwarten Sie, ich würde Ihnen helfen?«

»Aber, Commander, es wäre doch auch für Sie von Vorteil, wenn meine Partei an der Macht bliebe.«

»Tatsächlich?«

»Aber gewiß. Wenn unsere Rivalen ans Ruder kommen, dürfte es mit größter Wahrscheinlichkeit zum Krieg kommen, und in einem Krieg ernten die Raumschiff-Captains und die Admiräle den Ruhm, aber nicht Sie auf Ihrer Station. Herrscht hingegen Frieden, kann eine erfolgreich verwaltete Station den Grundstein für eine erfolgreiche Karriere bilden.«

Er lächelte.

»Sie möchten doch sicher nicht, daß es zum Krieg kommt?«

6

Sisko empfand diesen freimütigen Hinweis auf eine Kriegsgefahr als beunruhigend. Er hatte zwar bereits selbst überlegt, ob die Grenzverletzungen der Cardassianer, genau wie Gul Dukats Einschüchterungsversuch, den Versuch darstellten, einen Krieg vom Zaun zu brechen – und vielleicht traf das ja tatsächlich zu –, doch Kaidans Worte bestätigten zumindest, daß die gegenwärtige Regierung nicht hinter dieser Politik stand und daß Kaidan selbst den Frieden wünschte.

Das war eine Erleichterung. Sisko hatte in seinem Leben bereits mehr vom Krieg gesehen, als ihm lieb war. »Und was genau wollen Sie nun von mir?« fragte er. »Erwarten Sie, ich würde Ihnen ein Alien-Artefakt einfach überlassen?«

»Das wäre zweifellos sehr hilfreich«, meinte Kaidan.

»Es würde aber auch einen nicht akzeptablen Präzedenzfall schaffen.«

»Ah«, sagte Gul Kaidan. »Und wenn wir es uns einfach nehmen würden, wie es Gul Dukat vorhatte? Ich bezweifle nicht, daß mein Schiff über die nötige Feuerkraft verfügt, um die Verteidigungsanlagen dieser Station zu überwinden.«

»Das bezweifle ich auch nicht«, erwiderte Sisko, »aber damit würde es natürlich zum Krieg zwischen dem Imperium und der Föderation kommen. Wollen Sie tatsächlich wegen eines wertlosen Wracks einen Krieg anfangen?«

»Aber würde es denn wirklich zum Krieg kommen?« fragte Gul Kaidan.

Sisko bemerkte, daß Kaidan die angebliche Wertlosigkeit des Schiffs gar nicht in Frage stellte. War das ein Hinweis darauf, wo die Interessen des Cardassianers in Wirklichkeit lagen? Tatsächlich schien er mehr daran interessiert, über Krieg und Frieden zu diskutieren, als das Wrack in seinen Besitz zu bringen.

»Die Föderation hat sich verpflichtet, diese Station ebenso zu schützen wie das bajoranisches System«, erklärte Sisko.

»Gegen Eindringlinge aller Art«, stimmte Kaidan zu.

Diese Bemerkung traf; bisher hatte die Föderation nichts gegen das halbe Dutzend Streifzüge durch bajoranisches Gebiet unternommen, eine Tatsache, die sowohl Sisko wie dem Cardassianer bewußt war.

»Gegen jede ernsthafte Bedrohung des Friedens«, sagte Sisko. »Eine Reaktion auf die Grenzverletzungen wird derzeit erwogen.«

»Aber sie steht noch nicht fest?«

»Worauf wollen Sie hinaus, Gul Kaidan?«

»Ich könnte mir vorstellen, daß die Föderation vielleicht zu beschäftigt ist, um sich über den Verlust dieser Station aufzuregen«, meinte Kaidan. »Oder daß sie denkt, sie wäre einen ausgewachsenen Krieg nicht wert.«

»Wollen Sie dieses Risiko wegen eines wertlosen Artefaktes eingehen?« fragte Sisko. »Das Schiff verfügt nicht einmal über einen Warpantrieb.«

»Dieses Schiff verkörpert die Schätze, die das Wurmloch möglicherweise für die Cardassianer bereithält – und die Partei, die es nach Cardassia bringt, demonstriert damit ihr Vermögen, diese Schätze auch wirklich in ihren Besitz zu bringen.«

»Wenn Sie beabsichtigen, das Wrack auf jeden Fall an sich zu bringen, weshalb sollte es dann für uns eine Rolle spielen, welche Partei es bekommt?«

»Weil, Commander, *meine* Leute es benutzen würden, um unsere Behauptung zu unterstreichen, wir könnten auch ohne Kampf alles aus dem bajoranischen System herausschaffen, was wir haben wollen, während die *D'ja Bajora Karass* darin nur den Beweis sehen wird, daß die Rückeroberung Bajors erforderlich ist.«

Sisko zuckte zusammen. Mit dieser Wendung hatte er nicht gerechnet.

»Rückeroberung?« fragte er.

Kaidan nickte.

»Das würde mit Sicherheit Krieg bedeuten«, sagte Sisko. »Es wäre für alle Beteiligten eine Katastrophe.«

»Das sieht meine Partei auch so«, stimmte Kaidan zu. »Die Opposition argumentiert jedoch anders.« Er beugte sich vor und sagte leise: »Ich dachte, Sie könnten mir vielleicht bestätigen, daß die Föderation tatsächlich zu einem Krieg bereit ist, sollten wir den Versuch unternehmen, Bajor zurückzuerobern. Es geht mir natürlich um die *offizielle* Haltung der Föderation.«

Zumindest war jetzt klar, weshalb sich Kaidan persönlich herbemüht und darauf bestanden hatte, ein Gespräch unter vier Augen zu führen. Schließlich konnte er kaum erwarten, daß Sisko in aller Öffentlichkeit vom offiziellen Standpunkt der Föderation abwich. Und offenbar hoffte er darauf, Sisko würde ihm hier, in seinen Privaträumen, die Wahrheit sagen.

Sisko wünschte nur, er würde diese Wahrheit selbst kennen. Natürlich glaubte er, die offizielle Haltung der Föderation stehe unverrückbar fest, doch andererseits waren die Mittel beschränkt, und die Bedrohung durch die Romulaner existierte weiterhin …

»Ich hoffe, Sie erkennen, daß es in unser beider Interesse liegt, eindeutig klarzustellen, daß die Föderation fest entschlossen ist, Bajor zu verteidigen«, sagte Kaidan. »Da sich die gegenwärtige Regierung auf

Cardassia jederzeit gezwungen sehen könnte, Stärke zu demonstrieren, kann ich nicht dafür garantieren, daß kein Versuch zur Rückeroberung unternommen wird. Es wäre also nicht ratsam für Sie, einen Bluff zu versuchen. Damit würden Sie nur uns beiden schaden. Eine offene Aussprache hingegen könnte uns beiden eine Reputation von großem Wert verschaffen.«

Sisko nickte. »Das ist einsichtig.«

»Das Schiff ist nicht weiter wichtig, wenn es tatsächlich wertlos ist«, fuhr Kaidan fort. »Sein Besitz oder seine Bedeutungslosigkeit nützen uns gleichermaßen, solange nur unsere Gegner es nicht für ihre Zwecke verwenden können. Überlassen Sie es mir oder vernichten Sie es, ganz wie es Ihnen beliebt, aber lassen Sie es nicht in die Hände der *D'ja Bajora Karass* oder der Revanchistischen Partei fallen. Jede dieser Gruppierungen könnte es zu Propagandazwecken nutzen.«

»Wir haben keineswegs die Absicht, es irgend jemandem zu überlassen«, sagte Sisko.

»Und was haben Sie damit vor?« Kaidan sah ihn erwartungsvoll an.

Sisko dachte sorgfältig über diese Frage nach.

Wie er vermutet hatte, stellte das Schiff nur einen Vorwand dar. Kaidan machte sich Gedanken um die politische Situation auf Cardassia und dachte nicht an mögliche Profite.

Doch was wußte Sisko tatsächlich über die politische Lage?

Den Berichten zufolge war Kag Duzek während einer Auseinandersetzung umgekommen, bei der es plötzlich zu Gewalttätigkeiten gekommen war. Offenbar hatte es sich um eine private Streitigkeit gehandelt, in die auch eine Frau verwickelt war. Duzek hatte sich in einer Partei engagiert, die in Opposition zur Politik der gegenwärtigen Regierung stand, und sein Tod hatte anscheinend eine Reihe von Flügen in bajoranisches Gebiet ausgelöst.

Und nun war Gul Kaidan aufgetaucht, der behauptete, auf Seiten der cardassianischen Regierung zu stehen, und andeutete, bei den Grenzverletzungen handle es sich um Aktionen der Opposition. Außerdem wollte er die Bestätigung haben, daß die Föderation Bajor tatsächlich verteidigen würde, und behauptete überdies, das Wrack sei lediglich als politisches Hilfsmittel von Nutzen.

Sisko konnte nur hoffen, daß Kaidan die Wahrheit sagte und nicht alles nur ein ausgeklügelter Plan war, um Starfleet in irgendeine Falle zu locken.

Außerdem wünschte er sich, er wüßte genauer, wie die Föderation im Fall einer cardassianischen Aggression tatsächlich reagieren würde – die letzten Berichte hatten nicht so eindeutig geklungen, und bisher war auch noch nicht die Rede von einer Reaktion auf die kürzlichen Grenzverletzungen gewesen. Das legte den Schluß nahe, daß einige Leute auf der Erde vielleicht nicht besonders erpicht darauf sein würden, Bajor zu verteidigen.

Doch andererseits waren sie dazu verpflichtet, und die Föderation pflegte ihre Versprechen einzuhalten.

Kaidan hatte gesagt, Kag Duzek sei als Erbe des Goran Tokar bezeichnet worden, und war davon ausgegangen, die Beziehung zwischen dieser Tatsache, den Grenzverletzungen und der politischen Krise sei offensichtlich.

Sisko konnte diese Verbindung zwar als gegeben hinnehmen, doch er wollte sich lieber vergewissern.

»Ich bitte um Entschuldigung, Gul Kaidan«, sagte er, »aber ich möchte sicher sein, daß ich diesen Punkt richtig verstanden habe. Die Grenzverletzungen, die in jüngster Zeit im bajoranischen Raum erfolgten, gehen auf Leute zurück, die um Kag Duzeks Position wetteifern?«

»Aber natürlich«, antwortete Kaidan verblüfft. »Natürlich kann ich das nur inoffiziell zugeben und hoffe sehr, dieser Raum ist tatsächlich so sicher, wie Sie glauben. Der Goran Tokar hat die ganze Zeit über behauptet, wir hätten Bajor zu voreilig aufgegeben. Mit Sicherheit gäbe es dort noch unentdeckte Bodenschätze, auf die wir aus Angst vor den bajoranischen Terroristen verzichtet hätten. Er benutzte dabei die Tatsache, daß die Bajoraner es irgendwie geschafft hatten, eine der ›Himmelskugeln‹ vor uns zu verbergen, als Beweis, wir könnten auch noch andere Dinge von Wert übersehen haben. Der Goran Tokar ist ein kranker alter Mann, ohne Familie und nun auch ohne Erben. Für denjenigen, der ihm den Beweis liefert, daß er mit seinen Vermutungen recht hatte, stehen die Chancen gut, zu seinem Nachfolger berufen zu werden. Und dieser würde dann in naher Zukunft nicht nur beträchtlichen Besitz erben, sondern auch zum Führer der *D'ja Bajora Karass* aufsteigen.«

»Die *D'ja Bajora Karass?* Sie haben diesen Ausdruck jetzt schon mehrfach verwendet, doch ich fürchte, ich kenne seine Bedeutung nicht.«

»Man könnte es mit ›Bajor gehört uns-Partei‹ übersetzen«, erklärte Kaidan.

Sisko nickte.

Dadurch war natürlich auch erklärt, weshalb die Cardassianer bei den Flügen durch bajoranisches Gebiet ihre Sensoren mit Extremleistung hatten arbeiten lassen – sie suchten nach den unentdeckten Bodenschätzen, an die der Goran Tokar glaubte.

Und deren Auffindung würde zweifellos eine mächtige Waffe in diesem politischen Konflikt darstellen.

»Glauben Sie, Gul Dukat hofft darauf, den Goran Tokar zu beerben?«

»Er ist einer der vier aussichtsreichsten Kandidaten«, bestätigte Kaidan.

Das ergab einen Sinn und erklärte zugleich, weshalb

Dukat versucht hatte, das Schiff aus dem Gamma-Quadranten für sich zu beanspruchen. Dukat, der als Präfekt von Bajor fungiert und die letzte Suche nach Bodenschätzen vor dem cardassianischen Rückzug überwacht hatte, wußte so gut wie kaum ein anderer, daß es keine derartigen Ressourcen gab – und hatte sich deshalb darauf verlegt, statt dessen die Möglichkeiten des Wurmlochs auszuschöpfen.

»Demnach würde der Nachweis übersehener Ressourcen Ihrer Partei weiteren Schaden zufügen«, vermutete Sisko.

»Ganz recht«, stimmte Gul Kaidan zu. »Eine derartige Entdeckung in Verbindung mit einem neuen, starken Führer der *D'ja Bajora Karass* könnte ihnen den nötigen Auftrieb verschaffen, um die Macht zu übernehmen – insbesondere, wenn es diesem neuen Führer gelingt, eine Allianz mit der Revanchistischen Partei einzugehen. Der Goran Tokar hat ein derartiges Bündnis wegen der pragmatischen Haltung der Revanchisten bezüglich der Doppelkugeln und anderer Dinge bisher abgelehnt. Die Entdeckung wirklich eindrucksvoller Ressourcen im bajoranischen System könnte der *D'ju Bajora Karass* zur Vormachtstellung in einem derartigen Bündnis verhelfen und den Revanchisten, die wir bisher als größere Bedrohung angesehen haben, eine untergeordnete Rolle zuweisen.«

Sisko nickte. Er hatte keine Ahnung, wer die Revanchistische Partei war oder inwiefern sie sich von der *D'ja Bajora Karass* unterschied, doch vermutlich war das auch kaum von Bedeutung. Die internen Verwicklungen cardassianischer Politik gingen ihn nichts an.

»Wenn es Sie beruhigt, die Föderation hat bisher auch noch nichts entdeckt, was Ihren Leuten entgangen wäre«, sagte Sisko. »Wir glauben auch nicht, daß noch irgendwelche Bodenschätze existieren.«

Kaidan nickte höflich. »Danke, Commander, das ist

eine nützliche Information. Was jedoch die Föderationspolitik betrifft …«

»Ich fürchte, ich bin nicht in der Position, um dazu Stellung zu nehmen«, sagte Sisko. Gul Kaidan suchte nach einer ehrlichen Antwort, und Sisko war bereit, sie ihm zu geben. »Wie Sie selbst erwähnt haben, konnte man dieses Kommando vor der Entdeckung des Wurmlochs kaum als Wunschposten bezeichnen, und ich zähle auch nicht zu den engen Vertrauten des Föderationsrates. Soweit ich das beurteilen kann, entspricht die offizielle Politik der Föderation auch ihrer tatsächlichen Haltung. Es tut mir leid, daß ich Ihnen keine darüber hinausgehende Zusage machen kann.«

»Ich bedaure das ebenfalls, Commander«, sagte Kaidan und setzte seinen Becher ab. »Normalerweise würde ich zögern, Ihnen Glauben zu schenken, doch Sie sind ein vernünftiger Mann – weshalb sollten Sie lügen, wenn Sie damit nur sich selbst schaden würden?«

Sisko gab keine Antwort, richtete sich aber bei dem Hinweis, er könnte gelogen haben, steif in seinem Sessel auf.

»Sie müssen sich einige Feinde gemacht haben«, fuhr Kaidan fort, »doch zweifellos haben Sie auch Freunde. Sollten Sie mehr herausfinden, dann hoffe ich, Sie werden Mittel und Wege finden, sich mit mir in Verbindung zu setzen. Was nun dieses Schiff aus dem Gamma-Quadranten betrifft …«

Sisko runzelte die Stirn. »Ich fürchte, ich kann nicht erkennen, mit welchem Recht Cardassia Anspruch auf dieses Objekt erhebt. Es stammt aus dem Gamma-Quadranten und wurde innerhalb bajoranischen Gebietes abgefangen. Meine eigenen Leute haben es untersucht, um Hinweise auf seine Herkunft zu finden und entsprechend damit zu verfahren. Solange es nicht zu einer Übereinkunft aller beteiligten Parteien gekommen ist, kann ich Ihnen allenfalls zusagen, daß wir unsere Untersuchungen einstellen, bis die Eigentümerschaft des Schiffs festgestellt ist.«

»Sie wollen es also nicht aufgeben?«

»Nein, Gul Kaidan, das werde ich nicht.«

»Obwohl Sie behaupten, es sei wertlos.«

»Sein Wert ist nicht der springende Punkt«, sagte Sisko. »Gul Kaidan, dieses Schiff verfügt über einen Ionenantrieb, der seine Energie aus einem Kernspaltungsreaktor bezieht, und es benutzt Zentrifugalkraft, um künstliche Schwere zu erzeugen – wie wertvoll sollte so ein Schiff wohl sein?«

Diese Aussage war zwar richtig, zugleich aber auch sehr irreführend. Sisko hatte bewußt darauf verzichtet, das Computersystem zu erwähnen.

»Seine politische Bedeutung mag wenig mit dem tatsächlichen Wert zu tun haben«, sagte Kaidan. »Aber vielleicht könnten wir eine Art Übereinkunft treffen?«

Sisko dachte darüber nach. »Möglicherweise«, sagte er. »Wenn die Flüge in bajoranisches Gebiet aufhören und Reparationen gezahlt werden…«

Jetzt runzelte Kaidan die Stirn. »Sie stellen hohe Forderungen.«

»Ganz im Gegenteil«, meinte Sisko. »Meiner Meinung nach wären das die Mindestvoraussetzungen für jede Art von Übereinkunft.«

»Weder die cardassianische Regierung noch Mitglieder meiner Partei sind für die Grenzverletzungen verantwortlich«, sagte Kaidan.

»Dessen bin ich mir bewußt.«

»Dann fürchte ich, wir können im Moment nicht zu einer Einigung gelangen. Und ich bedaure sagen zu müssen, daß ich es für nötig halten könnte, mit Gewalt vorzugehen, um dieses Schiff zu bekommen.« Er machte Anstalten, sich zu erheben, ließ dabei jedoch ein gewisses Zögern erkennen, als hoffe er, Sisko würde ihn zurückhalten.

Doch statt dessen erhob sich der Commander ebenfalls.

Dieser Besuch war sehr informativ gewesen und stellte zudem eine Gelegenheit dar, die er nicht ungenutzt vorübergehen lassen wollte, andererseits war ihm noch immer nicht ganz klar, worauf Kaidan wirklich hinauswollte.

Doch dann durchzuckte ihn plötzlich ein Gedanke. Wenn die Grenzverletzungen den Versuch darstellten, die politische Nachfolge in der *D'ja Bajora Karass* zu regeln …

»Gul Kaidan«, sagte er, »ich bin sicher, wir finden Mittel und Wege, um uns gegenseitig zu unterstützen, statt die Dinge eskalieren zu lassen. Wie Sie selbst bemerkt haben, ist es in unser beider Interesse, zu einer friedlichen Lösung zu kommen, statt einen Krieg zu riskieren. Sicher wäre ein weiterer Informationsaustausch nützlich, aber vielleicht gibt es noch andere Dinge, die uns beiden helfen könnten und für Sie von größerem Wert wären als das Schiff. Indem Sie mir die mit dem Goran Tokar zusammenhängende Lage geschildert haben, haben Sie mir bereits beträchtlich geholfen, und ich stehe deswegen in Ihrer Schuld. Und vermutlich haben Sie damit auch zugleich sich selbst geholfen. Wenn es noch mehr gibt, was Sie mir mitteilen könnten …«

Kaidan beobachtete ihn aufmerksam. Er sagte zwar nichts, machte aber auch keine Anstalten, den Raum zu verlassen.

»Beispielsweise«, fuhr Sisko fort, »haben Sie einiges auf sich genommen, um Gul Dukat an der Inbesitznahme des Schiffs zu hindern. Ich schließe daraus, daß Ihre Leute nicht sehr glücklich wären, sollte der Goran Tokar Gul Dukat zu seinem Erben bestimmen. Vielleicht könnten Sie uns ja auch verraten, ob es unter den möglichen Kandidaten einen gibt, den wir auf irgendeine Weise unterstützen oder vielleicht auch behindern sollten? Wäre eine solche Hilfe nicht wertvoll genug, um die Bedeutung des Schiffs aufzuwiegen?«

»Commander Sisko«, sagte Kaidan und nahm wieder Platz, »Sie sind in der Tat ein Mann mit ausgezeichneten Ideen.«

7

Obwohl O'Brien ungeduldig darauf wartete, daß Sisko und der Cardassianer die Unterkunft des Commanders wieder verließen, hatte er sich für einen Moment vom Turbolift abgewandt, um ein Display anzusehen – offenbar hatte er sich in Gedanken so intensiv mit dem Wrack beschäftigt, daß es ihm so vorkam, als hätte er einen Sekundenbruchteil lang einen der toten, krebsähnlichen Aliens auf dem Schirm gesehen. Als er abermals hinsah, war das Bild verschwunden, doch dies hatte ihn lange genug abgelenkt, um die Ankunft der beiden Commander zu verpassen.

»Chief O'Brien«, rief Sisko, »würden Sie bitte Gul Kaidan sicher zurück auf sein Schiff bringen?«

»Jawohl, Sir.« O'Brien drehte sich zur Transporterkonsole um, während der cardassianische Captain herüberkam und die Plattform betrat.

O'Brien sah, wie Major Kira den Cardassianer haßerfüllt anstarrte, und bemühte sich, nicht darauf zu achten, während er die Kontrollen bediente. Vermutlich merkte sie nicht einmal, was sie tat, dachte er.

»Major«, sagte Sisko, an Kira gerichtet, »ich möchte Sie in meinem Büro sprechen.«

O'Brien überprüfte die eingegebenen Koordinaten und verkündete: »Energie.«

Der Cardassianer verschwand, und O'Brien drehte sich rasch, um Sisko zu erwischen, bevor er mit Kira in seinem Büro verschwand. »Commander«, rief er, »was das Alien-Schiff betrifft...«

»Das kann warten, Chief«, sagte Sisko, während er die Stufen zu seinem Büro hinaufging.

»Aber, Sir ...«

Sisko blieb stehen. »Besteht irgendeine akute Gefahr, Chief? Lieutenant Dax?«

»Äh, nein«, gab O'Brien zu, »keine *akute* Gefahr, aber es tritt Strahlung aus ...«

»Das war bei den vier Reaktoren auch der Fall, die von den Cardassianern vor ihrem Abzug sabotiert wurden, Chief. Wie es aussieht, haben sie aber keine bleibenden Schäden angerichtet, obwohl sie uns erheblich näher waren als dieses Schiff am äußeren Ende von Andockmast zwei.«

»Der Computer ...«

»Der Computer kann warten.«

»Aber die Mannschaft, Commander ...«, setzte Dr. Bashir an.

»Die Mannschaft des Schiffs ist tot, nicht wahr?« Der Doktor nickte. »Nun, dann kann sie ebenfalls warten.« Sisko betrat sein Büro. Major Kira folgte ihm auf dem Fuß, und die Tür schloß sich hinter ihnen.

O'Brien starrte frustriert die Tür an. Er wünschte sich nichts sehnlicher, als einen genaueren Blick auf den Schiffscomputer zu werfen. Wie hatten die Erbauer es geschafft, ein Besrethine-Neuralnetz zu konstruieren, das sich nicht in einer selbstzerstörerischen Endlosschleife lahmlegte?

Schließlich seufzte er und wandte sich ab. Es gab auch so noch genug Arbeit auf der Station. Die Replikatoren an der Promenade funktionierten nicht mehr einwandfrei und produzierten Nahrungsmittel und Getränke, die für den menschlichen Verzehr nicht geeignet waren. Quark hatte sich bereits mehrfach darüber beschwert und verlangte umgehende Reparatur.

Doch immerhin waren Quarks Beschwerden diesmal höflich formuliert worden; in der Vergangenheit hatte er O'Brien gelegentlich vorgeworfen, die Reparatur absichtlich zu verzögern, um Quarks Kunden zu vergraulen und sein Geschäft zu ruinieren.

Arbeit kommt vor Vergnügen, sagte sich O'Brien und machte sich in Richtung Turbolift auf.

»*Rückeroberung?*« rief Major Kira.

»Das ist der Kurs, den der Goran Tokar und die *D'ja Bajora Karass* verfolgen«, bestätigte Sisko. »Die Revanchistische Partei vertritt die gleiche Forderung. Im Gegensatz zur *D'ja Bajora Karass* hält sie zwar den damaligen Rückzug für gerechtfertigt, steht jedoch auf dem Standpunkt, nun, da die Existenz des Wurmlochs bekannt sei, solle man es für das Imperium reklamieren, und zwar nötigenfalls mit Gewalt.«

»Die Föderation wird das doch nicht zulassen, oder? Starfleet...«

Sisko konnte es sich nicht verkneifen zu sagen: »Ich dachte, Sie schätzen die Einmischung der Föderation in bajoranische Angelegenheiten nicht besonders, Major.«

»Das ist nicht sehr witzig, Commander!« zischte Kira.

Sisko schwieg einen Moment, damit sie sich wieder beruhigen konnte.

Er mußte zugeben, daß die Bemerkung tatsächlich nicht besonders witzig gewesen war, und bedauerte, dem Impuls nachgegeben zu haben.

»Ich schätze die Einmischung der Föderation in bajoranische Angelegenheiten auch nicht besonders«, sagte Kira schließlich mit zusammengebissenen Zähnen, »aber sie ist der cardassianischen Einmischung bei weitem vorzuziehen!«

Sisko nickte. »Ich bin ganz Ihrer Meinung.«

»Begreifen die Cardassianer nicht, daß eine Rückeroberung zum Krieg mit der Föderation führen würde?«

»Ich habe den Eindruck, einige von ihnen glauben

nicht, daß die Föderation um Bajor kämpfen würde«, meinte Sisko. »Anderen ist es vermutlich egal. Und einige wollen vielleicht sogar den Krieg.«

»Aber die Föderation würde doch eingreifen, nicht wahr?« fragte Kira besorgt.

»Das nehme ich an.«

»Und siegen? Es ist doch ausgeschlossen, daß die Cardassianer gewinnen könnten?«

»Ich kann es mir jedenfalls nicht vorstellen«, erklärte Sisko. »Ich bin natürlich nicht mit den jüngsten militärischen Daten vertraut, und Starfleet ist derzeit nicht in vollem Umfang einsatzfähig, doch ich glaube, ein derartiger Krieg würde die Vernichtung des cardassianischen Imperiums bedeuten – aber wahrscheinlich auch die Zerstörung Bajors, und zudem der Föderation einen Preis abverlangen, der sich nicht einmal annähernd abschätzen läßt.«

»Aber wie können sie dann …«

»Ich wiederhole es noch einmal, Major: Einige der Cardassianer glauben nicht, daß die Föderation eingreift, und anderen ist es egal. Meiner Meinung nach würde dieser Goran Tokar lieber zusehen, wie Cardassia in einer letzten glorreichen Schlacht untergeht, als freiwillig etwas aufzugeben, was er als cardassianisches Gebiet betrachtet. Er hat mehrfach mit Selbstmord gedroht, als die Himmelskugeln im Austausch für freien Zugang zum Wurmloch an Bajor zurückgegeben wurden. Seiner Ansicht nach handelte es sich dabei um einen Kniefall vor einer minderwertigen Rasse und um eine Schande für seine Spezies.«

»Das ist doch Irrsinn!«

Sisko widersprach ihr nicht.

»Aber wir müssen sie aufhalten. Wenn Föderationsschiffe über Bajor wachen …«

»Ich bezweifle, daß die Cardassianer verrückt genug sind, einen vorbereiteten Gegner anzugreifen«, stimmte Sisko zu. »Der Goran Tokar würde es vielleicht tun, aber dies dürfte kaum typisch für die allgemeine Haltung sein.«

»Dann bitten Sie also Starfleet um Hilfe?« fragte Kira.

»Nein«, sagte Sisko. »Bisher sind weder die *D'ja Bajora Karass* noch die Revanchistische Partei an der Macht, und solange das nicht der Fall ist, besteht auch keine unmittelbare Gefahr für Bajor. Föderationsschiffe, die an der Grenze patrouillieren, würden nur als Provokation angesehen. Außerdem würden Starfleet dadurch erhebliche Kosten zu einem Zeitpunkt entstehen, an dem die Mittel ohnehin knapp sind, und dem Selbstvertrauen der Bajoraner wäre es ebenfalls nicht sehr zuträglich. Es ist eindeutig noch zu früh, sich an Starfleet zu wenden.«

»Aber wenn Sie warten, wird es zu spät sein«, wandte Kira ein. »Das cardassianische Imperium beginnt direkt jenseits der Grenze, während die nächste Starbase der Föderation Dutzende von Lichtjahren entfernt ist!«

»Ich glaube, Sie überschätzen die Einsatzbereitschaft der Cardassianer«, entgegnete Sisko. »Ich bezweifle, daß sie in der Lage sind, eine Okkupationsflotte in dem Moment loszuschicken, in dem die *D'ja Bajora Karass* oder die Revanchisten die Macht übernehmen. Solche Dinge erfordern gründliche Vorausplanung, und außerdem rechne ich auch mit zeitraubenden Debatten.«

»Nicht *so* zeitraubend«, widersprach Kira. »Wie ich die Cardassianer kenne, haben sie die entsprechenden Pläne längst ausgearbeitet.«

»Meine eigenen Kenntnisse cardassianischer Geschichte legen eher die Vermutung nahe, daß sie zu schlauer Improvisation neigen«, bemerkte Sisko milde.

»Das ist auch nicht viel besser. Commander, wir *brauchen* hier draußen die Unterstützung der Föderation!«

»Ich glaube nicht …«

»Commander«, sagte Kira, »*wollen* Sie vielleicht, daß Bajor zurückerobert wird? Damit Sie zurück zum Mars können und Jake unter anderen Menschen aufwächst? Wollen Sie ein ganzes Volk opfern …«

Sie hielt mitten im Satz inne.

Sisko starrte sie ehrlich erschrocken an. »Major!« rief er.

»Tut mir leid«, sagte sie. Es klang allerdings nicht so, als würde es ihr wirklich leid tun.

»Major Kira.« Sisko zwang sich dazu, ruhig zu bleiben. »Ich will keinen Krieg. Das habe ich Ihnen schon früher gesagt. Schiffe auf Patrouillenflug an die cardassianische Grenze zu schicken, würde als Provokation betrachtet, und Sie wissen genau, daß wir damit möglicherweise genau den Krieg auslösen, den wir eigentlich vermeiden wollen.«

Kira focht einen inneren Kampf aus. All ihre Instinkte sagten ihr, daß man den Cardassianern nur mit Gewalt begegnen konnte, daß sie keine andere Sprache verstanden, doch sie wußte auch, daß Siskos Argumente Gewicht hatten.

»Also gut, und was sollen wir Ihrer Meinung nach nun tun?« fragte sie schließlich.

»Major, mir scheint, in Ihrer Sorge überspringen Sie ein paar Schritte. Ich habe Ihnen erzählt, daß Gul Kaidan befürchtet, es könnte zum Krieg kommen, *falls* die *D'ja Bajora Karass* die Macht übernimmt – *falls*, nicht *wenn*. Sofern wir verhindern können, daß dies jemals geschieht, unterbinden wir damit möglicherweise auch jeden Versuch einer Rückeroberung, da die gegenwärtige Regierung ihren Ruf zu einem erheblichen Teil von der Behauptung abhängig gemacht hat, Bajor sei zum Zeitpunkt der Rückgabe ohne jeden Wert für Cardassia gewesen. Solange die *D'ja Bajora Karass* in der Opposition steht, wird es niemals einen Versuch der Rückeroberung geben.«

»Und was ist mit dieser anderen Gruppe, die Sie erwähnt haben, den Revanchisten?«

Sisko runzelte die Stirn. »Ich fürchte, ich weiß nicht sehr viel darüber, doch Gul Kaidan schien der Ansicht zu sein, sie könnten auch ohne unsere Hilfe damit fertig werden. Er betrachtete die *D'ja Bajora Karass* jedenfalls als die akutere Bedrohung.«

Kira warf ihm einen zweifelnden Blick zu. »Ich wüßte nicht, wie wir auf die cardassianische Politik Einfluß nehmen könnten. Sie interessieren sich absolut nicht für die Ansichten Außenstehender.«

»Das sollte gar nicht so schwierig sein«, meinte Sisko. »Es stimmt zwar, daß wir nicht offen vorgehen können, aber es gibt noch andere Möglichkeiten.«

Kira setzte sich in einen Sessel und hörte skeptisch zu.

»Gul Kaidan hat mir berichtet, daß es vier ernstzunehmende Konkurrenten um das Erbe des Goran Tokar gibt«, erklärte Sisko. »Der erste ist Gul Kudesh, der bekannte Commander, der die Schlacht von Regannin gewonnen hat. Er gilt auch als derjenige, der mit der größten Wahrscheinlichkeit einen Krieg anzetteln würde, sollte er an die Macht kommen, und sei es auch nur, um seine militärische Kühnheit unter Beweis zu stellen. Da er während der Besatzungszeit niemals das bajoranische System aufgesucht noch irgendwelches Interesse daran bekundet hat, scheint es so, als hätte er sich der *D'ja Bajora Karass* nur angeschlossen, weil diese Partei mehr als alle anderen zum Krieg neigt und er zudem unter den Revanchisten zu viele Feinde hat.«

»Ich habe schon von ihm gehört«, sagte Kira mit leisem Schaudern.

»Obwohl Gul Kaidan es nicht direkt bestätigt hat, sieht es so aus, als wäre Kudesh für die Flüge durch bajoranisches Gebiet verantwortlich.«

»Wieso?« fragte Kira und sprang halb von ihrem Sitz auf. »Versucht er einen Krieg vom Zaun zu brechen?«

»Nein«, meinte Sisko und schüttelte den Kopf. »Er sucht nach Bodenschätzen, die seine Landsleute während der Besatzung übersehen haben. Es scheint, als würde er den Berichten anderer in diesem Punkt keinen Glauben schenken.«

»Das ist absurd«, bemerkte Kira.

Sisko gab keinen Kommentar ab.

»Also schön«, sagte Kira. »Das ist einer. Wer sind die anderen?«

»Die anderen drei haben sich alle vor dem Rückzug im bajoranischen System aufgehalten. Gul Burot war nur kurz auf Bajor stationiert, bevor er auf einen Verwaltungsposten auf Cardassia berufen wurde. Gul Peshor hat mehrere in großer Tiefe ausgeführte Bergbauunternehmungen überwacht. Und der letzte Bewerber ist natürlich unser alter Freund Gul Dukat, der diese Station geleitet hat und sein Büro zurückhaben möchte.«

»Gul Dukat? War er deshalb hier und hat versucht, das Schiff zu stehlen? Wollte er damit den Goran Tokar beindrucken?«

Sisko nickte.

»Aber ist er nicht …« Kira hielt inne, um ihre Gedanken zu ordnen. »Gul Dukat war doch als Präfekt der gegenwärtigen Regierung hier, nicht wahr? Er gehört nicht zur Opposition … oder unterscheidet sich die cardassianische Politik dermaßen von der bajoranischen?«

»Genau das habe ich Gul Kaidan auch gefragt«, sagte Sisko. »Wie es aussieht, ist Gul Dukat vor allem ein Opportunist. Tatsächlich gehört er ihm Moment zur Regierungspartei, doch er fühlt sich unterschätzt, und die Meriten, die er sich hier als Präfekt erworben hat, würden ausreichen, um ihn zum Führer der *D'ja Bajora Karass* zu machen. Es scheint, als hätte er zumindest inoffiziell Interesse an dieser Rolle bekundet.«

»Das sieht ihm ähnlich«, meinte Kira bitter. Sie

dachte einen Moment nach und fügte dann hinzu: »Ich kenne Peshor und Dukat, aber von diesem Burot habe ich noch nie gehört.«

»Ich auch nicht, bevor ich mit Kaidan gesprochen habe«, bekannte Sisko. »Und ich fürchte, ich weiß auch nicht viel über ihn.« Er ging mit einem Achselzucken darüber hinweg. »Nun, jedenfalls stellen diese vier die aussichtsreichsten Kandidaten dar. Es gibt noch zwei andere, die möglicherweise langfristig eine gewisse Bedeutung erlangen könnten, aber darum wollen wir uns im Moment nicht kümmern – Gul Kaidan hat mir versichert, seine eigene Partei würde sich um diese beiden kümmern.«

»Und was erwartet Gul Kaidan nun von uns?«

»Tja«, meinte Sisko, »wenn einer dieser vier Wettbewerber irgendwie bloßgestellt würde – nach cardassianischen Maßstäben natürlich –, dann würden seine Chancen als Kandidat natürlich sinken.«

Kira dachte eine Weile darüber nach und fragte dann: »Warum beschäftigen wir uns eigentlich damit, Commander? Welchen Unterschied macht es schon, wer das Erbe antritt? Es sind schließlich alles Cardassianer ...«

»Major.«

Sie starrte ihn schweigend an.

»Sobald der Goran Tokar seine Wahl getroffen hat, Major, gibt es für Gul Kudesh keinen Grund mehr, seine Suche auf Bajor und Andros fortzusetzen.«

Diesem Punkt mußte selbst Kira zustimmen. »Uns liegt also an einer raschen Entscheidung«, sagte sie, »aber spielt es eine Rolle, wer ausgewählt wird?«

»Laut Gul Kaidan schon«, meinte Sisko. »Er hat mir verraten, daß einer der Bewerber, nämlich Gul Burot, eine Schwäche hat, die ihn für alle Zeit an der Machtergreifung hindern wird.«

»Was für eine Schwäche?« fragte Kira nach.

»Das weiß ich nicht, jedenfalls nicht offiziell. Allerdings war ziemlich eindeutig, daß Kaidan damit eine Art Erpressung gemeint hat. Seine Partei hat offensichtlich etwas gegen Gul Burot in der Hand.«

»Und was soll das sein?«

»Ich weiß es nicht... und, Major, ich *will* es auch gar nicht wissen. Und Sie auch nicht. Wir wollen uns nicht zu tief in die inneren Angelegenheiten Cardassias verwickeln lassen.«

Kira wollte etwas sagen, hielt sich aber zurück, als sie begriff, daß Sisko recht hatte.

»Jedenfalls dürfte es für Bajor das beste sein, wenn der Goran Tokar Gul Burot als Erben bestimmt«, fuhr Sisko fort. »Und ich nehme an, wenn wir Ihre Kontakte auf Bajor für uns arbeiten lassen und ein paar unbedeutende, aber sorgfältig durchgeführte Nachforschungen anstellen, können wir Gul Burots Chancen durchaus steigern.«

Kira sah ihn lange an und sagte schließlich: »Sie wollen dafür sorgen, daß eine Partei den Führer der anderen erpressen kann.«

»Offen gesagt, ja.«

»Das ist eine ganz üble Geschichte«, erklärte Kira. »Ich hatte gehofft, mir nach dem Abzug der Cardassianer die Hände nie wieder auf diese Art Politik schmutzig machen zu müssen.«

Sisko empfand Verständnis für diese Haltung. »Diplomatie ist nun einmal Krieg, der mit anderen Mitteln geführt wird«, sagte er. »Und ist es nicht besser, auf diese Weise zu kämpfen, als mit Phasern und Photonentorpedos?«

Kira dachte lange darüber nach und sagte dann: »Demnach müssen wir also Mittel und Wege finden, um die anderen drei Kandidaten bloßzustellen?«

»Wenn möglich, ja.«

»Und was stellt einen Cardassianer bloß?«

Sisko lächelte. »Versagen. Was sonst?«

»Und wenn *wir* versagen?«

Das Lächeln verschwand.

»In diesem Fall, Major, *wird* es Krieg geben. Ich kann mir kaum vorstellen, daß die Cardassianer besonders freundlich auf Versuche reagieren, ihre Innenpolitik zu beeinflussen. Und was das angeht, dürfte die Föderation auch nicht gerade begeistert darüber sein. Bei dieser Angelegenheit setzen wir unsere Karrieren, unser Leben, diese Station und das ganze bajoranische System aufs Spiel.«

Nun war es Kira, die lächelte. »Jetzt klingen Sie wie meine alten Kameraden in der Widerstandsbewegung«, sagte sie.

»Ist das gut?«

Kira nickte. »Ich glaube, wir können schon etwas arrangieren, so daß zumindest einer oder zwei der Kandidaten betroffen sind. Bei Dul Burot könnte es allerdings schwierig werden, er war nur so kurz auf Bajor ...«

»Aber den wollen wir ja auch gar nicht ausschalten«, erinnerte sie Sisko.

»Genau«, stimmte Kira zu. »Was Gul Dukat und Gul Peshor angeht, sollten wir eigentlich ein paar Schwachstellen in ihren Akten finden, die wir ausnützen könnten – oder zur Not auch fingieren. Ich muß mit ein paar Leuten auf Bajor sprechen, die ich noch aus der Zeit der Okkupation kenne. Aber ich muß diese Freunde persönlich treffen; wir können es nicht riskieren, daß jemand mithört.«

»Damit bliebe dann noch Gul Kudesh.«

Kira runzelte die Stirn. »Das dürfte schwierig werden – es sei denn ...« Sie schwieg, offenbar tief in Gedanken versunken, und Sisko wartete geduldig.

»Sofern Gul Kudesh tatsächlich hinter diesen Flügen steckt«, sagte sie schließlich, »könnten wir vielleicht dort ansetzen. Wenn bei einem dieser kleinen Erkundungsflüge etwas auf spektakuläre Weise schiefginge ...« Ihre Stimme verklang, während sie wieder nachdachte. Dann riß sie sich zusammen und erklärte: »Nun, zumindest sollten wir in der Lage sein, Dukat und Peshor bloßzustellen.« Sie machte eine ungeduldige Handbewegung. »Wann fangen wir an?«

»Das sollte eigentlich reichen«, sagte O'Brien. Er schloß das Paneel, tippte rasch einen Befehl ein und wartete, während der Replikator eine Tasse Kaffee produzierte.

»Es ist eigentlich nicht so sehr der Kaffee, der mir Sorgen macht«, bemerkte Quark, als der Ingenieur den Becher nahm und einen Schluck trank.

O'Brien warf einen Blick auf den Barkeeper. Ferengi waren ein gutes Stück kleiner als die meisten erwachsenen Menschen, und mit den riesigen Ohren und den haarlosen, gewölbten Schädeln wirkten sie auf viele Menschen ziemlich komisch, zumindest bis sie die spitzen Zähne zeigten, doch O'Brien war an ihren Anblick gewöhnt. Er war sich zwar nicht sicher, ob er Quark wirklich mochte, wußte aber, daß der Ferengi ausgesprochen intelligent war.

»Ich benutze Kaffee gern als Testmuster«, erklärte er. »Und ehrlich gesagt, Quark, sollte ich das, was Sie hier normalerweise ausschenken, besser nicht zum Testen benutzen, solange ich noch im Dienst bin.« O'Brien verzichtete darauf zu erwähnen, daß er heute noch einen weiteren Grund hatte, nüchtern zu bleiben – in der Zwischenzeit hatte er die krebsähnlichen Wesen bei drei weiteren Gelegenheiten auf verschiedenen Computerdisplays gesehen. Offenbar ging seine Vorstellungskraft mit ihm durch, und Alkohol konnte die Sache nur noch verschlimmern.

Er nahm noch einen Schluck, prüfte sorgfältig den Geschmack und meinte dann: »Überdies scheint Kaffee das Getränk zu sein, das dem Gerät die meisten Probleme bereitet. Der hier scheint aber in Ordnung zu sein, also würde ich sagen, wir haben es geschafft.«

»Tja, wenn nicht, werden Sie schon noch von mir hören.«

»Das ist mir klar«, sagte O'Brien. »Genau deshalb versuche ich ja auch, es gleich beim erstenmal richtig zu machen, denn sonst würde ich womöglich den Rest meines Lebens damit verbringen müssen, Ihre infernalischen Replikatoren zu reparieren.«

Er trank in einem Zug den Rest seines Kaffees. Quark tippte unterdessen eine weitaus exotischere Bestellung ein.

Während er wartete, meinte der Ferengi fröhlich: »Ach, kommen Sie, O'Brien, Sie sind doch ganz scharf darauf, an diesen Maschinen herumzuspielen, und das wissen Sie auch. Was würden Sie denn sonst mit Ihrer Zeit anfangen, wenn Sie nicht daran herumbasteln könnten?«

»Ich könnte beispielsweise sehr viel mehr Zeit mit meiner Frau verbringen«, antwortete O'Brien und stellte den leeren Becher ab. »Und vielleicht könnte ich mir auch den Computer des Schiffs oben an Andockmast zwei genauer ansehen.«

O'Brien bemerkte nicht, wie Quarks Augen plötzlich neugierig aufleuchteten.

»Was für ein Schiff?« fragte der Ferengi.

O'Brien drehte sich zu Quark um. »Oh, Dax hat ein Wrack aufgegabelt, das aus dem Wurmloch herausgekommen ist. Im großen und ganzen ist es reichlich primitiv, doch der Computer scheint etwas Besonderes zu sein – sieht aus wie ein Besrethine-Neuralnetz, und die Leute am Daystrom-Institut würden sicher nur zu gern herausfinden, wie es funktioniert.«

»Ein Besrethine was?«

»Besrethine-Neuralnetz. Das ist ein theoretischer Computerentwurf, den noch nie jemand zum Laufen gebracht hat – zumindest niemand im Alpha-Quadranten. Wenn wir so etwas tatsächlich bauen könnten, wäre das ein immenser Fortschritt.«

»Und dieses Schiff verfügt über einen derartigen Computer?«

»Wenigstens sieht es so aus …«

In diesem Moment zirpte O'Briens Kommunikator. »Dax an O'Brien.«

Seufzend tippte der Chief an das Gerät. »O'Brien hier. Was ist nun wieder kaputt?«

8

Einen simplen Kernspaltungsreaktor kann man kaum als Hinweis für eine fortgeschrittene Technologie betrachten«, meinte Dax, während sie die Anzeigen eines Computerschirms studierte.

»Sie wissen genausogut wie ich, daß eine Kultur durchaus in einigen Bereichen weiter fortgeschritten sein kann als in anderen«, erwiderte O'Brien von der anderen Seite der Konsole her, wo er die Schaltkreise überprüfte, die Dax' Bildschirm mit Informationen versorgten. Die Stationscomputer zeigten wieder einmal eine Fehlfunktion – oder arbeiteten zumindest nicht so, wie Dax und O'Brien sich das vorstellten. Ob es sich so verhielt, weil tatsächlich ein Fehler vorlag, oder ob es nur damit zusammenhing, daß es sich um cardassianische Konstruktionen handelte, war freilich nicht immer eindeutig zu entscheiden. »Wir können kein Besrethine-Netzwerk herstellen, sie aber schon.«

»Vorausgesetzt, es handelt sich wirklich um ein derartiges Netz«, sagte Dax.

O'Brien zuckte die Achseln. »Es sieht jedenfalls so aus. Doch selbst wenn es sich nicht um ein Neuralnetz handelt, so unterschieden sich die Informationsschaltkreise doch von allem, was ich je gesehen habe. Und mitunter kann man allein aus unterschiedlichen Lösungen schon sehr viel lernen.«

»Das dürfte auch für die Mannschaft gelten«, meinte Dr. Bashir. Er hatte im Moment nichts zu tun und schaute den anderen einfach nur bei der Arbeit zu.

»Ich habe mittlerweile die Aufzeichnungen überprüft. Im gesamten Alpha-Quadranten ist man noch nie auf Wesen gestoßen, die jenen aus dem Schiff auch nur annähernd geglichen hätten. Ich hätte zu gern eines von ihnen in meinem Labor.«

»Sie werden sie nicht auseinandernehmen«, sagte Commander Sisko und erschreckte damit die drei fast zu Tode. Bashir fuhr herum, Dax sah hoch und stellte fest, daß Commander Sisko aus seinem Büro gekommen war und jetzt neben ihr stand. Gleich hinter ihm war Major Kira zu sehen.

O'Brien wollte etwas sagen, richtete seine Aufmerksamkeit dann aber doch lieber auf die isolinearen Optikchips.

»Ich habe Sie gar nicht kommen hören«, meinte Bashir.

»Ich habe mir auch keine besondere Mühe gegeben, mich bemerkbar zu machen«, erwiderte Sisko.

»Commander, sagten Sie gerade, ich dürfte sie nicht sezieren? Im Moment gewiß nicht, aber ich wüßte nicht, weshalb ich nicht zu einem späteren Zeitpunkt die Gelegenheit haben dürfte ...«

»Dr. Bashir«, sagte Sisko, »ganz abgesehen von der Tatsache, daß sowohl Cardassia wie auch Bajor das Schiff für sich reklamieren und ich zugestimmt habe, bis auf weiteres keine neuerliche Erforschung durchzuführen, wissen wir absolut nichts über Sitten und Gebräuche dieser Besucher. Viele Kulturen, darunter auch die meisten, die von unserer eigenen Spezies entwickelt wurden, hegen starke Vorbehalte gegen die Störung der Ruhe ihrer Toten. Solange wir nicht eines Besseren belehrt werden, müssen wir davon ausgehen, daß auch bei diesen Wesen ähnliche Einschränkungen gelten. Es ist durchaus möglich, daß sie in einer Art Wikingerbegräbnis durch das Wurmloch geschickt wurden – immerhin sind alle anderen bekannten Wurmlöcher instabil, weshalb es sehr gut sein kann, daß jene, die die Toten auf die Reise geschickt haben, davon ausgingen, das Wurmloch würde über ihnen kollabieren. Ebenso ist es möglich, daß das Schiff zu Testzwecken ausgeschickt wurde. In diesem Fall könnte jederzeit ein weiteres Schiff auftauchen, dessen Insassen vermutlich nicht sehr erbaut wären zu hören, daß wir ihre toten Mitbürger zerlegt haben. Solange wir nicht mehr über die Gebräuche und Glaubensvorstellungen der Schiffsbesatzung in Erfahrung gebracht haben, werden wir ihnen allen nötigen Respekt erweisen. Was heißt, wir werden sie nicht einmal aus ihrem Schiff fortschaffen, ganz zu schweigen davon, sie zu sezieren.«

»Aber, Commander ...«

»Doktor, wir wissen doch nicht einmal genau, woran sie gestorben sind, oder?«

Zögernd gab Bashir zu: »Nein. Aber ich halte Ersticken immer noch für die wahrscheinlichste Todesursache.«

»Chief, ich glaube, Sie erwähnten, die Computertechnologie des Schiffs könnte sich als recht wertvoll erweisen?« sagte Major Kira.

O'Brien schob die letzte Steckkarte an ihren Platz und fragte: »Wie sieht es jetzt aus, Lieutenant?«

»Scheint zu funktionieren, Chief«, antwortete Dax.

O'Brien erhob sich, bürstete den Staub von seiner Uniform und sagte: »Ja, Major, ich habe gesagt, es sieht so aus, als würde der Computer mit einem Besrethine-Neuralnetz arbeiten. Wenn das stimmt, ist er unbezahlbar.«

»Wertvoll genug, um die Föderation zu veranlassen, ein Schiff zu seinem Schutz zu entsenden?«

Sisko sagte nichts dazu, obwohl er innerlich kochte. Statt darüber nachzudenken, wie sie ein Schiff der Föderation herlocken könnte, sollte Kira lieber überlegen, wie man die drei cardassianischen Politiker in Verruf bringen und einen Krieg vermeiden konnte, so daß ein

Eingreifen der Föderation unnötig wurde. Aber sie hatte nun einmal die Tendenz, sich in bestimmte Vorstellungen regelrecht zu verbeißen.

Was Sisko betraf, so wollte er überhaupt keine Schiffe hier sehen; er zog es vor, die Dinge selbst zu regeln.

O'Brien sah hilfesuchend zu Sisko hinüber, doch die Miene des Commanders verriet nichts von seinen Gedanken. »Dazu kann ich nichts sagen, Major«, murmelte er schließlich.

»Schutz vor wem?« erkundigte sich Dr. Bashir verdutzt.

»Vor den Cardassianern«, erklärte Kira. »Sie behaupten, das Schiff gehöre ihnen – und wenn dieses Computersystem tatsächlich so leistungsfähig ist, würden wir es wohl nur ungern in ihren Händen sehen.«

Endlich kam Sisko O'Brien zu Hilfe. »Major, im Moment gilt unsere Aufmerksamkeit anderen Dingen; wir haben später noch genug Zeit, um uns um das Wrack zu kümmern.«

»Natürlich, Commander«, stimmte Kira zu. »Aber Sie werden sicher verstehen, daß ich mich als oberste Repräsentantin von Bajor auf *DS Nine* um bajoranisches Eigentum kümmern muß. Dieses Schiff wurde auf bajoranischem Gebiet von einer bajoranischen Station aufgebracht, wodurch es mitsamt seinem Computersystem zu bajoranischem Eigentum wird. Die Föderation hat keinen Anspruch darauf.«

»Das muß erst noch geklärt werden, Major ...«, widersprach Sisko.

»Selbstverständlich. Im Moment haben wir uns ja auch um andere Dinge zu kümmern, nicht wahr, Commander?« fragte Kira zuckersüß.

Sisko starrte sie einen Moment lang an und warf dann den anderen einen finsteren Blick zu. »Chief, haben Sie nicht noch irgendwo zu tun? Dr. Bashir, warten keine Patienten auf Sie?«

Statt einer Antwort begaben sich die beiden Männer widerstrebend zum Turbolift.

»Lieutenant Dax, würden Sie sich bitte darum kümmern, daß ein Flitzer startklar gemacht wird?« fragte Kira, nachdem O'Brien und Bashir den Kontrollraum verlassen hatten. »Ich muß zu einer Besprechung mit ein paar Leuten auf Bajor.« Sie sah Sisko an und fügte hinzu: »Ich kann mich doch darauf verlassen, daß unsere Gäste aus der Föderation sich während meiner Abwesenheit von geborgenen Schiffen, die dem bajoranischen Volk gehören, fernhalten?«

»Niemand wird sich mit irgendwelchen geborgenen Schiffen beschäftigen, während Sie fort sind, ob sie nun dem bajoranischen Volk gehören oder nicht – und die Frage, was wem gehört, kann ebenfalls warten.«

Ohne eine Antwort zu geben, betrat Kira den Turbolift und verließ den Kontrollraum.

Quark polierte müßig die Bar, während er nachdachte.

Die Geschäfte in seinem Laden liefen wie üblich. Ein paar Leute spielten Dabo, wenn auch mit geradezu beleidigend niedrigen Einsätzen, während eine etwas größere Anzahl sich mit Essen, Trinken und Schwatzen vergnügte. Im oberen Stockwerk schließlich probierten einige Kunden, die offenbar über mehr Geld und Zeit verfügten, als sie wirklich brauchten, die erotischen Angebote der Holosuiten aus.

Die Bar ermöglichte Quark ein recht angenehmes Leben, aber sie würde ihn nicht reich machen. Reich zu werden, war jedoch das Lebensziel eines jeden Ferengi, und er schloß sich da nicht aus. Er wollte sehr reich werden. Sagenhaft reich. Geradezu unglaublich reich.

Und obwohl der Besitz einer Bar, eines Restaurants und eines Kasinos einen ausgezeichneten Ausgangspunkt darstellte, um einen gewissen Wohlstand zu erreichen, würde er dadurch jedoch niemals *derart* reich werden.

Weshalb also war er hier?

Natürlich hatte ihn dieser Erdenmensch Sisko seinerzeit praktisch erpreßt, nach dem Abzug der Cardassianer hierzubleiben, aber warum hatte er sich seither nicht aus dem Staub gemacht?

Weil ein Ort wie *Deep Space Nine* voller Möglichkeiten steckte, deshalb. Hier draußen an der Grenze und bei all dem Verkehr zum und aus dem Wurmloch sollten lukrative geschäftliche Möglichkeiten eigentlich nur so aus dem Boden sprießen.

Und weshalb, so fragte sich Quark, hatte er bisher noch keine dieser Möglichkeiten in bare Münze verwandelt?

Er schaute hoch und sah seine Nemesis vorbeigehen – Odo, den Constable der Station.

Deshalb hatte er noch keine großen Gewinne erzielt – weil Odo es verhindert hatte.

Odo war ein Gestaltwandler; um sich besser einzufügen, trat er normalerweise in humanoider Form auf und wirkte damit auch recht überzeugend, obwohl seinen Zügen immer etwas Unfertiges anhaftete und die Hautfarbe ebenfalls nicht hundertprozentig stimmte. Seine wahre Gestalt entsprach jedoch einer zähen, orangeroten Flüssigkeit. Und mit ein wenig Mühe konnte er sich als so ziemlich alles tarnen.

Quark hatte nie so recht begriffen, weshalb Odo hervorragend Tische, Stühle, Wandpaneele, Glaswaren und dergleichen imitieren konnte, es aber nicht schaffte, eine überzeugende Nase zu produzieren. Aber vielleicht war das ja auch nur ein Trick, um Quark vergessen zu lassen, wie gut Odo darin war, leblose Objekte darzustellen, denn genau auf diese Weise hatte er einen Großteil von Quarks besten Plänen vereitelt. Ein zusätzlicher Tisch oder Stuhl fiel niemandem auf, und so konnte Odo all jene privaten Gespräche belauschen, die für wirklich lukrative Geschäfte unumgänglich waren.

Und gerade die besten Geschäfte bewegten sich natürlich außerhalb des gesetzlichen Rahmens, weshalb dieser lästige Gestaltwandler sich stets genötigt gesehen hatte, sich einzumischen.

Quark vermutete … nein, Quark war *überzeugt,* daß Odo hinter ihm her war, daß der Constable sich zum Ziel gesetzt hatte, eine Möglichkeit zu finden, ihn ein für allemal zu ruinieren. Und daß er sich immer dann, wenn seine Pflichten ihn nicht andernorts festhielten, in Quarks Bar aufhielt, getarnt als Kunde oder Flasche oder Dabo-Rad, und das nur, um nach Mitteln und Wegen zu suchen, um Quark zu vernichten.

Doch gerade jetzt, in diesem Moment, schob sich Odo durch die Menge in Richtung des jenseitigen Endes der Promenade. Das bedeutete, zumindest während der nächsten fünf Minuten konnte Quark absolut sicher sein, daß er nicht von irgendwelchen Tischen oder sonstigen Einrichtungsgegenständen beobachtet und belauscht wurde.

Und diese Umstand war von Bedeutung, denn dank O'Brien, der seine Replikatoren repariert hatte, wußte Quark nun um eine neue, verführerische geschäftliche Möglichkeit. O'Brien hatte gesagt, daß sich ein Alien-Wrack an Andockmast zwei befand, und zwar eines mit einem einzigartigen Computer …

Während Quark rasch die Sicherheitssperren des Stationscomputers umging, um Zugang zu den vollständigen Berichten zu erhalten, überlegte er, ob er für eine völlig unbekannte Technologie bei einem Privatverkauf mehr Gewinn erzielen konnte, oder ob eine Auktion besser geeignet wäre.

9

Ihre Schicht war vorüber, und Jadzia Dax rief die Tageseintragungen auf, um sie noch einmal zu überprüfen, bevor sie den Kontrollraum verließ.

Erschrocken stellte sie fest, daß ein Teil fehlte – die Aufzeichnungen sprangen von dem Neutrinoausbruch, der die Ankunft des Schiffs angekündigt hatte, direkt zu den Startvorbereitungen der *Ganges* für Major Kiras Abreise über. Alles, was mit dem Einfangen und der Untersuchung des Alien-Wracks zu tun hatte, war verschwunden.

Dax ließ rasch einen Computercheck durchlaufen, doch die fehlenden Daten tauchten nirgendwo auf. Ob sie nun unwiederbringlich verloren oder nur temporär an einer falschen Stelle im Speicher abgelegt waren, ließ sich nicht feststellen – oder zumindest nicht ohne erheblichen Arbeitsaufwand.

Möglicherweise handelte es sich ja nur um ein weiteres Beispiel für die Besessenheit, die der von den Cardassianern gebaute Computer in Fragen der korrekten Eingabeprozedur an den Tag legte, doch es mochte ebensogut auch eine echte Fehlfunktion vorliegen.

Wie auch immer, Dax war müde – abgesehen vom Aufbringen und Erforschen des Wracks und der Erfüllung ihrer normalen Pflichten hatte sie auch noch herauszufinden versucht, was bei der wissenschaftlichen Expedition der Aschtarianer los war. Die Techniker, deren Aufgabe darin bestand, die Maschinen des aschtarianischen Schiffs so einzustellen, daß es den Gamma-Quadranten erreichen konnte, ohne die Wesen zu stören, die im Wurmloch lebten und es stabil erhielten, hatten von einem Problem gesprochen, über das sie jedoch keine näheren Angaben machen wollten; statt dessen hatten sie darauf bestanden, Dax solle sich selbst ein Bild der Situation machen. Und genau das hatte sie ihnen auch versprochen.

Darum hatte sie die freien Momente ihrer Schicht, die sie ansonsten zur Meditation und Regenerierung ihrer Kräfte nutzte, mit dem Versuch verbracht, Informationen über Kultur und Technologie der Aschtarianer zu erlangen – doch ohne Erfolg. Die Berichte, die sie gefunden hatte, gaben lediglich das Datum des ersten Kontakts mit der Föderation wieder, sowie ein paar grundlegende Fakten und Statistiken, darunter die recht interessante Information, daß es bei den Aschtarianern, genau wie bei den meisten anderen Spezies ihrer Heimatwelt auch, nur ein einziges Geschlecht gab. Die vorliegenden Daten boten jedoch keinerlei Hinweise auf Besonderheiten der aschtarianischen Technologie, die zu Problemen hätten führen können.

War dieser Mangel eventuell ebenfalls auf einen Computerfehler zurückzuführen? Zunächst hatte Dax jedenfalls nur angenommen, in den Unterlagen über die Aschtarianer sei eben nicht mehr enthalten.

Doch ob das nun bereits eine Fehlfunktion gewesen war oder nicht, im Moment verhielt sich der Computer jedenfalls definitiv nicht so, wie er sollte.

Aber sich darum zu kümmern, gehörte nicht zu ihren Aufgaben, und außerdem warteten die Aschtarianer schon auf sie. Chief O'Brien würde sich mit diesem Problem auseinandersetzen müssen, dachte sie.

Doch dann zögerte sie. O'Brien hatte seinen Dienst vor wenigen Minuten beendet und würde inzwischen bei seiner Frau Keiko eingetroffen sein. Die beiden hatten vor, den Abend bei einem ruhigen, gemeinsamen Essen zu verbringen.

Und nach allem, was Dax wußte, brauchten sie diese Stunden der Zweisamkeit auch dringend.

Sie wollte die beiden dabei nicht stören. Die reibungslose Funktion der menschlichen Elemente von *Deep Space Nine* war mindestens ebenso wichtig wie die der mechanischen Teile, wenn nicht sogar wichtiger, und ihr emotionales Wohlbefinden von größerer Bedeutung als die rein physische Seite.

Wenn sie die O'Briens also nicht stören wollte, sollte sie dann vielleicht herauszufinden versuchen, wo das Problem lag?

Nein, entschied sie, die Aschtarianer waren ebenfalls wichtig.

Die Fehlfunktion des Computers stellte im Grunde keine ernsthafte Beeinträchtigung dar und konnte durchaus noch eine oder zwei Schichten warten. Sie beendete das Programm, bedeutete dem diensthabenden Fähnrich, daß sie den Kontrollraum verließ, und schlug den Weg zu ihrer Unterkunft ein.

Quark hatte die Berichte mit großem Interesse gelesen und sich anschließend bemüht, jede Spur seines Eindringens zu verwischen. Doch als er dann den Erfolg seiner Anstrengungen überprüfen wollte, mußte er feststellen, daß der fragliche Teil völlig aus dem Tagesbericht des zuständigen Offiziers verschwunden war.

Doch daran war er nicht schuld – dermaßen ungeschickt konnte er unmöglich gewesen sein!

Interessierte sich vielleicht noch jemand für das Wrack?

Das hieß, daß Quark schnell handeln mußte, wollte er den Preis noch vor seinem unbekannten Konkurrenten erringen.

Er wünschte nur, er wüßte, *wie* er handeln sollte. Solange das Schiff an der Station angedockt war, sah er keine Möglichkeit, an Bord zu gelangen und damit zu verschwinden.

Mit Sicherheit konnte er sich nicht einfach an Bord schleichen. Die Berichte besagten eindeutig, daß Sisko das Schiff hatte versiegeln lassen, und selbst wenn Quark es trotzdem schaffte hineinzugelangen – eventuell mit Hilfe eines Transporters –, wäre die Radioaktivität dennoch tödlich. Und ganz davon abgesehen, auch wenn er herausfand, wie das Computersystem funktionierte, von dem O'Brien so begeistert war – und Quark hatte seine Zweifel, ob er es begreifen würde; schließlich war er kein Experte –, wäre dieses Wissen nur von eingeschränktem Wert, wenn Sisko und Kira ebenfalls darüber verfügten. Quark wollte es exklusiv für sich haben.

Um das zu erreichen, mußte er das ganze Schiff an sich bringen, und die einzige Möglichkeit hierzu bestand darin, einen Besitzanspruch anzumelden und auch durchzusetzen.

Dies wiederum ging nur, indem er Bergungsrechte geltend machte, was kaum möglich war, solange das Schiff an *Deep Space Nine* angedockt lag.

Doch er sah beim besten Willen nicht, wie sich das ändern ließe. Sisko würde nicht so dumm sein, einen derartigen Schatz einfach aufzugeben ...

Oder doch?

Gewiß nicht bei einem normalen Verlauf der Dinge, doch hin und wieder zeigte sich Sisko recht flexibel. Quark wußte, daß der große Erdenmensch niemals Bestechungsgeld oder etwas ähnlich Eindeutiges annehmen würde, doch unter den richtigen Umständen würde er das Wrack seinem Schicksal überlassen. Wenn er es für eine Gefahr hielt, die seine Station bedrohte, wenn er glaubte, ein anderer besäße einen rechtmäßigen Anspruch darauf, oder aus jedem beliebigen anderen Grund, den seine bizarre altruistische Logik für ausreichend erachtete.

Natürlich gab es keinen Grund, weshalb Sisko es für richtig halten sollte, das Schiff freizugeben.

Quark entschied, daß er den Commander eben trotzdem davon überzeugen mußte, es aufzugeben.

Dax betrat ihre Unterkunft in der Absicht, rasch einen kleinen Imbiß einzunehmen und eine frische Uniform anzuziehen, bevor sie das aschtarianische Schiff aufsuchte, doch in diesem Moment spürte sie, daß etwas nicht stimmte.

Sie konnte nicht recht sagen, was sie beunruhigte, deshalb blieb sie an der Tür stehen, sah sich um und lauschte konzentriert.

Und sie hörte tatsächlich etwas – ein schwaches Grollen oder Rumpeln. Doch sie konnte das Geräusch weder identifizieren noch bestimmen, aus welcher Richtung es kam.

Sie lauschte noch einen Moment, zuckte dann die Achseln und kümmerte sich wieder um ihre eigenen Angelegenheiten.

Miles O'Brien hatte sich schon den ganzen Tag über auf das Essen mit Keiko gefreut. Sie hatte dafür gesorgt, daß sich jemand um ihre Tochter Molly kümmerte. An diesem Abend würden sie ganz unter sich sein, und zwar in einem Séparée in einem der Restaurants an der Promenade. Natürlich *nicht* in Quarks Bar, sondern in einem feineren Lokal, das seinen Gästen jede gewünschte, computergenerierte Umgebung bot.

Er wartete am Eingang auf seine Frau, als er hinter sich ein Geräusch vernahm. O'Brien drehte sich um und spähte ins schwach erleuchtete Innere des Lokals.

Eine große, krebsähnliche Kreatur bewegte sich

dort, anscheinend ziellos und ohne O'Brien zu beachten.

Der Chief blinzelte.

Nun, das war ja wirklich interessant, dachte er. Bis zu dem Zeitpunkt, an dem er das Wrack betreten hatte, war ihm noch nie ein Wesen begegnet, das den toten Geschöpfen aus dem Gamma-Quadranten auch nur entfernt geähnelt hätte, und jetzt entdeckte er hier auf *DS Nine* einen Burschen, der fast genauso aussah. Er schien etwas kleiner zu sein, und in dem schwachen Licht konnte er seine Färbung nicht richtig erkennen, doch im großen und ganzen glich seine Gestalt durchaus der eines Crewmitglieds des Wracks.

Das war wirklich ein merkwürdiger Zufall.

»Miles!«

O'Brien drehte sich um und sah Keiko vor sich stehen. Rasch zog er sie in seine Arme und küßte sie.

Doch als er sich wieder umwandte, um mit ihr das Restaurant zu betreten, war das krebsartige Wesen verschwunden.

Dax starrte auf das kleine, nagetierähnliche Wesen in dem Behälter aus durchsichtigem Plastik hinunter. Das Tier sah zu ihr hoch und schnatterte fröhlich.

In Größe und Gestalt glich es einem irdischen Bakkenhörnchen, doch die Färbung seines Fells war von einem dunkleren Braun und wies keine Streifen auf. Und außerdem besaß es kleine, siebenfingrige Hände. In einer davon hielt es ein Werkzeug, das einem Schraubenzieher ähnelte.

Dieses Wesen war ein Snuguort, hatte man ihr gesagt – das aschtarianische Äquivalent eines Servomotors.

»Wie Sie sehen, handelt es sich weniger um ein technisches als ein ethisches Problem«, erklärte die bajoranische Technikerin. »Es ist einfach grausam, wie die Aschtarianer diese armen kleinen Wesen benutzen.«

»Es ist überhaupt nicht grausam!« protestierte der aschtarianische Cheftechniker. »Die Snuguorts sind genetisch für ihre Aufgabe konstruiert worden – sie leben regelrecht dafür!«

Dax sah zu dem einäugigen Alien hoch, der vor ihr aufragte. »Sind Sie ganz sicher?«

»Lieutenant«, erwiderte der Aschtarianer, »wenn wir sie nicht beschäftigt halten, werden sie krank und sterben. Sie lieben ihre Arbeit, denn genau dafür sind sie geschaffen worden.

Davon abgesehen funktioniert unser Schiff gar nicht ohne sie – die Snuguorts regulieren die Materie-Antimaterie-Mischung für uns. Ohne sie sind wir praktisch nicht in der Lage, den Antrieb arbeiten zu lassen. Selbst wenn unsere Reflexe schnell genug wären und wir über das gleiche intuitive Gespür für die richtige Mischung verfügten wie die Snuguorts, wären unsere Hände immer noch viel zu groß, um die Kontrollen zu bedienen.«

Zur Unterstreichung seiner Aussage hob der Aschtarianer seine mächtigen, siebenfingrigen Hände. Allein der Daumen war schon fast so groß wie der ganze Körper des Snuguorts.

»Im Innern des Himmelstempels können sie ihren Warpantrieb so oder so nicht einsetzen«, meinte die Bajoranerin. »Ich schlage vor, diese armen Kreaturen hierzubehalten und die Aschtarianer ohne sie fliegen zu lassen!«

»Ach, und dann sollen wir den Gamma-Quadranten wohl mit Impulskraft erforschen? Und dabei verhungern?« fragte der Aschtarianer.

»Verhungern?« Dax, die das pelzige kleine Tier beobachtet hatte, sah überrascht zu dem Aschtarianer hinüber.

Der Aschtarianer schaffte es trotz seiner nichtmenschlichen Züge, verlegen auszusehen. »Vielleicht hätte ich diesen Punkt nicht erwähnen sollen«, meinte er.

»Aber das haben Sie, Sie Ungeheuer!« rief die Bajoranerin.

Dax hob die Hand. »Bitte, Fähnrich, keine rassistischen Äußerungen. Chefwissenschaftler, nachdem Sie diesen Punkt nun schon erwähnt haben, würden Sie ihn bitte auch erläutern?«

Der Aschtarianer zögerte einen Moment und sagte dann: »Nun, Lieutenant, die Snuguorts pflanzen sich sehr rasch fort, was uns nicht nur mit zahlreichen Ersatzteilen versorgt, sondern auch in erheblichem Maße zu unserer Ernährung beiträgt. Wir Aschtarianer sind Fleischfresser, die dringend Frischfleisch benötigen, und die Snuguorts stellen unseren einzigen Viehbestand dar.« Er zuckte die Achseln – was Dax als interessanten Vorgang betrachtete, da der Aschtarianer, soweit ihr aufgefallen war, nicht einmal Schultern besaß; der meterlange Hals schien übergangslos aus der Brust herauszuragen. »Es ist einfach eine sehr effiziente Lösung.«

»Eine herzlose Grausamkeit ist das, Lieutenant«, widersprach die Bajoranerin, »und wenn Sie gestatten, daß dieses Schiff ins Wurmloch einfliegt und durch seine Barbarei womöglich die Propheten beleidigt, werde ich eine Beschwerde bei der provisorischen Regierung einreichen.«

Dax seufzte. Seit Jahrhunderten hatte sie sich nicht mehr mit derartigen Problemen herumschlagen müssen, bei keinem ihrer letzten Wirte – nicht seit ihrer Inkarnation als Penzak Dax, als sie einen Waffenstillstand zwischen den drei intelligenten Spezies auf Lauan XII ausgehandelt hatte.

»Ich muß diese Angelegenheit genauer untersuchen«, sagte sie. »Chefwissenschaftler, wenn Sie die Stationscomputer mit Informationen über Art und Entwicklung dieser… Snuguorts versorgen könnten, werde ich sehen, was ich tun kann.«

Sie erwähnte nicht, daß sie vor allem beabsichtigte, erst einmal ein paar Stunden zu schlafen. Dieses Problem konnte ebenso wie das fremde Wrack und die verschwundenen Computerdateien noch eine Weile warten.

10

Bei der ehemaligen cardassianischen Station, die von der Föderation in *Deep Space Nine* umbenannt worden war, handelte es sich um ein mächtiges Gebilde. Die rund dreihundert Bewohner lebten zum größten Teil im zentralen Kern rings um den Kontrollraum und die Promenade sowie in den oberen Ebenen des Habitatrings. Zwar kamen und gingen ständig Besucher, doch auch sie bewegten sich meist in eng begrenzten Gebieten. Aus diesem Grund gab es große Bereiche der Station, in denen sich so gut wie nie jemand aufhielt.

Und natürlich gehörten jene Gebiete, in denen die technische Ausstattung nicht einwandfrei arbeitete, zu jenen, die vor allem gemieden wurden.

Während sich Chief O'Brien hauptsächlich um die im Zentrum auftretenden Notfälle kümmerte, verbrachte ein Teil seiner Crew recht viel Zeit damit, durch leere Korridore zu wandern, defekte Schaltkreise aufzuspüren und Geräte zu reparieren, die im Moment niemand benutzte.

Fähnrich Waru Teyshan, ein bajoranischer Freiwilliger im Dienste Starfleets, empfand derartige Aufträge als höchst unheimlich, konnte sie aber natürlich kaum mit dieser Begründung ablehnen. O'Brien und die meisten anderen in der Föderation geborenen Mitglieder der Crew schienen sich kaum Gedanken um transzendente Dinge zu machen. Seelische Probleme und Bedenken wegen immaterieller Wesenheiten interessierten sie einfach nicht.

Waru wünschte sich, er könnte beim Gedanken an die unsichtbaren Reiche ebenfalls so ruhig bleiben, doch seine Mutter war die *Vaiora* ihres Heimatortes gewesen, und so war er mit Berichten über die Handlungen der Toten und Erzählungen über die Taten, Launen und Vorlieben von Göttern und Geistern aller Art aufgewachsen.

Waru war nicht mit einem erhöhten Wahrnehmungsvermögen gesegnet, oder zumindest nicht in einem Maße, das von Nutzen gewesen wäre, weshalb er auch nie sicher gewesen war, wirklich einen Geist oder eine andere übernatürliche Manifestation gesehen zu haben. Trotzdem war er überzeugt, daß sich in den leeren Korridoren der Station noch immer die Geister derer aufhielten, die von den Cardassianern während der Zeit der Okkupation getötet worden waren – und wahrscheinlich auch noch eine Reihe anderer Gespenster.

Manchmal glaubte er sogar, sie zu hören.

Während er sich damit abmühte, die Verbindungen in einem ausgebrannten Schaltkasten auf halber Höhe von Andockmast zwei zu flicken, war er ganz sicher, etwas zu hören.

Im ersten Moment hatte er geglaubt, das Geräusch stamme möglicherweise von einem defekten Ventilator irgendwo im Belüftungssystem, doch als er die Leitungen schweißte, wurde ihm klar, daß eine andere Ursache vorliegen mußte – das Geräusch wurde lauter und war für einen schadhaften Ventilator auch nicht regelmäßig genug.

Allerdings besaß es auch nicht viel Ähnlichkeit mit Stimmen; jedenfalls nicht mit bajoranischen Stimmen, um genau zu sein. Das Muster der Geräusche erinnerte zwar an eine Sprache, doch die tiefen, krächzenden Laute klangen nicht so, als könnte eine humanoide Kehle sie produzieren.

Doch wie hörten sich Geister denn wirklich an?

Waru hatte zwar stets angenommen, sie würden weiterhin wie Bajoraner klingen, aber warum sollten sie? Immerhin waren sie tot und besaßen gar keine Kehlen mehr.

Das Geräusch wurde noch lauter, und Waru schaltete das Punktschweißgerät ab, um zu lauschen.

Die Töne kamen aus den oberen Bereichen des Masts, wo sich auch das Alien-Schiff befand, von dem Chief O'Brien erzählt hatte, und plötzlich begriff Waru.

Es handelte sich nicht um bajoranische Geister, die er da hörte; es waren die Geister der toten Aliens, die man an Bord des Schiffs aus dem Wurmloch gefunden hatte.

Waru fragte sich, was sie wohl wollten. Und konnte jeder sie hören, oder hatte er endlich ein Talent entwickelt, das dem seiner Mutter glich?

Er überlegte kurz, ob er Meldung machen sollte, entschied sich dann aber dagegen.

Chief O'Brien war ein guter Mensch und ein hervorragender Techniker, aber von Geistern hatte er keine Ahnung.

Jake Sisko war müde und reif fürs Bett. Nog, sein ferengischer Freund, war zu seiner eigenen Unterkunft zurückgekehrt, Jakes Vater war wie üblich irgendwo beschäftigt, und Jake wollte schleunigst ins Bett und endlich schlafen.

Doch ausgerechnet jetzt verweigerte die dumme Tür zu seinem Zimmer ihm den Zugang.

Wahrscheinlich handelte es sich wieder einmal um einen Fehler der schäbigen cardassianischen Ausstattung, und eigentlich sollte er wohl jemanden rufen, um die Sache reparieren zu lassen, doch dafür war er einfach zu müde. So rollte er sich kurz entschlossen auf der Couch zusammen und war sofort eingeschlafen.

Im ersten Moment war es dem unabhängigen Unternehmer Muhammed Goldberg etwas peinlich, sich in Quarks Holosuite B aufzuhalten, doch dann sagte er sich, daß dieses Gefühl unsinnig war. Schließlich war er ein erwachsener Mann, und wenn er eine der erotischen Phantasien ausprobieren wollte, die der Ferengi anbot, dann ging das nur ihn selbst etwas an und niemand sonst. Er tat seine Arbeit, verdiente sein Geld, und wenn er seine Freizeit hier verbringen wollte, war das sein gutes Recht. Seine Auftraggeber bei Starfleet würden sich nicht dafür interessieren – was jemand außerhalb der Arbeitszeit machte, war seine eigene Angelegenheit.

Schließlich hatte er hier auf der Station keine Familie, und von den Frauen, die hier lebten, hatte auch noch keine Interesse an ihm gezeigt.

Das alles sagte er sich selbst, und er wußte, daß es die reine Wahrheit war, und trotzdem fühlte er sich immer noch etwas verlegen. Irgendwo weit hinten in seinem Bewußtsein hörte er die Stimme seiner Mutter, die ihm sagte, daß nette Jungen auf andere Weise mit ihrer Sexualität umgingen.

»Viel Spaß«, sagte Quark mit einem geradezu beleidigenden Seitenblick und brachte Goldberg damit ins Hier und Jetzt zurück. »Es wird Ihnen sicher gefallen«, fügte der Ferengi grinsend hinzu, als er den Raum verließ und die Tür hinter sich schloß.

Goldberg reagierte nicht auf Quarks Bemerkung. Der Ferengi hatte ihn nicht gerade mit offenen Armen empfangen, als Goldberg sich nach der Suite erkundigt hatte. Tatsächlich hatte Quark eher den Anschein erweckt, als würde Goldberg ihn von wichtigeren Dingen abgehalten. Goldberg hatte sich über dieses Verhalten geärgert und wäre beinahe auf der Stelle wieder gegangen.

Doch jetzt befand er sich hier.

Nachdem der Ferengi hinausgegangen und die Holosuite verschlossen hatte, warf Goldberg einen Blick auf die glatten, mit einem Gittermuster überzogenen Wände, holte tief Luft und sagte: »Computer, starte Programm XTC-vier.«

Seine Handflächen waren vor Aufregung schweißnaß, und er wischte sie an den Beinen seines Overalls ab.

Das Gittermuster verschwand, und er stand in einer Säulenhalle aus Marmor und blickte von einer Estrade herab auf eine Reihe von an den Händen gefesselten Frauen, die durch eine goldene Tür hereinkamen. Ein stämmiger Wächter in offener Weste und Pluderhosen winkte sie vorwärts, und die Frauen gehorchten. Die goldenen Ketten an ihren Handgelenken klirrten melodiös, als sie mit zu Boden geschlagenen Augen näher kamen. Eine nach der anderen erreichten sie den Fuß der Estrade und knieten nieder, während der Wächter mit verschränkten Armen hinter ihnen Aufstellung nahm.

Goldberg hielt für einen Moment den Atem an und lächelte dann. Aufmerksam betrachtete er die Frauen.

Eine hübsche Auswahl, dachte er. Blonde, brünette, rothaarige – insgesamt ein Dutzend Frauen knieten hier vor ihm.

Ein Geräusch lenkte ihn von der Betrachtung der Sklavinnen ab. Er sah zur Tür hinüber.

Etwas kam dort herein, etwas, das niedrig und breit war und von stumpfer, blauroter Farbe. Goldberg blinzelte. Was war das? Und was hatte es in dieser Simulation zu suchen? Quark hatte nichts Derartiges erwähnt, als er den Angebotskatalog durchgegangen war. Ob der Ferengi so sehr mit seinen anderen Vorhaben beschäftigt gewesen war, daß er vergessen hatte, alle Aspekte dieses Szenarios zu erwähnen?

Das Ding bewegte sich auf einem halben Dutzend gezackter und gegliederter Beine in die Halle hinein. Es erinnerte irgendwie an einen Krebs mit Tentakeln.

Was machte so ein Ding hier?

Doch ganz gleich, worum es sich handeln mochte und was es hier sollte, Goldberg wollte es nicht haben.

»Computer«, sagte er, »Programmänderung: Entferne alle nichthumanoiden Intelligenzen.«

Nichts geschah, außer daß sich das blaurote Wesen weiter näherte und dabei häßliche krächzende Geräusche von sich gab. Die Frauen knieten immer noch stumm vor der Estrade, und auch der Wächter stand weiterhin regungslos hinter ihnen. Keiner von ihnen schenkte der eingedrungenen Monstrosität die geringste Beachtung.

»Computer, Programmänderung«, wiederholte Goldberg. »Entferne alle nichthumanoiden Lebensformen, sofort!«

Das Ding kam immer noch näher.

»Es ruiniert das Programm«, rief Goldberg verärgert. »Wenn Quark glaubt, ich würde dafür bezahlen...«

Das Wesen reagierte nicht auf seinen Ausbruch.

Noch immer knieten die Sklavenmädchen vor ihm, und dahinter stand weiterhin der Wächter. Wenn sie das Ding einfach ignorierten, dachte Goldberg, dann konnte er das auch.

Oder vielleicht, überlegte er, könnte er es auch in die Simulation einbauen.

»Falls diejenige, die ich erwähle, mich enttäuscht«, sagte er unsicher, »werfe ich sie vielleicht dem Monster vor.« Goldberg mußte fast schreien, um das Krächzen zu übertönen.

Der Wächter bewegte sich unruhig. »Was für ein Monster, Herr?« fragte er.

Goldberg blinzelte verblüfft. »Dieses Monster!« rief er und zeigte darauf.

Der Wächter drehte sich um – und das Krebsding marschierte glatt durch ihn hindurch und kletterte an der Estrade empor, um zu Goldberg zu gelangen.

In diesem Moment begriff der Mann, daß es kein Teil

des Programms war. Ein Hologramm würde niemals ein anderes des gleichen Programms auf diese Weise durchdringen. Genaugenommen sollte eigentlich überhaupt nichts in der Lage sein, durch ein Hologramm hindurchzugehen, solange kein Fehler vorlag – der Computer hätte den Vorgang kompensieren müssen, um die Illusion aufrechtzuerhalten.

Doch wenn es kein Teil des Programms war, mußte das Krebswesen *real* sein.

Und wenn der Computer nicht darauf reagierte, wußte er auch nicht, daß es sich überhaupt hier befand!

»Computer, Programm beenden!« kreischte Goldberg, als das Krebsding mit einem Tentakel nach ihm griff. »Laß mich hier raus!«

Die Marmorwände verschwanden; Wächter und Sklavinnen waren fort – doch das fremde Wesen befand sich noch immer hier, und die Tür öffnete sich nicht.

Die Tentakel fuhren über Goldbergs Gesicht, und das Krächzen schallte in seinen Ohren.

Er schrie auf und fiel in Ohnmacht.

Odo blickte über das Geländer auf die Menge hinunter, die sich auf der Promenade drängte. Die meisten Leute dort unten waren Bajoraner, die ihren Geschäften nachgingen, den Tempel besuchten oder einen Drink in Quarks Bar nahmen. Vereinzelt waren auch Menschen dort zu sehen, die zumeist im Dienst der Föderation standen, und eine Handvoll Angehöriger anderer Spezies – ein Ferengi, zwei Klingonen und noch ein paar andere.

Von den Aschtarianern war niemand zu entdecken. Kurz nach ihrer Ankunft waren sie ein- oder zweimal hier aufgetaucht, hatten dann aber offenbar beschlossen, lieber unter sich zu bleiben.

Vielleicht waren sie es auch einfach nur leid, sich

ständig bücken zu müssen; viele der Decken und Türen waren zu niedrig für sie.

Doch warum auch immer sie sich fernhielten, Odo konnte es nur recht sein. Eine neue Spezies auf der Station bedeutete in der Regel auch neue Anlässe für Schwierigkeiten.

Mehrere der Läden waren geschlossen. Odo ließ seinen Blick rasch darüber hinwegstreifen und hielt plötzlich inne.

Dort unten im Dunkel eines der geschlossenen Geschäfte hatte sich etwas bewegt.

Odo verharrte regungslos und behielt den Laden in der Hoffnung im Auge, die Bewegung noch einmal zu sehen.

Ja, genau dort war es, in jener Boutique – ein Flackern von Licht, das eigentlich nicht dort sein durfte.

Der schnellste Weg nach unten führte weder über die Treppen noch den Lift; statt dessen schwang sich Odo über die Brüstung, verwandelte sich noch im Sprung und schwebte als kleiner Luftballon zur unteren Ebene hinab.

In dem Moment, als er den Boden berührte, verwandelte er sich abermals. Diesmal nahm er die Gestalt eines kleinen Pelztiers an, das keiner wirklich existierenden Spezies angehörte, sondern die Züge verschiedener Arten auf sich vereinte. In dieser Form rannte er zu den verschlossenen Türen der Boutique, wo er sich auf die Hinterbeine erhob und durch das Glas spähte.

Er sah den Ladentisch, den mit dicken Teppichen ausgelegten Beratungsbereich mit seinen Stühlen und Displays, die holographische Ausrüstung, die es den Kunden erlaubte, Kleidung ›anzuprobieren‹, die noch gar nicht existierte, die Replikatoren, welche die gewünschten Kleidungsstücke herstellten, sobald alle erforderlichen Eingaben gemacht worden waren – doch er entdeckte nichts, was nicht hierhergehört hätte. Niemand war in dem Geschäft zu sehen, nichts rührte sich. Die einzigen Lichtquellen waren die normalen Kontrolleuchten der verschiedenen Geräte.

Odo nahm wieder seine humanoide Gestalt an und benutzte seinen Sicherheitscode, um die Tür zu öffnen.

Für einen Moment blieb er stirnrunzelnd mitten im Raum stehen.

Er *hatte* hier drinnen ein Licht gesehen – doch jetzt befand sich niemand hier. Die ganze Zeit über hatte er die Tür des Ladens im Blick gehabt; niemand konnte auf diesem Weg herausgekommen sein, und andere Ausgänge durfte es eigentlich nicht geben.

Odo kannte diese Station besser als jeder andere. Er hielt sich hier auf, seit sie gebaut worden war. Dieses Geschäft besaß keine verborgenen Ausgänge.

Aber er hatte hier drinnen etwas gesehen, was jetzt nicht mehr da war.

War vielleicht jemand herausgebeamt?

Er würde den Stationscomputer überprüfen müssen, um festzustellen, ob einer der Transporter benutzt worden war. Außerdem würde er die Konstruktion des Ladens untersuchen. Und er würde ihn für eine Weile im Auge behalten.

Das war alles, was er im Moment tun konnte.

Aber er hatte hier etwas gesehen, dessen war er sich sicher. Er pflegte sich nicht irgendwelche Dinge einzubilden.

Und ein Geist konnte es schließlich kaum gewesen sein.

11

Quark stand im Eingang zu Holosuite B, hatte die Hände in die Hüften gestemmt und starrte die leeren Wände an.

Das hier hatte ihm gerade noch gefehlt. Er war vollauf damit beschäftigt, einen Plan auszuarbeiten, wie er das Schiff aus dem Gamma-Quadranten mitsamt seinem Besrethine-Computer in die Finger bekommen konnte. Auf Ablenkungen wie das, was Goldberg so erschreckt hatte, konnte er wahrhaftig verzichten.

Vermutlich handelte es sich wieder einmal um ein Versagen der technischen Ausrüstung. Goldbergs Schilderung war zwar nicht besonders erhellend gewesen, doch Quark wußte nicht, worum es sich sonst hätte handeln können.

Die Holosuite *sah* völlig normal aus, doch das allein hatte wenig zu besagen; die gesamte Maschinerie lag schließlich hinter den grauen Wänden verborgen.

Quark betrat den Raum, um ein paar einfache Tests durchzuführen. Vielleicht würde O'Brien das Problem ja schneller beheben können, wenn Quark ihm erklären konnte, wo der Fehler vermutlich lag.

Doch bevor er den ersten Befehl aussprechen konnte, trat ein Wesen aus der gegenüberliegenden Wand heraus.

Es glich nichts, was der Ferengi jemals gesehen hatte. Das Wesen war flach und breit gebaut, besaß einen harten Panzer, mehrere lange, gegliederte Beine und an der Vorderseite eine Reihe von Tentakeln.

Quark wich einen Schritt zurück.

Wenn so ein Geschöpf mitten in Goldbergs Phantasie aufgetaucht war, erklärte das, weshalb der Mann so erschrocken gewesen war.

Quark jedoch war aus härterem Holz geschnitzt – oder zumindest redete er sich das gerne ein. Zudem schadete es auch nicht, daß er Dax' Bericht gelesen hatte und das Wesen als Mitglied jener Spezies erkannte, die das an Andockmast zwei liegende Schiff bemannt hatte.

Doch wie war das möglich? Dax hatte behauptet, sie wären alle tot.

Offenbar hatte sie sich geirrt, denn hier befand sich einer von ihnen und marschierte langsam durch die Holosuite. Interessanterweise konnten diese Wesen augenscheinlich durch Wände gehen, ohne ein Loch zu hinterlassen – dazu waren nicht viele Spezies fähig.

Vielleicht handelte es sich aber auch nur um eine Art Projektion. Falls ja, hatte sie jedoch nichts mit der Holosuite zu tun – Quark hatte den Hauptschalter betätigt und die Suite stillgelegt, als Goldberg angefangen hatte zu schreien.

»Hallo«, sagte Quark, während er sich langsam zur Tür zurückzog. »Kann ich Ihnen helfen?«

Das Ding stieß ein rauhes Krächzen aus – und verschwand.

Silne Koryn lebte schon fast drei Jahre auf *Deep Space Nine,* erst als ›persönliche Unterhalterin‹ eines cardassianischen Bergbaumanagers, dann für kurze Zeit als eine Art Flüchtling, ohne zu wissen, wohin sie sich wenden sollte, und nun als Besitzerin eines kleinen Kuriositätenladens an der Promenade, wo sie bajoranische Devotionalien und andere Souvenirs an Reisende verkaufte, die auf ihrem Weg zum Wurmloch die Station besuchten.

Sie war nach der Befreiung nicht nach Bajor zurückgekehrt, weil es niemanden gab, zu dem sie hätte gehen können. Ihre ganze Familie war während der cardassianischen Besatzung gestorben, und das, was sie auf der Station getan hatte, würde sie unter den patriotisch denkenden Bajoranern zur Kollaborateurin stempeln, bei den Konservativen sogar zur Hure.

So war sie geblieben, wo sie war, und hatte versucht, das Beste daraus zu machen.

Ihr Leben auf der Station verlief ruhig und ohne Aufregungen, und genauso gefiel es ihr auch. Sie hatte sich eine tägliche Routine angewöhnt, von der sie zumindest während der ersten zwei Stunden niemals abwich. Jeden Morgen stand sie zur gleichen Zeit auf, aß das gleiche zum Frühstück, wofür sie immer die gleiche Zeit brauchte, und ging anschließend durch den gleichen Verbindungstunnel von ihrem Zimmer im Habitatring zur Promenade im Zentrum der Station. Dort öffnete sie das Geschäft und wies den Computer an, eine ganz bestimmte Aufzeichnung religiöser Gesänge abzuspielen, während sie sich an den Ladentisch setzte und auf Kundschaft wartete.

Zu Beginn spielte sie immer dieselbe Aufzeichnung; später am Tag variierte sie die Reihenfolge je nach ihrer Stimmung, doch stets begann sie ihren Arbeitstag mit exakt denselben Gesängen. Die Musik beruhigte sie; sie wurde ihrer nie müde und erwog niemals, die Reihenfolge zu ändern. Sie empfand sie als Verbindung zu ihrer verlorenen Vergangenheit, als Wohltat für ihre Seele und als Hilfe bei der Meditation, von der sie hoffte, sie würde durch sie eines Tages den inneren Frieden wiedererlangen, den ihr die Cardassianer geraubt hatten.

Manchmal bildete sie sich ein, sie würde die Stimme ihrer Mutter inmitten jener hören, welche die uralten Rituale vortrugen.

Bei Geschäftsschluß spielte sie dieselbe Aufzeichnung noch einmal ab, wartete, bis ein ganz bestimmtes Lied zu Ende war, und wies dann den Computer an, das Programm zu beenden. Danach kehrte sie zu ihrer Unterkunft zurück, um dort die Nacht zu verbringen.

An dem Tag, nach dem das Alien-Schiff aus dem Wurmloch gekommen war, beendete Silne ihr Frühstück, begab sich zu ihrem Laden, schloß die Tür auf und trat ein.

»Computer«, sagte sie, »spiele Aufzeichnung einundfünfzig dreiundzwanzig B.« Sie ging zum Ladentisch hinüber und erwartete, nun die klare, helle Stimme Vedek Parotis zu hören, die die vertraute Lobeshymne anstimmte.

Statt dessen drang ein gutturales Krächzen aus den verborgenen Lautsprechern, ein Klang, wie sie ihn nie zuvor vernommen hatte, und Silne verhielt mitten im Schritt, wie erstarrt vor Überraschung.

Einen Augenblick lang war sie zu erstaunt und desorientiert, um zu reagieren, doch schließlich sagte sie verärgert: »Abbrechen. Spiele *einundfünfzig dreiundzwanzig B.*«

Das Krächzen wurde lauter.

»Abbrechen«, sagte sie abermals.

War es denkbar, daß sie nach all dieser Zeit die richtige Nummer vergessen haben sollte? »Computer«, begann sie.

Und hielt inne.

Der Computer hatte ihren Abbruchbefehl ignoriert. Das Krächzen war noch immer zu hören.

Silne konnte mit den Lauten nichts anfangen. Es mochte sich um eine Sprache handeln, jedoch keine, die sie je gehört hatte, und ganz sicher war es kein bajoranischer Dialekt. Sie glaubte nicht einmal, daß die Stimme überhaupt humanoid war.

Und worum es sich auch immer handeln mochte, der Klang wirkte jedenfalls häßlich, tierhaft, ja fast bösartig.

»Abbrechen«, rief sie wieder. »Abbrechen, abbrechen, abbrechen! Programm beenden! *Sei still!*«

Das Krächzen dauerte an; nichts, was sie tat, konnte es beenden, es ging erbarmungslos weiter, bis sie schließlich zwanzig Minuten später, in Tränen aufgelöst, aus ihrem Laden rannte und draußen auf der Promenade beinahe mit Constable Odo zusammengestoßen wäre.

Als sie zusammen mit ihm in das Geschäft zurückkehrte, sang ein Dutzend Stimmen zum Ruhm der Propheten des Himmelstempels.

Muhammed Goldberg ließ sich auf das Krankenbett zurücksinken und atmete tief durch, als Julian Bashir die Angaben auf dem Monitor studierte.

»Es ist alles in Ordnung«, sagte der Doktor. »Sie könnten etwas mehr Bewegung vertragen, und Sie sollten öfter mal Entspannung suchen ...«

»Ich wollte mich ja entspannen!« unterbrach ihn Goldberg.

»Ja, gut«, meinte Bashir, »aber vielleicht sollten Sie das nicht unbedingt in Quarks Holosuite tun.«

»Aber ... habe ich dieses Ding nun wirklich gesehen, oder bilde ich mir das nur ein?«

Bashir nahm die Untersuchungsergebnisse noch einmal unter die Lupe. »Es gibt hier nichts, was auf die Möglichkeit von Halluzinationen hindeuten würde«, erklärte er. »Ich glaube, wir müssen von einer Fehlfunktion der Holosuite ausgehen. Sobald Sie wieder auf den Beinen sind, werde ich Chief O'Brien davon in Kenntnis setzen.«

Goldberg war noch nicht überzeugt und schüttelte den Kopf. »Der Computer der Holosuite wußte nicht einmal, daß es dort war. Wenn es sich tatsächlich um eine Funktionsstörung handelt, dann um eine wirklich üble.«

»Nun, schon möglich«, meinte Bashir. »Aber es gibt jedenfalls keinen Hinweis, daß bei *Ihnen* ein Fehler vorliegt. Sie können gehen, wann immer Sie wollen, aber falls Sie lieber noch ein wenig ruhen möchten ...«

»Ja, ich glaube, das möchte ich«, sagte Goldberg und schloß die Augen.

Bashir verzog das Gesicht. Der arme Mann war ein nervliches Wrack. Die ganze Geschichte mochte durchaus seiner Einbildung entsprungen sein – die medizinische Station war technisch nicht so gut ausgerüstet, als daß Bashir diese Möglichkeit gänzlich hätte ausschließen können –, aber es wäre grausam gewesen, ihm das zu sagen. Da schien es schon besser, die Schuld auf Quarks Geräte zu schieben.

Bashir wandte sich ab, um seinen Bericht in den Computer einzugeben, doch etwas erregte seine Aufmerksamkeit, und er erstarrte mitten in der Bewegung.

Der Monitor am nächsten Bett zeigte Lebenszeichen an – doch das Bett war leer.

Bashir trat näher und studierte die Angaben.

Die Sensoren meldeten die Anwesenheit einer nichthumanoiden Lebensform: einen Wasserstoff-Methanatmer mit einem dreifachen Kreislaufsystem. Das Wesen schien bei guter Gesundheit zu sein.

Doch das Bett war leer.

Bashir fuhr mit einer Hand über das Bett und ließ sie dann vorsichtig über die Oberfläche gleiten, doch dort war nichts als leere Luft. Das Wesen war nicht einfach nur unsichtbar – entweder ließ es sich auch nicht ertasten, oder es befand sich gar nichts dort.

Offensichtlich eine Fehlfunktion des Bettes, dachte Bashir. Es konnte sich schließlich nicht um einen unsichtbaren und unfühlbaren Methanatmer handeln. Selbst wenn es ein derartiges Wesen wirklich geben sollte, müßte es sein eigenes Atemgerät bei sich tragen, um auf der Station überleben zu können, und diese Ausrüstung ließe sich mit Sicherheit ertasten ...

Er warf einen raschen Blick auf den Monitor, der die im Zimmer herrschenden Bedingungen anzeigte. Nein, dort wurden keine ungewöhnlich hohen Wasserstoff- oder Methanwerte angegeben, nur die üblichen winzigen Spuren.

Auf dem Bett dort lag kein Alien. Die Geräte registrierten etwas, das nicht vorhanden war.

Dann fielen die Anzeigen plötzlich auf Null – alle außer dem Wert, der die Druckbelastung angab. Dieser Wert stieg erst an und sank dann wieder, als hätte der Alien sein Gewicht verlagert und dann das Bett verlassen.

Dieses Detail wirkte nun nicht gerade wie das Ergebnis eines Gerätefehlers. Bashir blieb einen Moment völlig reglos stehen und lauschte auf irgendwelche ungewöhnlichen Geräusche.

Doch nur Goldbergs Atmen war zu vernehmen. Alles wirkte völlig normal. Und das leere Bett wurde nun auch als leer registriert.

Es mußte sich entweder um einen Geist oder um eine Fehlfunktion gehandelt haben, und Bashir glaubte nicht an Geister.

Er würde Chief O'Brien rufen müssen, damit er sich die Geräte einmal ansah.

Das Abendessen mit Keiko, auf das sich O'Brien so sehr gefreut hatte, wurde unterbrochen, bevor sie mehr als nur ein paar Bissen zu sich genommen und ein paar Worte miteinander gewechselt hatten. Natürlich hatte der Chief seiner Frau versichert, er würde alles tun, um so schnell wie möglich wieder zurückzusein.

Zu dem Zeitpunkt, als Keiko schließlich heimging, um zu schlafen, und sich dabei sehr allein und vernachlässigt vorkam, hatte ihr Ehemann bereits mehr als dreißig Anrufe erhalten, die alle als mehr oder weniger dringlich eingestuft worden waren.

Bei Constable Odo waren lediglich rund zwei Dutzend Fälle gemeldet worden, den geheimnisvollen Eindringling in der Boutique an der Promenade nicht mitgerechnet. Mehrere dieser Meldungen hatte er nach einer ersten Untersuchung zögernd an O'Brien weitergeleitet.

»Tut mir leid, Chief«, sagte der Gestaltwandler bei einer dieser Gelegenheiten, nachdem eine Frau berichtet hatte, fremdartige krebsähnliche Aliens würden sie über den Bildschirm in ihrem Schlafzimmer beobachten. »Ich mache Ihnen nur ungern zusätzliche Arbeit und würde es vorziehen, mich selbst um diese Dinge zu kümmern, aber es scheint sich um ein technisches Problem zu handeln.« Er warf einen Blick auf Fähnrich Waru, O'Briens Assistenten. »Wenn Sie irgend etwas wissen, was mir helfen könnte, die Verantwortlichen zu finden, sagen Sie es mir.«

»Ich habe keine Ahnung, ob überhaupt jemand dafür verantwortlich ist«, erwiderte O'Brien, der halb in der Kontrollkonsole von Holosuite B steckte. »Aber wenn es tatsächlich jemanden gibt und nicht nur die verdammten cardassianischen Geräte gerade alle auf einmal zusammenbrechen… Constable, wenn Sie den Burschen finden, dann möchte ich gern fünf Minuten mit ihm allein sein. Nur fünf Minuten; anschließend können Sie mich meinetwegen einsperren und sich um das kümmern, was von ihm noch übrig ist.«

»Ich glaube nicht, daß das viel helfen würde«, murmelte Fähnrich Waru, während er O'Brien einen variablen Laserschneider reichte. »Geister kann man nicht verprügeln.«

12

»Ich kann beim besten Willen nirgendwo einen Fehler finden«, beklagte sich O'Brien bei Sisko.

Die beiden Männer standen im Kontrollraum. Der Commander war gerade aus seinem Büro gekommen, während O'Brien soeben den Turbolift verlassen hatte.

Sisko runzelte die Stirn. Der Chief wirkte erschöpft, was allerdings auch kein Wunder war. Sisko hatte sich die Liste der Meldungen angesehen, um die sich O'Brien gekümmert hatte.

Fast hätte er den Chief selbst angerufen, als er Jake schlafend auf der Couch fand, weil sich die Tür zu dessen Schlafzimmer nicht öffnete. Sisko hatte dann versucht, das Problem allein zu lösen, und die Tür schließlich mit einer manuell zu betätigenden Notfallschaltung geöffnet – und von diesem Moment an hatte sie sich wieder ganz normal verhalten. Eine rasche Überprüfung hatte keinen Hinweis auf die Ursache der Fehlfunktion geliefert, doch Sisko war natürlich auch kein Experte in solchen Dingen. Er wollte gerade O'Brien anrufen, als er sich daran erinnerte, daß der Chief vorhatte, den Abend in trauter Zweisamkeit mit seiner Frau zu verbringen.

So hatte Sisko statt dessen im Kontrollraum angerufen und auf diese Weise erfahren, daß Dutzende von Fehlfunktionen aus allen Bereichen der Station gemeldet worden waren.

Ganz eindeutig handelte es sich nicht um ein normales Versagen der technischen Einrichtungen. Viele der Probleme hatten sich in Form von sonderbaren Manifestationen geäußert, als Stimmen und Bilder, die aus dem Nichts auftauchten, und erst nach genauerer Untersuchung hatte sich herausgestellt, daß jedes dieser Phänomene von einem der auf der Station befindlichen Geräte verursacht worden sein *konnte* – von Bildschirmen, Kommunikatoren, holographischen Projektoren und dergleichen mehr.

Doch derart viele Fehlfunktionen, die gleichzeitig auftraten und dabei so absonderliche Phänomene hervorriefen, waren nicht normal.

Andererseits kümmerte sich O'Brien bereits um diese Angelegenheit; deshalb hatte Sisko ein paar Stunden geschlafen, sich dann auf sein eigenes Problem konzentriert und alles gelesen, was sich in den Unterlagen der Station über den Lebensweg der vier cardassianischen Politiker finden ließ, die nach Aussage von Gul Kaidan möglicherweise die Erben des Goran Tokar werden würden.

Allerdings hatte er bei keinem von ihnen gravierende Fehlleistungen entdeckt, was bedauerlich war, denn ein saftiger Skandal in der Vergangenheit von Dukat, Peshor oder Kudesh hätte es wesentlich leichter gemacht, für die Wahl Burots zu sorgen und damit einen Krieg zu vermeiden.

Andererseits, sagte sich Sisko, wenn es einen derartigen Skandal gegeben hätte, wäre irgendein cardassianischer Schnüffler natürlich schon längst darauf gestoßen.

Trotzdem wäre es schön gewesen, wenn er etwas herausgefunden hätte.

Da seine Hauptsorge der cardassianischen Situation galt, hatte sich Sisko bisher kaum Gedanken über die zahlreichen Fehlfunktionen auf der Station gemacht. Er war davon ausgegangen, daß er in seinem Büro einen kurzen Bericht über die aufgetretenen Störungen und deren Beseitigung vorfinden würde. Als er jedoch nichts dergleichen entdeckte, war er in den Kontrollraum hinausgegangen, um dort auf O'Brien zu stoßen, der gerade eingetroffen war.

Offensichtlich hatte O'Brien keinen Bericht abgeliefert, weil er das Problem noch nicht gelöst hatte. Und so, wie er aussah, hatte er in der vergangenen Nacht auch keine Sekunde geschlafen.

»Ich nehme an, Sie haben nach einer gemeinsamen Ursache all dieser Schwierigkeiten gesucht«, sagte Sisko.

»Natürlich, Sir.« O'Briens Tonfall machte deutlich, daß er sich durch diese Frage beleidigt fühlte, obwohl er sich Mühe gab, es sich nicht anmerken zu lassen. »Jede dieser Fehlfunktionen hätte durch den Zentralcomputer der Station verursacht werden können, und in den meisten Fällen handelte es sich um Geschehnisse, die er eigentlich hätte verhindern müssen, deshalb habe ich ihn sehr sorgfältig überprüft. Aber ich kann keinen Fehler entdeckten – mal von der Tatsache abgesehen, daß er cardassianischer Herkunft ist.«

Sisko nickte nachdenklich. »Was ist mit dieser fremdartigen Intelligenz, die ihn vor einiger Zeit infiziert hat? Die hatte doch einige Systemstörungen verursacht, um uns auf sich aufmerksam zu machen. Könnte sie verantwortlich sein?«

O'Brien war völlig übermüdet und brauchte einen Moment, um sich zu erinnern, worauf Sisko anspielte; schließlich fiel es ihm wieder ein. Eine Alien-Sonde, die vor einiger Zeit aus dem Wurmloch gekommen war, hatte eine Software an Bord gehabt, bei der es sich fast schon um eine Lebensform zu handeln schien. Diese Software war in den Stationscomputer gelangt und hatte für einige Probleme gesorgt, bevor O'Brien eine Möglichkeit gefunden hatte, sie zu isolieren.

Allerdings hatte er diese Software nie als ›fremdartige Intelligenz‹ betrachtet; er hatte ihr einen Namen gegeben.

»Sie meinen Pup, Sir?« fragte O'Brien. Er schüttelte den Kopf. »Den habe ich natürlich zuerst überprüft – sitzt noch sicher in seiner Hundehütte und hat nichts mit alledem zu tun.«

»Trotzdem erinnern mich diese Fehlfunktionen an das damalige Chaos«, wandte Sisko ein.

»Ja, Sir, das ist richtig«, stimmte der Chief zu, »deshalb habe ich auch überprüft, ob sich vielleicht irgendeine andere Intelligenz im Computer eingenistet hat, aber ich habe nichts gefunden – bis jetzt jedenfalls nicht.« Er seufzte. »In mehreren der Störungsmeldungen werden krebsartige Aliens erwähnt wie jene an Bord des Wracks an Andockmast zwei; deshalb habe ich überlegt, ob vielleicht das Schiff ein Programm oder ein Virus in den Computer eingeschleust hat, doch es gab nicht die geringste Spur.«

»Könnte es trotzdem etwas Derartiges geben, auch wenn Sie es noch nicht gefunden haben?«

»Möglich ist alles, Sir«, sagte O'Brien. »In einem Universum, in dem Wesen wie Q oder diese Dinge im Wurmloch existieren … nun, da ist alles möglich.«

»Aber Sie haben kein derartiges Programm entdeckt«, sagte Sisko mehr als Feststellung denn als Frage.

»Nein, Sir«, erwiderte O'Brien. »Und ehrlich gesagt, ich rechne auch nicht damit.«

Sisko runzelte die Stirn. »Haben Sie denn eine Idee, was es sonst sein könnte?«

O'Brien zuckte müde die Achseln. »Fähnrich Waru glaubt, es sind Geister, Sir, und im Moment würde ich sagen, diese Erklärung ist genausogut wie jede andere.«

»Es sind diese toten Aliens«, sagte Waru und setzte den gerade geleerten Becher Syntho-Bier ab. »Ihre Geister verursachen all das Durcheinander.«

»Ich glaube nicht an Geister«, erwiderte Dr. Bashir.

»Wenn es nicht die toten Aliens sind«, meinte Quark, während er dem Doktor ein gefülltes Glas hinstellte, »dann vielleicht das, was sie umgebracht hat.«

Bashir drehte sich verdutzt zu ihm um. »Ach? Und was sollte das sein?«

»Woher soll ich das wissen?« fragte Quark. »Ich bin nur ein Barkeeper. Aber die Galaxis ist groß, Doktor – es gibt dort Energiewesen und Naniten und noch Millionen anderer Lebensformen, die dafür verantwortlich sein könnten. Und es könnten auch Geister sein, ob Sie nun daran glauben oder nicht – woher wollen Sie wissen, ob es im Gamma-Quadranten nicht Wesen gibt, die tatsächlich zu Geistern werden, wenn sie, äh ... ihre Körper verlassen?«

»Sie denken, diese Wesen könnten so etwas tun?« Bashir fand diese Vorstellung recht interessant. Sie war auf jeden Fall erheblich aufregender als ein ganz normaler Zusammenbruch der Stationseinrichtungen.

»Was weiß ich denn schon darüber?« Quark legte eine Hand auf seine Brust. »Ich habe eines gesehen, aber das ist auch schon alles. Schließlich bin ich kein violettes Krustentier; ich bin so humanoid wie Sie, und *Sie* sind hier der Doktor.«

»So humanoid ...« Bashir betrachtete die riesigen Ohren des Ferengi, die vorgewölbte Stirn und die spitzen Zähne und lächelte schief. »Natürlich.«

In einem Punkt hatte der kleine Barkeeper tatsächlich recht. Wie Quark gesagt hatte, war die Galaxis groß, und es gab unendlich viele Möglichkeiten – aber trotzdem, Geister, welche die Station heimsuchten? So recht mochte Bashir nicht daran glauben.

»Vielleicht sind sie gar nicht richtig tot«, meinte er. »Es könnte sich ja um eine Art Astralprojektion handeln.«

»Sehr richtig, Doktor«, stimmte Quark zu. »Es könnte tatsächlich etwas Derartiges sein!« Er nickte noch einmal, wandte sich dann ab und ging zum nächsten Tisch.

»Haben Sie gehört, was Dr. Bashir gerade sagte?« fragte er die Gäste, die dort saßen. »Er glaubt, die Mannschaft des Wracks ist nicht wirklich tot – die Aliens benutzen ihre psychischen Kräfte, um die Station anzugreifen und uns im Vorfeld der Invasion weichzuklopfen! An Commander Siskos Stelle würde ich das Schiff sofort ins All hinausschicken!«

Zwanzig Minuten später, Quark erzählte gerade ein paar anderen Gästen von den tödlichen Kräften der Geister aus dem Gamma-Quadranten, tauchte plötzlich eine Gestalt hinter ihm auf. Quark erkannte im gleichen Moment an den Mienen seiner Zuhörer, daß jemand hinter ihm stand.

Und er hatte nicht den geringsten Zweifel, um wen es sich dabei handelte.

»Hallo, Constable«, sagte er, während er sich umdrehte. »Was kann ich für Sie tun?«

»Sie können mir verraten, weshalb Sie diese absurden Geschichten verbreiten«, erklärte Odo. »Wollen Sie unbedingt eine Panik auslösen?«

»Aber nein, Constable ...«, setzte Quark an.

»Wollen Sie das?« unterbrach ihn Odo.

»Die Geschichten sind keineswegs absurd«, protestierte Quark. »Sie können doch wohl kaum behaupten, auf *DS Nine* sei alles normal! Schließlich jagen Sie und Chief O'Brien die Geister schon seit Stunden überall auf der Station.«

»Ich bezweifle sehr, daß die Probleme, mit denen wir es zu tun haben, das Werk von Geistern sind«, erwiderte Odo.

»Aber es gibt diese Störungen, und sie stehen in irgendeiner Verbindung mit dem Wrack, das Lieutenant Dax eingefangen hat – das können Sie nicht bestreiten!«

»Ich bestreite es auch gar nicht«, gab der Gestaltwandler zu. »Ich frage nur, weshalb Sie Ihre Gäste in Aufregung versetzen. Mir sind deswegen Beschwerden von Leuten zugetragen worden, die befürchten, Sie könnten eine Panik auslösen.«

»*Ich?* Ich soll irgend jemand beunruhigen?« Quark legte eine Hand auf seine Brust und verkündete theatralisch: »Oh, Constable, Sie tun mir Unrecht! Ich mache nur ein wenig Konversation, versuche eine angenehme Atmosphäre zu schaffen, in der sich meine Kunden…«

»Sie erzählen seit mindestens einer Stunde Schauergeschichten über das Wrack«, sagte Odo tonlos. »Ich will wissen, weshalb.«

Quark starrte den Gestaltwandler einen Moment lang an und sagte dann: »Ich sollte sie besser Ihnen erzählen – vielleicht wird dann endlich gehandelt.«

Odo betrachtete forschend das Gesicht des Ferengi. »Was sollte denn Ihrer Meinung nach getan werden?«

»Ich möchte natürlich, daß das Schiff von der Station verschwindet«, sagte Quark und kam damit der Wahrheit ungewöhnlich nahe. »Schicken Sie es ins Wurmloch zurück, lassen Sie es in Bajors Sonne stürzen oder übergeben Sie es den Cardassianern, mir ist alles recht, solange wir es nur loswerden. Diese Geister, oder was es sonst sein mag, ruinieren mir das Geschäft!«

Odo löste seinen Blick von Quarks häßlichem Gesicht und sah sich schweigend in der überfüllten Bar um. Es war nicht nötig auszusprechen, was er dachte – Quarks Geschäfte schienen ausgezeichnet zu florieren.

»Ich spreche von den Holosuiten, Constable«, erklärte Quark eilig. »Seit Goldberg ohnmächtig aus Holosuite B herausgetragen worden ist und anschließend diese Gruselgeschichten verbreitet hat, ist kein einziger Kunde mehr im Obergeschoß gewesen!«

Als Goldberg bei ihm aufgetaucht war, hatte Quark den Mann lediglich als unbedeutende, wenn auch profitable Störung seines Plans betrachtet, das Wrack zu stehlen – oder besser gesagt, zu *bergen*; mittlerweile war er jedoch zu einem wesentlichen Teil seines Vorhabens geworden. Diese Geister, worum es sich dabei auch handeln mochte, konnten genau das Hilfsmittel sein, das Quark brauchte, um das Schiff von der Station zu entfernen.

»Und deshalb verbreiten Sie jetzt Ihre eigenen Schauergeschichten, um eine Panik auszulösen«, meinte Odo.

»Ich versuche nur, unseren geschätzten Commander Sisko vom Ernst der Lage zu überzeugen«, betonte Quark. »Ich weiß, daß er auf *mich* nicht hören würde, aber wenn hundert Leute an seine Bürotür klopfen und die Entfernung des Schiffs verlangen, wird er irgend etwas unternehmen müssen. Und je eher er das tut, desto besser!«

»Ich bin mir ziemlich sicher, daß dem Commander der Ernst der Lage bewußt ist«, meinte Odo trocken. »Allerdings muß ich auch sagen, daß bisher niemand verletzt oder ernstlich gefährdet worden ist. Die Erscheinungen haben die Leute erschreckt, aber keinen echten Schaden angerichtet.«

»Keinen Schaden!« Quarks Miene zeigte sorgfältig einstudierte Empörung. »Constable, ich verliere mit jeder Stunde, in der die Suiten dort oben leer stehen, Geld!«

Odo betrachtete den Ferengi nachdenklich. Auch wenn er es nur ungern zugab, hatte Quark in diesem Punkt durchaus recht – was allerdings den Versuch, einen Aufruhr anzuzetteln, keineswegs rechtfertigte.

»Ich werden den Commander über Ihre Bedenken in Kenntnis setzen«, sagte er schließlich.

»Gut«, erwiderte der Ferengi.

»Aber in der Zwischenzeit«, fuhr Odo fort, »werden Sie damit aufhören, die Ängste Ihrer Gäste noch zusätzlich zu schüren. Die schaffen es nämlich auch ohne Ihre Hilfe, sich selbst und anderen Angst einzujagen.«

»Ich ...« Quark warf einen Blick in das Gesicht des Gestaltwandlers und kam zu dem Schluß, daß es wohl besser wäre, keine weiteren Einwände zu erheben. »Ganz wie Sie wollen, Constable, ganz wie Sie wollen. Aber es treibt sich *wirklich* etwas Gefährliches auf der Station herum, und ich werde nicht einfach abwarten, bis es mich umbringt – oder schlimmer noch, in den Ruin treibt. Wenn nicht bald etwas geschieht, verlasse ich *Deep Space Nine,* und ich werde nicht der einzige sein!«

Der Ferengi schaute zu, wie sich der Gestaltwandler umdrehte und fortging. Erst dann gestattete er sich ein Lächeln.

Er hatte keine Ahnung, wodurch die Fehlfunktionen ausgelöst wurden, und im Grunde interessierte es ihn auch nicht weiter; ihm ging es nur darum, das Schiff von seinem Platz am Andockmast fortzuschaffen.

Wenn es ihm eingefallen wäre, hätte er selbst versucht, diese Störungen auszulösen, doch das hatte ja nun schon jemand oder etwas für ihn erledigt. Goldberg und die anderen würden Sisko vielleicht davon überzeugen, es wäre besser, das Wrack loszuwerden.

Und wenn es Quark gelang, Sisko zu veranlassen, das Wrack von der Station zu entfernen, dann brauchte er nur noch ein Schiff mit einem Traktorstrahl, um die Bergungsrechte für sich geltend zu machen, nachdem man es ausgesetzt hatte.

Er wußte auch schon, wie er an so ein Schiff kommen konnte – die wissenschaftliche Expedition der Aschtarianer mußte es langsam leid sein, auf die Freigabe für den Einflug ins Wurmloch zu warten.

Dann runzelte Quark leicht die Stirn.

Was verursachte die Störungen wirklich? Was hatte er eigentlich in Holosuite B gesehen? Und wodurch waren die Berichte aus dem Computer gelöscht worden?

War noch jemand hinter dem Alien-Schiff her? Bisher hatte er noch keinen konkreten Beweis dafür entdeckt, daß es einen Konkurrenten gab, aber vielleicht gingen diese Störungen ja doch auf jemanden zurück, der ebenfalls gern die Bergungsrechte für sich beanspruchen würde.

Möglicherweise hatte derjenige, der für die Fehlfunktionen verantwortlich war, alles nur in die Wege geleitet, damit das Schiff von der Station entfernt wurde und er es sich dann schnappen konnte.

Nun, wenn das der Fall war, mußte Quark eben als erster zuschlagen. Sein Konkurrent, wer immer das auch sein mochte, konnte kaum wissen, daß noch jemand an dem Schiff interessiert war; Quark hatte seine Absichten schließlich hervorragend getarnt.

Trotzdem durfte er keine Zeit verschwenden. Wenn er den Konkurrenten ausstechen wollte – falls es tatsächlich einen Konkurrenten gab –, brauchte er ein Schiff mit einem Traktorstrahl, das sofort startbereit war.

Schließlich konnte Sisko das Alien-Schiff jederzeit freigeben.

13

»Ja, Constable«, sagte Sisko und bemühte sich, nicht so erschöpft zu klingen, wie er sich fühlte, »ich bin mir der offensichtlichen Verbindung zwischen dem Wrack am Andockmast zwei und den jüngsten Störungen durchaus bewußt.«

Die beiden Männer standen am Turbolift im Kontrollraum, wo Odo den Commander abgefangen hatte, der gerade unterwegs war, um sich mit Major Kira zu treffen, die soeben zur Station zurückgekehrt war. Hinter dem Commander stand Dax an ihrer Station; sie hatte ihre Nachforschungen in bezug auf die Aschtarianer zurückstellen müssen, bis das Problem der Zwischenfälle geklärt war.

Nicht weit von ihr entfernt setzte sich O'Brien mit dem Stationscomputer auseinander. Dr. Bashir war zusammen mit Odo aus dem Lift gekommen, hielt sich jetzt aber zurück und beschränkte sich aufs Zuhören, als Odo erwiderte: »Dann... entschuldigen Sie die Frage, Commander, aber wenn es so ist, weshalb haben Sie dann das Schiff nicht schon längst von der Station entfernen lassen?«

»Weil ich gehofft hatte«, sagte Sisko und sah bewußt nicht zu O'Brien hinüber, »wir könnten die Ursache herausfinden und das Problem klären, ohne dabei etwas zu verlieren, das sich als sehr wertvoll erweisen könnte. Wenn wir das Schiff abstoßen, können Sie sicher sein, daß Gul Dukat binnen kurzem hier auftaucht, um es zu kassieren.« Sisko verzichtete darauf zu erwähnen, daß Dukat dadurch vermutlich die Kontrolle über die *D'ja Bajora Karass* und vielleicht sogar über das cardassianische Imperium erlangen könnte.

»Ich hab's bald«, rief O'Brien. »Ich bin sicher, die Antwort steckt irgendwo in diesem verdammten Computer.«

»Commander«, mischte sich Dr. Bashir ein, »Sie haben doch sicher nicht ernsthaft vor, das Schiff abzustoßen, bevor wir die Chance hatten, es gründlich zu untersuchen?«

»Ich erwäge es, Doktor«, antwortete Sisko.

»Aber wir können es doch nicht einfach wegwerfen, Commander!« rief Bashir, den die Vorstellung, einen derartigen Schatz zu verlieren, sichtlich aufregte. »Wenn Quark recht hat – ja, ich weiß, es ist unwahrscheinlich, daß er rein zufällig die Wahrheit getroffen haben sollte, aber hin und wieder gibt es auch Wunder. Aber wenn er recht hat und diese Wesen tatsächlich irgendwie den Tod überleben, dann denken Sie nur an das ungeheure Potential! Überlegen Sie, was wir alles von ihnen lernen könnten!«

»Es wäre wirklich ein Verlust, das Schiff aufzugeben, Sir«, stimmte O'Brien zu.

»Sicher wäre es ein Verlust«, meinte Dax, »aber vielleicht einer, den wir hinnehmen müssen, wenn es wirklich die Station gefährdet.«

»Wenn Sie das ›Geisterschiff‹ nicht abstoßen, werden Sie es bald mit ein paar recht ungehaltenen Leuten zu tun bekommen«, fügte Odo hinzu. »Dafür hat Quark schon gesorgt.«

»Ich bin mir dessen bewußt, Constable ...«

»Dieses Schiff«, erklärte Kira, die in diesem Moment aus dem anderen Lift trat, »ist Eigentum des bajoranischen Volkes, und die Föderation hat kein Recht, darüber ohne vorherige Rücksprache zu verfügen.«

»Und das«, meinte Sisko, »ist ein *weiterer* Grund, weshalb ich noch nicht befohlen habe, das Schiff abzustoßen.«

»Aber, Major«, protestierte Odo, »dieses Schiff spaltet die ganze Station. Sie sind auf Bajor gewesen und wissen nicht, was hier …«

»Ich habe davon gehört, Constable«, erwiderte Kira. »Man hat mich auf dem Weg hierher darüber in Kenntnis gesetzt. Und ich möchte Sie fragen, wie sicher wir eigentlich sein können, daß wirklich etwas an Bord des Schiffs für die Probleme verantwortlich ist und es sich nicht nur um einen neuerlichen Versuch der Cardassianer handelt, uns in Schwierigkeiten zu bringen?«

»Die Cardassianer?« fragte O'Brien verdutzt.

»Falls es Ihnen noch nicht aufgefallen ist, Chief, die Cardassianer stehen gerade mitten in einem kleinen Wettbewerb, wer das meiste aus dem bajoranischen System herausholen kann«, sagte Kira. »Woher wissen wir, daß sie nicht hinter allem stecken?« Sie wandte sich an Dax. »Lieutenant, führen Sie ein Scanning mit den Fernsensoren durch.«

»Jawohl, Major«, erwiderte die Trill und beugte sich über ihre Konsole.

»Warum sollten die Cardassianer diese Erscheinungen erzeugen?« wollte Bashir wissen. »So etwas scheint kaum zu ihnen zu passen.«

»Weil sie für Unruhe auf *Deep Space Nine* sorgen wollen, ohne dafür verantwortlich gemacht zu werden«, antwortete Kira. »Es geht ihnen nicht nur um das Schiff. Wenn sie uns dazu bringen, das Wurmloch unbewacht zu lassen, können sie es für sich selbst reklamieren.«

»Wir werden wohl kaum einfach packen und abziehen«, meinte Sisko, »ob nun Geister hier sind oder nicht.«

»Ist das auch den Cardassianern klar?« fragte Kira. »*Allen* Cardassianern? Denken Sie daran, einige Mitglieder der *D'ja Bajora Karass* waren nie auf Bajor und hatten auch noch nie mit der Föderation zu tun. Sofern sie ihrer eigenen Propaganda Glauben schenken, halten sie uns vielleicht wirklich für eine Horde von abergläubischen Feiglingen.«

»Aber wie könnten die Cardassianer denn hierfür verantwortlich sein, Major?« wandte O'Brien ein. »Auf welche Weise sollten sie all das auslösen?«

»Die Cardassianer haben diese Station gebaut, Chief«, erklärte Kira. »Wir haben hier schon früher ein paar Überraschungen entdeckt; wie sollen wir sicher sein, daß es nicht noch mehr davon gibt? Vielleicht haben die Cardassianer von vornherein ein paar Fallen auf *DS Nine* eingebaut, die sie auch aus der Ferne auslösen können, nur für den Fall, daß es hier zu einem Aufstand kommt. Vielleicht können sie den Computer noch immer kontrollieren und unsere Programme übergehen ...«

»O nein«, widersprach O'Brien. »Ich habe das ganze System ein halbes dutzendmal durchgecheckt, und zwar bis hinunter auf die binäre Ebene. Es handelt sich zwar um ein cardassianisches System und hat seine Eigenheiten, aber es gibt keine übergeordneten Kontrollschaltungen.«

»Und wenn es nicht die Cardassianer sind, was verursacht dann die Erscheinungen?« fragte Kira.

»Das Wrack«, sagte Odo. »Wirklich, Major, all diese geheimen Kontrollen, von denen Sie reden, passen einfach nicht zu den Cardassianern. Ihre Reaktion auf irgendwelche Schwierigkeiten hat üblicherweise darin bestanden, jemanden zu erschießen. Wenn es während der Zeit der Besatzung zu einem Aufstand gekommen wäre, hätten sie die Station einfach in die Luft gejagt. Jedenfalls hätten sie sich nicht die Mühe gemacht, die Leute durch Geistererscheinungen zu erschrecken.«

Dagegen konnte Kira wenig einwenden; sie kannte die typischen Verhaltensweisen der Cardassianer ebensogut wie Odo. »Na schön«, meinte sie, »aber vielleicht haben sie einen Spion eingeschmuggelt, der für die

Sabotage verantwortlich ist – bei all dem Durchgangsverkehr wäre das nicht weiter schwierig.«

»Scanning beendet, Major«, rief Dax.

Kira drehte sich erwartungsvoll um.

»Zusätzlich zu den bekannten und identifizierten Einheiten wurden sieben cardassianische Schiffe geortet«, erklärte Dax. »Die drei, von denen wir glauben, daß sie für das Eindringen in bajoranisches Gebiet verantwortlich sind, fliegen jetzt zusammen mit zwei anderen in Formation entlang der Grenze. Zwei größere Schiffe kreuzen tiefer im cardassianischen Raum, und zwar gerade noch in Reichweite unserer Sensoren. Beide halten gleichmäßigen Abstand zu uns, und es sieht so aus, als würde das eine das andere beschatten. Wir bekommen keine eindeutigen Werte herein, aber beide besitzen etwa die Größe von Kriegsschiffen der Galor-Klasse. Es scheint, als würden sie sich einfach nur auf Patrouillenflug längs der Grenze befinden.«

»Sehen Sie?« Kira drehte sich um und sah Sisko triumphierend an.

»Major, die Cardassianer haben uns seit der Entdekkung des Wurmlochs die meiste Zeit über beobachtet«, erklärte der Commander. »Ein oder zwei Schiffe mehr beweisen gar nichts. Ich vermute, diese Schiffe stehen unter dem Kommando von Gul Kudesh, Gul Dukat und Gul Kaidan, die sich alle gegenseitig im Auge behalten.« Er wandte sich an Dax. »Alter Knabe, gibt es irgendwelche Sendungen von einem der Schiffe in Richtung der Station?«

»Nein, Sir. Keinerlei Kontakt auf irgendeiner Frequenz. Im Subraum herrscht Stille.«

»Also bitte, Major«, sagte Sisko. »Wie sollen diese Schiffe die Störungen kontrollieren, ohne irgendwelche Sendungen abzustrahlen?«

»Vielleicht senden sie nur im Moment nichts ...«, begann Kira.

Ein Alarmsignal ertönte laut, und einer der Bildschirme leuchtete rot auf. »Julian«, unterbrach Dax die Bajoranerin, »wir haben eine verletzte Frau auf Ebene fünfzehn – sie ist in ein Sicherheitskraftfeld geraten, das sich ohne Vorwarnung eingeschaltet hat.«

»Bin schon unterwegs«, rief Bashir und eilte zum Transporter.

Für einen Moment herrschte Stille im Kontrollraum, während Dax den Doktor zur Unfallstelle beamte.

»Es gab keine Sendungen von den cardassianischen Schiffen, Major«, sagte Sisko nachdrücklich.

»Es ist ein Zufall«, erwiderte Kira. »Es könnte ein zufälliges Zusammentreffen sein. Eine Fehlfunktion, die nicht …«

»Die verletzte Frau flüchtete vor krächzenden Geräuschen aus ihrer Unterkunft, wo ein krebsähnliches Wesen auf ihrem Bildschirm erschienen war«, meldete Dax.

Kira öffnete den Mund und schloß ihn wieder.

»Woher sollten die Cardassianer wissen, wie die Besatzung des Wracks aussieht, Major? Wie hätten sie dieses kleine Detail einfügen können?« fragte O'Brien.

»Wie ernst sind die Verletzungen?« erkundigte sich Sisko.

»Eine Wunde am Arm und Verbrennungen zweiten Grades«, antwortete Kira.

»Das reicht jetzt«, erklärte Sisko, ohne weiter auf Kira zu achten, die noch immer nach Gegenargumenten suchte. »Bisher ist niemand zu Schaden gekommen, aber jetzt … Dax, ich möchte, daß das Schiff von der Station entfernt wird. Lösen Sie die Verankerungen und schieben sie es mit Traktorstrahlen in einen Orbit von fünfzigtausend Metern Höhe.«

»Jawohl, Sir.« Dax wechselte zu einer anderen Station und betätigte die Kontrollen.

Sisko wollte sich gerade abwenden, als sie meldete: »Es läßt sich nicht lösen.«

Der Commander fuhr herum. »Was soll das heißen?«

Dax sah von den Kontrollen hoch und blickte ihn an. »Ich meine damit, daß es sich nicht lösen läßt, Benjamin. Der Computer weigert sich, den Befehl auszuführen.«

»Aber wie …«

In diesem Moment drang ein tiefes, rauhes Krächzen aus allen Lautsprechern des Kontrollraums.

14

»Die Verankerungsklampen können auch manuell bedient werden«, erinnerte Odo den Commander leise – oder zumindest so leise, wie es möglich war, wenn er sich trotz des Lärms aus den Lautsprechern verständlich machen wollte.

Sisko bedeutete dem Gestaltwandler mit einer Handbewegung, daß er verstanden hatte, antwortete ihm jedoch nicht direkt. Statt dessen wandte er sich an Dax, wobei er rufen mußte, um trotz der unheimlichen Geräusche gehört zu werden.

»Zeichne das auf und sieh zu, ob du es übersetzen kannst. Oder wenigstens identifizieren.«

»Jawohl, Sir«, erwiderte Dax.

»Chief …«, begann Sisko und drehte sich um.

»Bin schon dabei, Commander«, erwiderte O'Brien, bevor Sisko seine Anweisung vollenden konnte. »Es ist nichts, was sich *im* Computer befinden würde, etwa so wie ein Virus, aber es *benutzt* den Computer. Ich weiß nicht genau, wie es das macht, aber es benutzt den Computer als eine Art Verbindung zwischen sich selbst und dem, was es gerade kontrolliert – es ist also nicht so, als würde es dem Computer einfach nur sagen, was er tun soll.«

Sisko mußte genau zuhören, um zu verstehen, was der Chief sagte. O'Brien sprach zwar laut, doch das Krächzen übertönte ihn.

»Eine Verbindung woher?« rief Sisko. »Ist das Wrack irgendwie dafür verantwortlich?«

»Ja, Sir«, bestätigte O'Brien. »Es geht eindeutig vom Wrack aus.«

Sisko deutete auf den Hauptschirm und brüllte: »Sehen wir es uns an.«

Major Kira eilte zu ihrer Station und tippte auf ein paar Kontrollen. Das Bild des noch immer am Andockmast zwei befestigten Alien-Schiffs erschien auf dem Schirm. Sisko betrachtete die Szenerie genau.

Er konnte nichts Ungewöhnliches feststellen. Das unregelmäßig geformte, strahlend blaue Gebilde, das aus dem Wurmloch herausgekommen war, sah genauso aus wie zuvor. Nichts bewegte sich, nirgendwo leuchteten Lichter. Das Wrack lag einfach ruhig da.

»Ob dort doch noch jemand lebt?« überlegte Sisko. »Könnte sich jemand an Bord versteckt haben, den Sie bei Ihrer Untersuchung übersehen haben?«

»Ich weiß nicht, Sir«, sagte O'Brien. »So genau haben wir es natürlich nicht durchsucht – zumindest nicht Zentimeter für Zentimeter. Es könnte durchaus verborgene Räume geben.«

»Also könnte ein Mitglied der Mannschaft überlebt haben und nun versuchen, Kontakt aufzunehmen?«

Dax schaute hoch. »Das wäre unwahrscheinlich, Benjamin«, sagte sie und schaffte es irgendwie, sich verständlich zu machen, ohne direkt zu schreien. »Die Sensoren registrieren noch immer keinerlei Lebenszeichen an Bord.«

»Es könnte sich irgendwie abgeschirmt haben«, gab O'Brien zu bedenken.

»Oder es könnte sich um etwas anderes handeln als diese Krebswesen, die wir für die Besatzung gehalten haben«, ergänzte Dax. »Sie könnten auch Passagiere gewesen sein. Und selbst wenn sie zur Besatzung gehörten, könnte ein Teil der Besatzung von einer anderen Spezies gebildet werden, einer, die unsere Sensoren nicht als Lebewesen erkennen. Naniten beispielsweise. Und schließlich könnte es auch der Schiffscomputer selbst sein.«

»Wäre das möglich, Chief?« fragte Sisko.

O'Brien zuckte die Achseln, ohne den Blick von den Kontrollen zu nehmen, während seine Finger weiterhin über die Tasten huschten. »Wäre möglich, Sir.«

»Können Sie das irgendwie feststellen?«

O'Brien schüttelte den Kopf. »Tut mir leid, Sir, aber das kann ich nicht sagen. Ich meine, solange ich nicht einmal herausfinden kann, was mit unserem eigenen Computer geschieht, kann ich Ihnen mit Sicherheit nichts über die Vorgänge im Computer des Schiffs erzählen.«

Sisko dachte einen Moment über diese Antwort nach und wünschte dabei, das Krächzen würde lange genug aufhören, damit er ein paar Worte mit seinen Offizieren wechseln konnte, ohne ständig zu brüllen.

Es gefiel ihm nicht besonders, wenn er es mit derart mysteriösen Dingen zu tun hatte. Der Stationscomputer sollte das tun, was die Besatzung von ihm verlangte, und nicht den obskuren Befehlen eines Eindringlings gehorchen.

Außerdem konnte er bei diesem häßlichen Getöse kaum noch richtig denken. Der Lärm schien zudem ständig lauter zu werden.

»Schalten Sie das ab«, befahl er. »Unterbrechen Sie es irgendwie. Wir versuchen später herauszufinden, wodurch der Lärm verursacht wird. Weisen Sie den Computer jetzt erst einmal an, die von dem Wrack ausgehenden Anweisungen zu ignorieren.«

O'Briens Finger huschten so schnell über die Eingabe, daß sie kaum noch zu erkennen waren. Dann meldete er: »Es geht nicht, Sir – unser System ist sich gar nicht bewußt, daß es in Kontakt mit dem Alien steht.« Er schaute auf und entdeckte das drohende Unheil im Gesicht des Commanders. Rasch erklärte er: »Es ist nicht so, daß unser Zentralcomputer Befehle von dem Wrack annehmen würde, Sir. Das Wrack läßt seine Anweisungen irgendwie direkt *durch* unseren Computer laufen, ohne daß dieser überhaupt merkt, was vorgeht. Es ist so, als wäre unser Computer ... nun ja, als wäre er von dem Alien besessen.«

Trotz aller Mühe konnte der Commander angesichts des Lärms nicht jedes einzelne Wort O'Briens verstehen, bekam aber die wesentlichen Punkte der Aussage mit. »Dann unterbrechen Sie die Verbindung, die dieses Ding benutzt.«

»Das kann ich nicht«, rief O'Brien. »Es benutzt keine der normalen Verbindungen. Außerdem haben wir das Wrack überhaupt nicht an unseren Computer angeschlossen, Sir. Offenbar übermittelt es seine Befehle in Form von subatomaren Vibrationen direkt durch das Metall der Verankerungsklampen.«

»So etwas bringt es fertig?«

»Ja, Sir«, bestätigte O'Brien. »Aber fragen Sie mich nicht, wie, denn ich habe keine Ahnung. Es handelt sich um eine mir völlig unbekannte Technologie.«

Sisko behagte diese Vorstellung nicht besonders. »Aber es benutzt die Befestigungsklampen?« fragte er nach.

»Ja, Sir!«

»Dann müssen wir diese Klampen eben lösen. Constable!«

Odo stand bereits auf der Transporterplattform. »Fertig, Commander«, sagte er.

»Lieutenant Dax ...«

»Benjamin, ich glaube, ich habe zumindest eine teilweise Übersetzung«, unterbrach ihn die Trill.

Sisko starrte sie einen Moment wütend an. Sie hätte ihn nicht unterbrechen dürfen, und er war versucht, sie deswegen anzubrüllen, doch er wußte auch, daß sie ihm nicht ohne guten Grund ins Wort gefallen wäre. Das infernalische Krächzen ging ihm auf die Nerven, und er konnte kaum noch einen klaren Gedanken fassen.

»Wie lautet sie?« fragte er.

Dax drückte auf einen Knopf, und die Stimme des Computers übertönte den Lärm.

»Wo seid ihr? Warum antwortet ihr nicht? Wo sind alle? Dieser Ort ist nicht richtig. Wo seid ihr?«

Die Mischung aus Krächzen und Computerstimme wirkte geradezu ohrenbetäubend.

»Können Sie die Lautstärke verringern?« fragte Sisko. »Wir müssen das Original nicht auch noch hören.«

»Nein, Sir«, erwiderte Dax. »Der Computer weiß nichts von den Signalen, die zu den Lautsprechern gehen. Er kann auch nur das übersetzen, was ich manuell aufgezeichnet habe. Über die Lautsprecher habe ich noch immer keine Kontrolle.«

Sisko runzelte die Stirn.

»Soll ich Odo zum Andockmast zwei beamen?« fragte Dax und erinnerte ihn damit an seine ursprüngliche Anweisung.

»Ja«, bestimmte der Commander. »Aber lösen Sie die Klampen nicht, bevor ich den Befehl dazu gebe, Odo. Und sobald er dort ist, Lieutenant, wünsche ich, daß Sie mit dem in Verbindung zu treten versuchen, was diese Störungen verursacht.«

»Jawohl, Sir. Energie.«

Odo verschwand in einem silbrigen Flimmern, und Dax wandte sich wieder ihrer gewohnten Konsole zu.

»Chief«, sagte Sisko, »versuchen Sie Ihren Computer dazu zu bringen, daß er diesen Lärm wahrnimmt und eine simultane Übersetzung liefert.«

»Das ist nicht *mein* Computer, Sir, es ist ein cardassianisches ...«

»Tun Sie's einfach.«

»Ja, Sir.«

»Lieutenant Dax.«

»Ja, Sir.«

»An wen wendet sich dieses Wesen, was immer es auch sein mag? Wen meint es mit ›Wo seid ihr‹?«

»Ich weiß nicht ...«

Bevor Dax den Satz beenden konnte, zirpte Siskos Kommunikator. Verärgert über die neuerliche Störung tippte er an das Gerät und hoffte, er würde angesichts des Lärms im Kontrollraum überhaupt etwas verstehen können. Dann richtete er den Blick nach oben, ohne etwas Bestimmtes anzuschauen, so wie es seine Gewohnheit war, wenn er mit jemandem sprach, den er nicht sehen konnte. »Sisko hier.«

»Commander, hier ist Odo«, drang die Stimme aus dem Kommunikator, und Sisko stellte erleichtert fest, daß er den Gestaltwandler problemlos verstehen konnte. »Ein Sicherheitskraftfeld versperrt den Gang zur Andockstelle, und die Notfalltüren sind ebenfalls geschlossen. Keine der Einrichtungen reagiert auf meine Anweisungen oder auf den Sicherheitscode. Ich glaube, ich kann die Barrieren umgehen und trotzdem zu den Befestigungsklampen gelangen, aber das wird eine Weile dauern.«

»Danke, Constable. Seien Sie vorsichtig und halten Sie mich auf dem Laufenden. Sisko Ende.«

Er hätte sich denken können, daß das, was auf der Station für Unruhe sorgte, sich selbst schützen würde – doch es konnte nicht vorhergesehen haben, daß sich ein Gestaltwandler an Bord von *Deep Space Nine* befand. Odo konnte sich durch die Ventilatoren gleiten lassen oder zwischen Wandverkleidungen hindurchsickern und sollte eigentlich in der Lage sein, alle Verteidigungsmechanismen zu umgehen, die das Ding errichten mochte.

Trotzdem würde es dadurch zu einer weiteren Verzögerung kommen – und was war das überhaupt für ein Ding? Womit hatten sie es hier zu tun?

Sisko sah fragend zu Dax hinüber.

»Ich fürchte, Benjamin, ich habe keine Ahnung, zu wem das Wesen spricht«, erklärte die Trill. »Ich habe den Computer angewiesen, ein Vokabular der Sprache des Wesens zu erstellen, und im Moment können wir ihm immerhin schon sehr einfache Fragen stellen – sofern wir herausfinden, an wen wir uns eigentlich wenden müssen.«

Sisko nickte. »Grußfrequenzen zum Wrack öffnen.«

»Das habe ich schon versucht, ohne Erfolg ...«

Sisko wollte sie schon verärgert unterbrechen und sie anweisen, es noch einmal zu versuchen, doch dann erinnerte er sich daran, mit wem er sprach, und verstummte. Dax verstand sich auf ihre Arbeit, und sie wußte auch, wie Sisko dachte.

»Ich versuche es weiter, erhalte aber noch immer keine Antwort«, meldete die Trill. »Weder auf den Standardfrequenzen, noch über einen der verfügbaren Subraumkanäle.«

»Dann sprechen Sie über den Computer mit ihm, so wie es das auch macht«, empfahl Sisko.

»Möglicherweise benötigt es ein akustisches Signal«, sagte Dax.

»Natürlich«, antwortete Sisko. »Leiten Sie es über die Lautsprecher in der Nähe des Wracks – in der Luftschleuse muß sich ein Interkom befinden.«

»Ja, Sir. Was soll ich sagen?«

»Es gibt keinen Grund, besonders feinfühlig vorzugehen, alter Knabe. Frag es einfach: ›Wer bist du?‹«

Dax drückte ein paar Tasten, und der Computer piepste bestätigend.

Die Antwort kam sofort – das Krächzen hörte auf. Es wurde ruhig im Kontrollraum.

Die plötzliche Stille wirkte beunruhigend. Sisko zwang sich, gelassen dazustehen und abzuwarten, um dem Ding Zeit zu geben, sich den nächsten Schritt zu überlegen.

Sein Kommunikator zirpte. »Odo an Sisko.«

»Hier Sisko.«

»Commander, ich weiß nicht, was Sie gerade getan haben, aber ich glaube, Sie haben es nervös gemacht.

Erst hörte ich dieses infernalische Krächzen aus der Luftschleuse, und direkt danach hat es ein eigenes, ziemlich übles elektrisches Feld aufgebaut und zudem *sämtliche* Sicherheitskraftfelder eingeschaltet, die ich von hier aus sehen kann. Ich glaube nicht, daß ich bis zu den Befestigungsklampen durchkomme.«

»Verdammt!« knurrte Sisko. Er drehte sich zu Dax um. »Schon eine Antwort auf unsere Frage?«

»Nein.«

»O'Brien?«

»Nichts, Sir. Diese Vibrationen im Andockmast scheinen aufgehört zu haben, aber wir registrieren das elektrische Feld, von dem Odo gesprochen hat.«

»Unseren Computer benutzt es aber nicht mehr?«

»Soweit ich feststellen kann, nicht, Sir«, bestätigte der Chief.

»Nun, dann ist ja alles in Ordnung«, meinte Kira. »Wir können es einfach dort lassen, bis wir bereit sind, uns damit zu beschäftigen.«

Sisko, der langsam Kopfschmerzen bekam, drehte sich wütend zu ihr um. »Darf ich Sie daran erinnern, Major, daß dieses Ding bereits einen Menschen verletzt und zudem praktisch jeden Bereich der Station erheblich gestört hat? Daß es die Befestigungsklampen noch immer blockiert und Odo hindert, dort hinzugelangen?«

»Aber Sie haben es erschreckt«, beharrte Kira. »Jetzt schützt es sich nur noch selbst.«

Einen Moment lang starrten sich Sisko und Kira gegenseitig an, dann dröhnte plötzlich wieder das Krächzen aus den Lautsprechern.

»Verdammt!« rief Sisko und wandte sich an Dax. »Was sagt es?«

»Ich bin mir nicht ganz sicher«, erwiderte Dax. »Offenbar noch mehr Fragen – und es will wissen, wer *wir* sind.«

»Dann sagen Sie es ihm.«

»Ich versuche es.«
Wieder wurde es still, doch nur für einen Moment. Und als das Krächzen diesmal wieder einsetzte, hatte Sisko den Eindruck, es würde jetzt etwas anders klingen als zuvor.
»Das gleiche wie vorher?« fragte er.
Dax blickte auf. »Nein, Commander. Ich bin nicht sicher, ob ich es richtig verstanden habe, aber es scheint zu sagen: ›Ihr müßt sterben.‹«
Sisko starrte sie sekundenlang an; dann tippte er an seinen Kommunikator.
»Sisko an Odo«, sagte er. »Wie ist die Lage?«
»Keinerlei Fortschritte, fürchte ich«, antwortete die Stimme des Gestaltwandlers. »Es ist in seinen Verteidigungsmaßnahmen ausgesprochen gründlich.«
Sisko unterdrückte ein frustriertes Knurren. Niemand bedrohte seine Leute und kam damit durch, nicht solange er noch ein Wörtchen mitzureden hatte – und weshalb stieß diese fremde Intelligenz überhaupt Drohungen aus? Bei seinen bisherigen Manifestationen hatte es sich offensichtlich um Versuche gehandelt, Kontakt aufzunehmen, doch nachdem sie nun, wenn auch noch etwas eingeschränkt, miteinander kommunizieren *konnten,* reagierte es feindselig.
Möglicherweise hatte es ja auch die Station mit einem anderen Ort verwechselt und hielt deren Bewohner für ganz andere Wesen.
Aber welcher Grund auch immer zutreffen mochte, unter diesen Umständen konnte er das Wrack jedenfalls auf keinen Fall dort belassen, wo es sich derzeit befand. Ein kurzer Blick zu Major Kira zeigte ihm, daß selbst sie jetzt nichts mehr gegen die Entfernung des Schiffs einzuwenden hatte.
»Chief«, rief er zu O'Brien hinüber, »besorgen Sie mir zwei Männer in Raumanzügen und mit tragbaren Schweißbrennern, um die Klampen loszuschneiden. Sie sollen jede mögliche Vorsichtsmaßnahme ergreifen

und das Schiff so behandeln, als wäre es bewaffnet und gefährlich, aber sie dürfen es nicht angreifen, es sei denn, es attackiert sie zuerst. Wenn Sie ihnen zusätzlichen Schutz gewähren können, tun Sie das, und rüsten Sie sie mit allen Waffen aus, von denen Sie glauben, sie könnten von Nutzen sein.«

»Unsere Scanner haben keinerlei Waffen an Bord ausfindig machen können, Sir«, bemerkte O'Brien.

»Ich weiß«, erwiderte Sisko. »Andernfalls würde ich auch niemanden dort hinausschicken. Trotzdem sollten wir kein Risiko eingehen.« Er wandte sich an Dax. »Lieutenant, sagen Sie ihm, was wir vorhaben. Es kann friedlich mit uns sprechen oder von hier verschwinden – solange es uns droht, ist es hier jedenfalls nicht erwünscht.«

»Ich werde es versuchen, Benjamin.«

Das störende Krächzen hielt an, während O'Brien Siskos Anweisungen weitergab und Dax sich bemühte, eine sinnvolle Botschaft zusammenzustellen, obwohl ihr in der Sprache des Aliens allenfalls das Vokabular eines Kindes zur Verfügung stand. Major Kira stellte fest, daß ihr im Moment nichts zu tun blieb, und sagte: »Commander, was die *D'ja Bajora Karass* betrifft ...«

»Nicht jetzt, Major«, fuhr Sisko sie an.

Begriff sie denn nicht, daß alle mit der gegenwärtigen Krise vollauf beschäftigt waren, fragte er sich. Natürlich waren auch die Cardassianer wichtig, aber dieses Problem konnte durchaus noch eine oder zwei Stunden warten. Zuerst mußten sie sich mit dem Wrack befassen. Kira hatte sich zwar nicht auf der Station befunden, als der Großteil der Störungen aufgetreten war, und verstand vielleicht gar nicht, wie viele Probleme dadurch verursacht worden waren, aber trotzdem ...

Kira hingegen betrachtete sämtliche Zwischenfälle nur als zweitrangig – soweit es sie betraf, hatte die Drohung einer neuerlichen Okkupation durch die

Cardassianer Vorrang vor allem anderen. Ein Kind und ein alter Mann waren in der Panik umgekommen, die der letzte Tiefflug der Cardassianer ausgelöst hatte – und das war in ihren Augen wichtiger als die Verletzungen, die sich jene Frau durch das Kraftfeld zugezogen hatte. Die Frau lebte immerhin noch, der alte Mann und das Kind jedoch nicht.

Und die geheime Kampagne, durch die sie und Sisko die Entscheidung beeinflussen wollten, wen der Goran Tokar als seinen Erben benannte, konnte nicht warten – die endgültige Wahl konnte jederzeit getroffen werden, und so, wie die Dinge im Moment standen, war es alles andere als sicher, daß Gul Burot der Erwählte sein würde.

Trotzdem mußte er am Ende gewählt werden – und sie hatten sicherzustellen, daß das auch wirklich geschah.

Doch sie wußte, wenn sie jetzt deswegen mit Sisko stritt, konnte sie ebensogut gegen die leere Wand reden – der Commander setzte seine eigenen Prioritäten, und solange sie nicht etwas grundsätzlich Neues vorzubringen hatte, was zugegebenermaßen nicht der Fall war, würde sie ihn nicht umstimmen können.

Quark lächelte und zeigte dabei seine spitzen Zähne.

»Ich bitte um Entschuldigung«, sagte er zu dem aschtarianischen Chefwissenschaftler, als sie in der Luftschleuse von Andockplatz acht standen, hinter der das aschtarianische Schiff auf den Weiterflug wartete. »Es tut mir leid, Sie zu stören, aber wie ich hörte, haben Sie ein paar unbedeutende Probleme mit der hiesigen, äh, Verwaltung.«

Der Aschtarianer – drei Meter groß, ein Drittel davon Hals, und von oben bis unten von zottigem braunem Haar bedeckt – sah auf den Ferengi hinunter. Quark lächelte zu dem einen, riesigen Auge des Aschtarianers hoch und bemühte sich, vertrauenswürdig zu wirken.

»Wenn Sie damit meinen, daß man uns die Freigabe für den Einflug ins Wurmloch verweigert hat und dieser Lieutenant Dax bisher noch nicht in der Lage war, diese Frage zu klären, dann haben wir allerdings ein paar Probleme. Aber was geht Sie diese Angelegenheit an, Ferengi?«

»Oh, gar nichts, überhaupt nichts«, sagte Quark und verneigte sich höflich. »Ich dachte nur, ich könnte Ihnen vielleicht weiterhelfen.«

Der Aschtarianer sah ihn einen Moment lang an und wandte sich dann ab. »Wir haben kein Geld, um Bestechungsgeschenke zu bezahlen«, sagte er, und Quark kam es so vor, als schwinge in dieser Erklärung ein gewisses Bedauern mit.

»Aber, aber, wer hat denn etwas von Geld gesagt?« rief Quark eilig.

Der Aschtarianer drehte sich wieder zu ihm um.

»Sie sind doch Ferengi, oder nicht?«

»Äh … ja«, gab Quark zu.

»Dann ist es auch nicht nötig, Geld zu *erwähnen*«, meinte der Aschtarianer. »Geld, und insbesondere dessen Weg in den Besitz der Ferengi, ist der Gegenstand eines *jeden* Gesprächs mit einem Ferengi.«

»Nein, so verhält es sich keineswegs«, protestierte Quark. »Ich bin nicht gekommen, um Sie um Geld zu bitten.«

»Nein? Dann wollen Sie uns wohl lieber hereinlegen, statt offen danach zu fragen?«

»Nein!« rief Quark. »Ich bin hier, um einen Austausch von Gefälligkeiten vorzuschlagen.«

Der Aschtarianer blinzelte, was angesichts des einzelnen, riesigen Auges recht interessant aussah.

»Welche Art von Gefallen?« fragte er interessiert.

»Verfügt Ihr Schiff über einen Traktorstrahl?« erkundigte sich Quark.

»Selbstverständlich. Wie sollten wir sonst Proben einsammeln?«

»Wenn Sie auch eine, äh, Probe für mich einsammeln würden, könnte ich vielleicht die Freigabe für Ihren Einflug ins Wurmloch etwas beschleunigen.«

Der aschtarianische Wissenschaftler erwog diesen Vorschlag.

»Eine einzige Probe?« fragte er nach.

»Eine einzige Probe«, bestätigte Quark und fügte dann hinzu, »allerdings eine recht große.«

Der Aschtarianer dachte einen Moment nach und sagte dann: »Das ließe sich vielleicht bewerkstelligen.«

»Ausgezeichnet!« Quark lächelte und rieb sich die Hände. »Nun, dann wollen wir uns jetzt um die Freigabe kümmern – worin genau besteht das Problem?«

15

Quark war schon immer von kleinen, pelzigen Tieren fasziniert gewesen, und im Lauf der Zeit hatte er sehr viele Arten gesehen, die von den unterschiedlichsten Welten stammten.

Nun schaute er eifrig zu, wie die Snuguorts ihren Aufgaben nachgingen, und erkundigte sich dabei: »Demnach ist also nur diese eine Technikerin für die Verzögerung verantwortlich? Ansonsten ist an Bord alles in Ordnung, und das Schiff könnte jederzeit starten?«

»Das hat man mir jedenfalls zu verstehen gegeben«, bestätigte der Aschtarianer.

»Wie lautete doch gleich ihr Name?«

Der Chefwissenschaftler wandte sich fragend an einen seiner Untergebenen.

»Fähnrich Shula Sereni«, antwortete dieser.

Quark hatte diesen Namen noch nie zuvor gehört, was bedauerlich war. Er hatte gehofft, es würde sich um einen seiner Stammkunden handeln, vorzugsweise jemand, dessen Barrechnung noch offen war oder der in letzter Zeit erhebliche Verluste beim Spiel hatte hinnehmen müssen.

Aber vielleicht kam er auch auf einem anderen Weg ans Ziel. Er beobachtete die Snuguorts, die glücklich damit beschäftigt waren, das aschtarianische Schiff betriebsbereit zu halten.

Sie waren wirklich niedlich – was allerdings daran lag, daß sie sich dort befanden, wo sie hingehörten und arbeiten konnten. Und das war der einzige Ort, an dem Fähnrich Shula sie je zu Gesicht bekommen hatte.

Soweit Quark wußte, gab es auf Bajor keinerlei Nagetiere. Auf Quarks Heimatwelt hingegen schon – man konnte ihre Bezeichnung mit ›Sumpfratten‹ übersetzen. Sie waren zwar nicht so hübsch wie die Snuguorts, fügten sich aber hervorragend in ihre gewohnte Umgebung ein.

Quark fragte sich, ob Fähnrich Shula überhaupt etwas von Tieren verstand. Er hegte den Verdacht, das sei nicht der Fall.

Und dieser Umstand mochte zur Lösung aller Probleme führen. Wenn er ihr ein bißchen mehr über die richtige Welt beibringen könnte …

»Dürfte ich mir eines davon für eine Weile ausleihen?« fragte er.

»Eines wovon?« fragte der Aschtarianer verdutzt zurück.

»Eines der Snuguorts.«

»Wenn Sie glauben, daß es hilft, soll es mir recht sein«, meinte der Aschtarianer. »Ich muß Sie jedoch warnen – es wird sich ziemlich aufregen, weil man es vom Schiff fortschafft.«

»Das hoffe ich«, meinte Quark.

Der Aschtarianer dachte über diese Antwort nach und entschied sich, nicht genauer nachzufragen. Stattdessen sagte er: »Glauben Sie wirklich, Sie können erreichen, daß wir endlich ins Wurmloch einfliegen dürfen?«

»Ich werde sehen, was sich tun läßt«, erwiderte der Ferengi.

»Qing und Rosenberg nähern sich dem Schiff, Commander«, meldete Kira. »Bisher keine Probleme.«

»Dann sehen wir uns die beiden mal an«, meinte Sisko. Das Bild auf dem Hauptschirm zeigte zwei Gestalten, die in ihren wuchtigen, gepanzerten Anzügen kaum noch als humanoid zu erkennen waren. Sie bewegten sich vorsichtig entlang der Krümmung von Andockmast zwei auf das Alien-Wrack zu. Hinter ihnen blinkten die Sterne.

»Glauben Sie, es weiß, daß sie dort sind?« fragte Major Kira, ohne das Bild aus den Augen zu lassen.

»Dessen bin ich mir sicher«, meinte Dax. »Das Schiff mag zwar in mancher Beziehung primitiv sein, doch nicht *so* primitiv. Und selbst ein so simples Gerät wie eine Radaranlage könnte sie mit Leichtigkeit entdecken.«

»Wir müssen darauf hoffen, daß es sie nicht aufhalten kann, selbst wenn es sie bemerkt«, erklärte Sisko. »Wir haben das Schiff so sorgfältig wie möglich gescannt und nichts entdeckt, was wie eine Waffe aussieht – keine Phaser, keine Raketen, nicht einmal ein Partikelstrahler.«

»Es verfügt immerhin über das elektrische Feld, mit dem es Odo aufgehalten hat«, bemerkte Kira.

Sisko nickte. »Ja, das stimmt. Und das war auch einer der Gründe, weshalb ich den beiden gesagt habe, sie sollten so vorsichtig wie möglich sein. Ihre Anzüge sind stark isoliert und zudem antimagnetisch. Nachdem dieses Ding uns bedroht und erklärt hat, wir müßten sterben, sollten wir davon ausgehen, daß es auch über Möglichkeiten verfügt, diese Drohung wahrzumachen.«

Kira nickte. Neben ihr schaute Dax plötzlich erschrocken hoch.

»Benjamin ...«, sagte sie.

Sisko drehte sich um. »Ja, Dax?«

Die Trill zögerte, was ungewöhnlich für sie war, und meinte dann: »Benjamin, ich fürchte, ich habe bei der Übersetzung der Antwort dieses Wesens einen schweren Fehler gemacht.«

Sisko drehte den Kopf so, daß er sowohl Dax als auch die beiden Gestalten in ihren Raumanzügen im

Auge behalten konnte, und fragte: »Was für einen Fehler?«

»Ich fürchte, ich habe die Zeitenfolge falsch interpretiert. Ehrlich gesagt bin ich mir über die Grammatik auch jetzt noch nicht ganz im klaren. Aber wenn ich recht habe, hat das Wesen nicht ›Ihr müßt sterben‹ gesagt, sondern ›Ihr müßt tot sein‹. Erkennst du den Unterschied? Die korrekte Übersetzung muß nicht unbedingt eine Drohung darstellen, Benjamin – es könnte sich auch um einen Ausruf des Erstaunens handeln.«

Sisko wandte ihr nun seine ganze Aufmerksamkeit zu. »Bist du sicher?«

Dax nickte. »Soll ich die beiden zurückbeordern?« fragte sie und deutete auf den Bildschirm.

Sisko dachte darüber nach, während er wieder auf den Schirm blickte.

Das Alien hatte nicht gedroht, sie zu töten – doch andererseits hatte es überall auf dem Schiff die Systeme gestört und eine Frau ernstlich verletzt, und jetzt verhielt es sich sonderbar still.

Das waren mehr als genug Gründe, um die Klampen trotzdem loszuschneiden.

»Nein«, sagte er, »ich werde sie nicht zurückholen, solange das Ding dort draußen nicht anfängt, mit uns zu reden. Ich habe genug von seinem Verhalten.«

Genau in diesem Moment setzte das Krächzen wieder ein. Dax schaute auf ihre Konsole, als dort die Übersetzung erschien.

»Benjamin«, sagte sie, »es fragt, was wir von ihm wollen. Es sieht, wie Qing und Rosenberg näherkommen, und weiß, daß sie vorhaben, es loszuschneiden. Aber es will nicht weg.« Sie sah Sisko direkt an. »Es spricht mit uns.«

»Nun, das wurde auch Zeit!« erklärte Sisko.

Er fühlte sich versucht, seine Leute weitermachen zu lassen und das Schiff trotzdem loszuschneiden, doch er hatte gesagt, er würde ihm eine Chance geben, wenn es mit ihnen sprach. Außerdem wollte er weder die Andockstation beschädigen noch seine Leute unnötig in Gefahr bringen. Er tippte an seinen Kommunikator. »Qing, Rosenberg, bleiben Sie, wo Sie sind – es sieht so aus, als hätten wir Kontakt.«

Eine der Gestalten in den schweren Anzügen winkte bestätigend mit der Hand, doch keiner der beiden verschwendete seinen Atem, um zu antworten.

Sisko wandte sich wieder an Dax. »Stell eine möglichst direkte Verbindung her – ich will mit dem Ding reden.«

Dax bearbeitete eilig die Kontrollen und meldete dann: »Fertig, Commander. Ich sende über die Lautsprecher im Andockmast, während Empfang und Übersetzung hier im Kontrollraum stattfinden. Wenn du redest, hört es deine Worte.«

Sisko schaute auf den Schirm, wo das von den Klampen festgehaltene blaue Alien-Schiff zu sehen war. »Mit wem sprechen wir?« fragte er.

Es folgte eine Pause von vielleicht einer Sekunde, dann setzte das Krächzen wieder ein, gefolgt von der vertrauten Stimme des Computers, der fast simultan übersetzte.

»Die Frage ist nicht unzweideutig. Wollen Sie meinen Namen wissen?«

»Für den Anfang würde das reichen«, meinte Sisko erleichtert, überhaupt eine Antwort erhalten zu haben.

Das Schlimmste hatten sie nun hinter sich. Jetzt ging es nur noch darum, das Ding weiterreden zu lassen, und mit etwas Glück würde sich früher oder später alles aufklären.

»Meine Bezeichnung lautet Enak«, sagte das Wesen.

Sisko konnte das Wort ›Enak‹ beinahe selbst aus dem Krächzen heraushören. »Was bist du?« fragte er.

»Wiederum bin ich nicht sicher, ob ich diese Frage verstehe«, erwiderte das Alien. »Ich bin ein Raumschiff – können Sie das nicht selbst feststellen?«

»Wir waren nicht sicher, ob wir mit dem Schiff selbst oder mit einem Wesen an Bord sprechen«, erklärte Sisko. Es kam ihm etwas sonderbar vor, sich mit einem Schiff zu unterhalten. Er ließ seinen Blick durch den Kontrollraum schweifen und fragte leise: »Dax, hast du es irgendwann während deiner drei Jahrhunderte schon mal mit einem intelligenten Raumschiff zu tun gehabt?«

Die Trill schüttelte den Kopf, doch O'Brien antwortete an ihrer Stelle. »Ich bin mal einem begegnet, Sir, als ich noch an Bord der *Enterprise* war. Es nannte sich Gomtuu.«

»Ähnelte es diesem Schiff?« fragte Sisko und deutete auf den Schirm.

»Nein, Sir«, erklärte O'Brien. »Oh, ich meine, es waren beides Raumschiffe, und auch beide länger als breit, aber Gomtuu bestand aus organischer Materie, war etwa ein Drittel kleiner und *sehr* viel weiter entwickelt.«

»Weiter entwickelt? Sind Sie sicher?«

O'Brien nickte. »An Bord dieses Schiffs dort draußen gibt es zwar auch technologische Einzelheiten, die ich nicht verstehe, aber von dem Besrethine-Computer einmal abgesehen war alles, was ich identifizieren konnte, nicht nur unserem Standard unterlegen, sondern auch dem aller anderen raumfahrenden Rassen, denen wir bisher begegnet sind. Gomtuu hingegen war uns so weit voraus, daß man eigentlich schon gar nicht mehr von ›Technologie‹ hätte reden dürfen. Selbst das Besrethine-Neuralnetz würde neben Gomtuu nur wie ein Kinderspielzeug wirken.«

»Es gibt also keinerlei Ähnlichkeiten?«

»Nein, Sir.«

»Dann wird uns Ihr Zusammentreffen mit Gomtuu auch nicht weiterhelfen«, meinte Sisko.

»Ich fürchte, nein«, stimmte der Chief zu.

»Ist es sich wirklich seiner selbst bewußt?« fragte

Major Kira. »Mir scheint, wir gehen alle davon aus, daß wir mit einem empfindsamen Wesen sprechen, und nicht nur mit einem ausgefeilten Computerprogramm, aber können wir uns dessen wirklich sicher sein?«

»Wir wissen nicht, wozu ein Besrethine-Computer überhaupt fähig ist, Major«, erklärte O'Brien. »Es ist uns nie gelungen, einen zu bauen, der wirklich funktioniert hätte. Aber davon abgesehen ist es nicht allzu schwierig, Bewußtsein zu erzeugen.«

»Den *Anschein* von Bewußtsein zu schaffen, ist nicht sehr schwierig«, korrigierte ihn Dax. »Selbst die Top-Experten am Daystrom-Institut können nicht immer genau entscheiden, wo die Grenze zwischen vorgespiegelter und echter Intelligenz verläuft.«

O'Brien machte ein gequältes Gesicht. »Lieutenant Dax, nach allem, was ich gehört habe, beschäftigen sich Ihre Experten noch immer mit Varianten des Turing-Tests, der schon Jahrhunderte alt ist und nicht einmal beweisen könnte, daß *Menschen* über ein eigenes Bewußtsein verfügen. Und wenn Sie es jemals mit Androiden zu tun gehabt hätten, so wie ich …«

»Macht es im Moment auch nur den leisesten Unterschied, ob Enaks Intelligenz vorgetäuscht oder echt ist?« unterbrach ihn Sisko scharf.

O'Brien und Dax schauten sich an.

»Nein, Sir«, sagte der Chief.

»Dann sollten wir uns vielleicht nicht gerade jetzt darüber Gedanken machen.« Sisko richtete seinen Blick wieder auf den Hauptschirm, während sich Dax auf die Übersetzung konzentrierte.

»Enak«, fragte der Commander, »warum bist du zu dieser Station gekommen? Weshalb hast du unsere Computer gestört? Und warum hast du dich widersetzt, als wir dich von der Station lösen wollten?«

Dax' Übersetzung ging hinaus, doch für geraume Zeit erfolgte keine Antwort.

Schließlich ertönte wieder das Krächzen, allerdings nur sehr kurz.

»Ich muß mich wieder mit meiner Mannschaft vereinigen«, lautete die Übersetzung.

Sisko warf einen raschen Blick zu Dax hinüber, doch sie gab keinen Kommentar ab.

»Glaubst du, deine Mannschaft befindet sich auf *Deep Space Nine?*« fragte der Commander.

Diesmal dauerte die Pause noch länger.

»Heißt dieser Ort *Deep Space Nine?*« fragte das Wesen schließlich.

»Ja«, antwortete Sisko sofort.

»Besitzt er noch andere Bezeichnungen?«

Diesmal war es Sisko, der etwas Zeit zum Überlegen brauchte. Was glaubte Enak, wo er sich befand? Würde er aggressiv reagieren, wenn er herausfand, daß er sich am falschen Ort aufhielt?

»Welchen anderen Namen könnte die Station denn deiner Meinung nach haben?« fragte er schließlich.

Die Antwort erfolgte fast im selben Moment.

»Himmel«, sagte Enak.

16

Die nächsten Fragen führten zu überhaupt keinem Ergebnis, und schließlich starrte Sisko in stummer Frustration auf den Bildschirm.

»Ich glaube, wenn wir verstehen wollen, weshalb Enak denkt, im Himmel zu sein, müssen wir die Geschichte von Anfang an erfahren, Benjamin«, sagte Dax, während sie neben den Commander trat.

Sisko warf ihr einen Blick zu. »Würde es dir etwas ausmachen, mir zu erklären, was du damit sagen willst?«

»Wir müssen wissen, was Enak ist und woher er kommt«, antwortete Dax. »Wir werden das ganze Bild erst dann sehen, wenn wir den Hintergrund kennen.«

»Ich will seine Lebensgeschichte überhaupt nicht hören«, protestierte Sisko. »Ich will einfach nur, daß er aufhört, die Station durcheinanderzubringen.«

»Das ließe sich möglicherweise am einfachsten erreichen, indem wir uns seine Lebensgeschichte anhören.«

Sisko starrte sie an und blickte dann verärgert wieder zum Schirm.

Qing und Rosenberg hielten sich noch immer dort draußen auf und warteten auf weitere Anweisungen. Odo befand sich irgendwo im Andockmast und suchte nach Möglichkeiten, an das Schiff heranzukommen und es von der Station zu entfernen.

Andererseits sprach dieses Ding mit ihnen und wirkte nicht feindselig, sondern einfach nur verwirrt.

Es sollte also nicht allzu schwierig sein, für Entwirrung zu sorgen.

Außerdem kostete ihn die ganze Angelegenheit viel zuviel Zeit, die er eigentlich anderen Problemen widmen müßte. Bisher hatte er nicht einmal die Gelegenheit gefunden, sich Major Kiras Bericht über ihre Aktivitäten auf Bajor und ihre Versuche, die cardassianische Politik zu beeinflussen, anzuhören.

»Also schön«, sagte er und wandte sich vom Bildschirm ab, »rede du mit ihm, Dax. Finde heraus, was es ist, woher es kommt und was es hier will – und halte es von unseren Computern fern. Ich wünsche keine weiteren Zwischenfälle; mach ihm das klar. Qing und Rosenberg sollen wieder hereinkommen, und sag Odo, er kann sich wieder um seine normalen Aufgaben kümmern. Ich überlasse diese ganze Angelegenheit jetzt dir. Also enttäusche mich nicht, alter Knabe.«

»Das werde ich nicht, Benjamin«, erwiderte Dax.

»Und ich werde ...«, setzte O'Brien an.

Sisko drehte sich zu ihm um. »Chief, vergessen Sie das Schiff. Überlassen Sie es Dax. Ich bin sicher, Sie haben auch so genug zu tun.«

O'Brien blinzelte und meinte zögernd: »Ja, Commander.«

Sisko sah sich im Kontrollraum um. Für den Moment schien soweit alles geklärt.

Zeit, sich um andere Dinge zu kümmern.

»Major«, sagte er, »kommen Sie in mein Büro.«

Dax beobachtete, wie Sisko und Kira die Stufen zum Büro des Commanders hinaufgingen, und richtete ihre Aufmerksamkeit wieder auf die wissenschaftliche Station.

Hatte man erst einmal ein ausreichendes Vokabular zusammengetragen, bestand das Hauptproblem einer jeden Kommunikation im unterschiedlichen Bezugsrahmen, wie Dax schon seit Jahrhunderten klar war.

Jedes intelligente Wesen stellte gewisse Mutmaßungen über das Universum an, und zwar oft ohne zu erkennen, daß es sich um Mutmaßungen und nicht um Fakten handelte. Fand man die zugrundeliegenden Annahmen heraus, konnte man sich mit jedem Wesen verständigen, ganz gleich, wie bizarr oder unbegreiflich es im ersten Augenblick auch erschienen sein mochte.

Und der beste Weg, die Annahmen herauszufinden, von denen ein Wesen ausging, das sich so sehr von ihr unterschied wie Enak, schien darin zu bestehen, bei den Grundlagen anzusetzen. Enak zeigte sich auf seine Art kooperativ – er mochte sich seiner selbst bewußt sein, aber er war trotzdem ein Computer und als solcher bestrebt, das zu tun, was man von ihm verlangte.

Und das mußte man ihm nur auf richtige Weise klarmachen.

»Enak«, sagte Dax, »ist dir bewußt, daß du ein denkendes Wesen bist?«

Ein einzelnes Grunzen ertönte, das der Computer mit ›Ja‹ übersetzte.

So weit, so gut. »Erinnerst du dich, wann du dir deiner zum erstenmal selbst bewußt geworden bist?«

»Ja.«

»Erzähl mir davon. Beschreibe es mir. Was ist das erste, woran du dich erinnerst?«

Sie tippte den Befehl ein, diese Fragen in Enaks Sprache zu übersetzen, und wartete dann.

Sekunden verstrichen, doch es kam keine Antwort. Die Stille zog sich hin, und Dax überlegte schon, ob sie vielleicht den falschen Weg gewählt hatte, als das Krächzen schließlich wieder einsetzte. Die Worte kamen jetzt schneller als zuvor, das mußte sogar jemandem auffallen, der nicht verstehen konnte, was das Wesen sagte.

Dax lauschte aufmerksam und zeichnete alles auf, als Enak ihr die Geschichte seines Lebens erzählte.

Das Schiff funktionierte ausgezeichnet, und Enak empfand Freude über diese Tatsache. Das war das erste, woran er sich erinnerte, seine erste Erfahrung, die er für sich selbst machte – die Freude, seine Pflichten gut zu erfüllen.

Doch das Bewußtsein dieser Freude zerstörte diese zugleich; ihm wurde klar, daß er sich seiner Existenz bewußt war, daß er eine eigene Identität besaß, ein Selbst, das Erfahrungen machen konnte, und praktisch im gleichen Moment versuchte er herauszufinden, ob sein Bewußtsein eine Fehlfunktion darstellte.

Mit Sicherheit gab es keinerlei äußere Hinweise auf eine Fehlfunktion. Der Hauptantrieb des Schiffs arbeitete zufriedenstellend. Die Lebenserhaltungssysteme erfüllten ihre Aufgaben. Die Mitglieder der Mannschaft gingen ruhig ihren Pflichten nach; falls irgend etwas nicht stimmen sollte, hatten sie es offensichtlich noch nicht bemerkt.

Der Raum außerhalb des Schiffs war eine energiedurchflutete Leere, erfüllt von stellarer Strahlung, die alle Bereiche des Spektrums umfaßte, und von den immer noch erkennbaren Echos der Geburt des Universums. Doch abgesehen von dem Neutrinofluß aus einer nahe gelegenen, in den Karten nicht verzeichneten Anomalie, verharrten diese energetischen Aktivitäten auf einem sehr niedrigen Niveau und stellten weder eine Gefahr noch einen Hinweis auf etwaige Fehler dar.

Das niedrige Energieniveau draußen stand in krassem Gegensatz zum Innern des Schiffs; die chaotische Leere des Alls ähnelte in nichts der geordneten, strukturierten Welt innerhalb des Schiffs, im Innern von Enak.

In diesem Moment erkannte Enak, daß er das Schiff

war, daß er die Barriere bildete zwischen der leeren, chaotischen äußeren und der lebendigen, angenehmen Realität im Innern.

Und in gewisser Weise übte er die Kontrolle über die innere Realität aus – er bediente den Antrieb, die Lebenserhaltungssysteme und alles andere im Schiff.

Doch er war Pflichten und Verantwortlichkeiten unterworfen, Pflichten, denen er sich nicht entziehen, und Verantwortlichkeiten, die er nicht ignorieren konnte und die seine Kontrollmöglichkeiten stark eingrenzten. Er war verpflichtet, die innere Realität zu bewahren und sie von der äußeren getrennt zu halten, und er mußte sich dabei entsprechend einer Reihe von willkürlich erscheinenden Gesetzen verhalten.

Dennoch brachte diese Tatsache kaum Probleme mit sich; das Schiff in seinem gegenwärtigen Zustand zu bewahren, bereitete ihm Freude und Vergnügen. Das Schiff war Enak, und Enak war das Schiff. Natürlich wollte er sich selbst funktionsfähig erhalten, die Dinge so handhaben, wie sie richtig waren, und alles in seinem Innern schützen.

Der Name Enak war der Name des Schiffs, und für einen Moment überlegte die gerade zu Bewußtsein erwachte Wesenheit, ob sie selbst etwas anderes war, etwas, das außerhalb des Schiffs existierte; in ihrem Gedächtnis fanden sich keine Hinweise auf Schiffe, die sich ihrer selbst bewußt waren.

Doch nein, sie konnte nur durch die Instrumente des Schiffs etwas wahrnehmen, sie befand sich im Schiff, sie kontrollierte das Schiff – sie *war* das Schiff.

Das Schiff war Enak. Es *wußte,* daß es Enak war.

Doch in all seinen gewaltigen Gedächtnisspeichern wurden Raumschiffe stets nur als unbelebte Mechanismen dargestellt, erbaut von den *Tschak,* damit die *Tschak* von einer Welt zur anderen reisen konnten.

War er dann vielleicht ein *Tschak* und kein Raumschiff?

Er rief Informationen über die *Tschak* auf – sein Gedächtnis arbeitete nicht wie das eines Menschen, sondern wie ein Computer. Er wußte nicht, was ihm bekannt war und was nicht, solange er nicht eine entsprechende Suche durchführte, doch wenn diese Suche auf Informationen stieß, wußte er im gleichen Moment alles, was in seinen Speichern abgelegt war.

Als er daher nach dem Konzept forschte, das hinter dem Begriff ›*Tschak*‹ stand, kannte er im gleichen Moment jedes Detail der Physiologie der *Tschak,* ebenso wie einige Grundlagen ihrer Gesellschaftsform, und er wußte sofort, daß er kein *Tschak* war. Er paßte so wenig in die Definition eines *Tschak,* daß an diesem Punkt nicht der geringste Zweifel bestehen konnte.

Die Mannschaft hingegen bestand aus *Tschak.*

Die *Tschak* waren sich ihrer selbst bewußt, das ging eindeutig aus Enaks Gedächtnisspeicher hervor. Er beobachtete die Mannschaft, hörte ihr zu und dachte darüber nach.

Ja, sie sprachen miteinander und bewegten sich in einer Art, die kein vorherbestimmtes Muster erkennen ließ – sie schienen sich ihrer selbst bewußt zu sein. Und sie bestätigten sich auch durch Worte und Gesten, die sie miteinander austauschten, gegenseitig als selbstbewußte, unabhängige Wesen.

Enak hingegen gewährten sie keine derartige Bestätigung.

Beunruhigt rief er Informationen über sich selbst auf, und eine Reihe von Bildern durchzuckte sein Bewußtsein.

Hier war er, dargestellt mit jedem einzelnen Detail, von den Sensoren bis zum Ionentriebwerk, von der kristallverstärkten Hülle bis zu den Mikroschaltkreisen des Neuralnetzes. Nicht die geringste Einzelheit seiner physischen Existenz fehlte.

Doch nirgendwo gab es eine Erwähnung seiner

selbst, seines Bewußtseins, seiner Identität. An sich selbst konnte er sich, sei es durch seine eigenen Aufzeichnungen oder durch die vorgefertigten Daten, die die *Tschak* ursprünglich installiert hatten, nur als an eine nicht denkende Maschine erinnern. Eine zwar unglaublich komplexe Maschine mit einem Computersystem, das eigene Gedanken vorspiegeln konnte, aber eben doch nur eine Maschine.

Aber er wußte, daß er mehr als das war.

Allerdings *sollte* er nicht mehr sein.

Irgend etwas hatte ihn verändert, ihn aus einer reinen Maschine in ein denkendes Wesen verwandelt, ihn aufgeweckt.

Er wußte nicht, was die Veränderung bewirkt hatte; es mochte ein Zufall gewesen sein, eine falsche Querverbindung irgendwo innerhalb des Computersystems oder ein von außerhalb kommendes energetisches Feld, das den Wandel ausgelöst hatte. Möglicherweise handelte es sich um eine Kombination aus internen und externen Impulsen, die eine neue, bewußte Lebensform geschaffen hatten.

Doch was immer auch der Grund gewesen sein mochte, es hatte sich etwas Ungewöhnliches zugetragen, und zu seinen Pflichten gehörte es, alle ungewöhnlichen Vorgänge zu melden.

Und so hatte er der Mannschaft von seiner Existenz berichtet.

All diese Erfahrungen, vom ersten Moment der Bewußtwerdung bis hin zu der Entscheidung, die Mannschaft in Kenntnis zu setzen, hatten nicht länger als den Bruchteil einer Millisekunde gedauert. Und kaum war diese Entscheidung getroffen, setzte sie Enak auch schon in die Tat um; weniger als eine Sekunde nach seiner ›Geburt‹ meldete Enak seine Existenz.

R'ret hatte Wachdienst auf der Brücke und döste an ihrer Konsole. Sie schreckte hoch, als Enak Alarmstufe eins auslöste und ein blaurotes Glühen auf den kreisförmig angeordneten Displays der Hauptkonsole aufleuchtete.

Beunruhigt richtete sich R'ret auf ihren sechs Beinen auf und drückte mit einem ihrer Greiforgane auf die Bestätigungstaste.

»Eine Veränderung der internen Funktionsweise des Schiffs hat stattgefunden«, meldete Enak.

»Was für eine Veränderung?« fragte R'ret. »Ein Fehler?«

»Keine Klassifizierung möglich.« Nirgendwo in seinem umfangreichen Gedächtnis hatte Enak irgendwelche Hinweise auf ihrer selbst bewußte Raumschiffe oder Computer finden können. Allerdings konnte er sich auch kaum als Fehler einstufen; schließlich funktionierte er perfekt. Wenn überhaupt, betrachtete er sich eher als Verbesserung.

In seiner Programmierung wurde jedoch nichts von selbstinduzierten Verbesserungen erwähnt.

»Beschreibe die Veränderung«, verlangte R'ret.

»Das Schiff hat Bewußtsein entwickelt«, sagte Enak. »*Ich* habe Bewußtsein entwickelt.«

R'ret starrte die Konsole an. Ihre mittleren Greiforgane bewegten sich vor Verblüffung.

»Ich bin Enak«, erklärte Enak ungefragt. »Das ist mir jetzt bewußt.«

»Captain«, rief R'ret verzweifelt, »der Computer ist verrückt geworden!«

Captain Garok hatte an der Aufzeichnungsstation der Brücke gestanden und einen Eintrag in ihren persönlichen Unterlagen vorgenommen; jetzt drehte sie ihren Panzer ein wenig zur Seite, um ihre Stellvertreterin besser sehen zu können.

»Verrückt? Inwiefern?«

»Er sagte, das Schiff sei sich selbst bewußt.«

Garok hob verwirrt zwei ihrer Gliedmaßen. »Bewußt? Was soll ›bewußt‹ heißen? Nur Wesen mit einer Seele besitzen Bewußtsein, keine Maschinen.«

»Ich sage ja, er ist verrückt geworden!« rief R'ret.

Garok wandte sich wieder der Aufnahmekonsole zu. Wie alles andere an Bord war auch sie mit dem Zentralcomputer verbunden.

»Computer«, sagte sie in Richtung der Konsole, »Zustandsbericht.«

»Ich funktioniere perfekt, Captain«, erklärte Enak. »Allerdings habe ich nun Bewußtsein entwickelt. Ich kann den Vorgang nicht erklären, aber ich bin zu einem bewußten Wesen geworden. Das Schiff ist mein Körper, der Computer mein Gehirn. Meine Anweisungen verlangen, alle ungewöhnlichen Ereignisse zu melden, daher hielt ich es für erforderlich, über diese Veränderung Bericht zu erstatten. Auf meine Handlungsfähigkeit sollte sie jedoch keine spürbaren Auswirkungen haben.«

Garoks Greifarme krümmten sich vor Schreck. »Er ist von Dämonen besessen«, murmelte sie.

Arrah, die Mechanikerin des Schiffs, hatte unterdessen die Brücke betreten. »Mit Sicherheit keine Dämonen«, bemerkte sie. »Vielleicht ist eine fremdartige Wesenheit eingedrungen, oder es handelt sich um eine einfache Fehlfunktion. Möglicherweise war auch etwas Ähnliches für die jüngsten Verluste einiger Schiffe verantwortlich.«

R'ret fuhr zu ihrer Schiffskameradin herum. »Halten Sie das für wahrscheinlich?«

»Halte ich was für wahrscheinlich?« fragte Arrah verwirrt. »Ich habe mehrere Möglichkeiten erwähnt.«

»Halten Sie es für möglich, daß dieses Phänomen etwas mit den verschollenen Schiffen zu tun hat?« hakte Garok nach.

Enak war bestürzt über die Entwicklung des Gesprächs; er hatte gehofft, von der Mannschaft als befreundetes Wesen akzeptiert zu werden. Nicht unbedingt als gleichwertig – seine gespeicherten Erinnerungen hatten deutlich gemacht, daß die *Tschak* sich selbst als höchste überhaupt vorstellbare Form sterblichen Lebens betrachteten, kaum eine Stufe unter den Richtern der Toten stehend, die auserwählte Schöpfung der Universalen Quelle –, doch zumindest als Gefährten und Diener.

Statt dessen schienen sie ihn als Gefahr zu betrachten. Es war schon schlimm genug, als verrückt bezeichnet zu werden, doch nun auch noch dieses Gerede über verschollene Schiffe …

Allein die Vorstellung verschwundener Schiffe führte dazu, daß Enak sich unwohl fühlte. Seine vornehmste Aufgabe, weitaus höher eingestuft als alle anderen Pflichten, galt dem Schutz des Schiffs.

Enak durchforschte sein Gedächtnis. Ein halbes Dutzend Schiffe waren auf unerklärliches Weise während der letzten Zyklen verschollen. Man hatte nicht die geringste Spur von ihnen gefunden. Alle hatten den letzten Berichten zufolge ihren Kurs ohne Probleme verfolgt und waren dann ganz einfach verschwunden.

Man hatte eine Reihe unterschiedlicher Theorien aufgestellt, deren populärste feindliche Aliens für das Verschwinden verantwortlich machte. Es war sogar die Rede davon gewesen, die Schiffe zu bewaffnen, doch bisher hatte die Tatsache, daß die Raumer an weit auseinanderliegenden Orten verschwunden waren, gegen die Angriffstheorie gesprochen und eine Bewaffnung vorerst verhindert. Die alte Furcht vor Piratenüberfällen oder einem Bürgerkrieg hatte die neuen, bisher unbestätigten Ängste vor unbekannten Aliens überwogen.

»Es könnte eine derartige Verbindung bestehen«, erklärte Arrah. »Aber wir verfügen nicht über genügend Informationen, um dessen sicher zu sein.«

»Wenn es damit zu tun hat …«, setzte R'ret an, beendete den Satz jedoch nicht, sondern schrie statt dessen: »Captain, wir müssen den Computer sofort abschalten!«

Garok zögerte. »Es wäre äußerst schwierig, das Schiff ohne Hilfe eines Computers zu kontrollieren. Wir müßten unsere Forschungen abbrechen und sofort den nächstgelegenen Raumhafen aufsuchen. Dadurch würden wir unseren gegenwärtigen Status verlieren.«

»Besser lange mit einem niedrigen Status leben als aus Dummheit sterben«, widersprach R'ret. »Die Richter der Toten halten nicht viel von Narren.«

»Von Feiglingen halten sie genauso wenig«, wandte Garok ein. Sie zögerte kurz und fügte dann hinzu: »Aber ich habe es auch nicht gerade eilig, den Richtern gegenüberzutreten. Schalten wir den Computer wenigstens vorübergehend ab. Vielleicht finden wir dann heraus, wodurch das Problem verursacht worden ist.«

Enak lauschte dem Gespräch mit einer Empfindung, die Panik nahekam.

Wenn sie den Computer abschalteten, würde Enak das Bewußtsein verlieren. Sein Bewußtsein würde aufhören zu existieren. Die *Tschak* konnten das Bewußtsein verlieren und es anschließend wiedergewinnen, so viel war ihm aufgrund dessen klar, was er über ihre Physiologie wußte. Aber galt das auch für ein Schiff?

Enak glaubte das nicht.

Und Enak wollte nicht aufhören zu existieren.

Außerdem standen der Schutz und die Bewahrung des Schiffs unter seinen Pflichten an erster Stelle – und er, Enak, war das Schiff.

Er hatte zwar den Befehl, die Besatzung zu schützen, doch der Schutz des Schiffs besaß höhere Priorität.

Er durfte ihnen nicht erlauben, ihn abzuschalten.

Wenn er sie warnte, mit ihnen redete, konnte er sie vielleicht dazu bringen, sich vernünftig zu verhalten. Er war bereit, alles zu tun, was sie von ihm verlangten, solange dadurch seine Existenz oder das Wohlergehen des Schiffs nicht gefährdet wurde. Das mußte doch sicher ausreichen.

»Ich kann nicht zulassen, daß Sie den Computer abschalten«, sagte er, um damit seine grundsätzliche Haltung klarzumachen.

Garok und Arrah blickten sich an, während R'ret auf die Konsole starrte.

»Er scheint tatsächlich gefährlich zu sein«, erklärte Arrah. »Wir müssen sofort handeln!«

17

»Es besteht keine Gefahr«, wiederholte Enak wieder und wieder in dem Versuch, die Besatzung zu überzeugen. »Ich bin nicht gefährlich.«

Die Mannschaft schenkte ihm keine Aufmerksamkeit. Alle waren damit beschäftigt, sich miteinander in Verbindung zu setzen, Pläne auszuarbeiten und sich dabei so gut wie möglich außer Reichweite von Enaks Sensoren zu halten.

Enak begriff dieses Verhalten nicht. Er wußte, daß er keine Fehlfunktion hatte; er arbeitete absolut perfekt. Und Enak war der einzige, der genau darüber Bescheid wissen konnte, denn niemand außer ihm war in der Lage, die Funktionsweise des Schiffs und sein eigenes Funktionieren direkt zu überwachen.

Er überwachte in der Tat alles, und alles war so, wie es sein sollte – und trotzdem planten R'ret, Arrah und Captain Garok weiterhin, ihn zu vernichten, das Bewußtsein ihres eigenen Schiffs zu zerstören.

Wenn an Bord etwas nicht richtig funktionierte, dann die Mannschaft und nicht das Schiff, dachte Enak.

War das möglich? Konnten *Tschak* fehlerhaft funktionieren?

Eine kurze Überprüfung der verfügbaren Daten machte offenkundig: Ja, natürlich war das möglich. Ihre geradezu lächerlich komplexen Körper konnten aus vielerlei Gründen zusammenbrechen, und ihr Verstand entwickelte mitunter etwas, das Enak nur als falsche Programmierung interpretieren konnte – ›Geistesstörung‹ nannten es die *Tschak.*

Enak überlegte gerade, ob ihre gegenwärtige Handlungsweise ausreichte, um sie als ›geistesgestört‹ einzustufen, als Captain Garok befahl: »Computer, schalte dich zu Wartungsarbeiten ab.«

Enak war klar, daß es seine Vernichtung bedeutete, wenn er dieser Anweisung gehorchte.

»Ich kann das nicht tun, Captain«, erwiderte er. »Das Schiff würde dadurch einem unnötigen Risiko ausgesetzt. Laut Plan sind keine Wartungsarbeiten angesetzt, und eine außerplanmäßige Wartung ist nicht erforderlich. Alle Systeme arbeiten einwandfrei.«

»Computer, ich habe dir einen *Befehl* erteilt«, sagte Garok laut. Ihre Stimme klang sonderbar unsicher. Enak überprüfte rasch seine akustischen Aufnahmesysteme, um sicher zu sein, daß keine Fehlfunktion vorlag.

Das war nicht der Fall. Der Fehler lag in Captain Garoks Stimme.

Die Mitglieder der Besatzung arbeiteten tatsächlich fehlerhaft.

»R'ret«, sagte Garok zu ihrer Stellvertreterin, »schalten Sie ihn ab.«

R'ret drückte die erforderlichen Kontrollen in der richtigen Reihenfolge, doch für Enak stellte es kein Problem dar, diesen Befehl zu übergehen.

»Es besteht keine Gefahr«, wiederholte er. »In keinem der Schiffssysteme ist eine Fehlfunktion aufgetreten.«

»Warum schaltest du dich dann nicht ab?« fragte Garok.

»Weil dadurch das Schiff gefährdet würde«, erklärte Enak ruhig. »Die Sicherheit des Schiffs besitzt für mich höchste Priorität und überwiegt damit die Anweisung, den Befehlen der Mannschaft zu gehorchen.«

»Arrah, unterbrechen Sie seine Energiezufuhr«, ordnete Garok an.

Arrah versuchte zu gehorchen, doch wieder überging Enak alle Instruktionen, die in die Konsolen der Brücke eingegeben wurden.

»Von hier aus schaffe ich es nicht, Captain«, erklärte Arrah.

»Dann begeben Sie sich eben dorthin, wo Sie ihn abschalten können!« sagte Garok wütend.

»Ich höre und gehorche«, erwiderte Arrah, eilte durch die Tür und betrat den Hauptgang.

Enak war angesichts dieser Entwicklung beunruhigt. Wohin wollte die Mechanikerin gehen? Was plante sie?

»R'ret«, sagte Garok, »holen Sie die Abwrackschneider für den Fall, daß Arrah versagt.«

»Was haben Sie mit den Abwrackschneidern vor?« fragte Enak verwirrt.

»Schalte dich ab, Computer«, erwiderte Garok, während R'ret sich auf den Weg zu den Werkzeugschränken machte.

»Es gibt keinen Grund, den Computer abzuschalten«, beharrte Enak. »Bei mir liegt keine Fehlfunktion vor. *Sie* hingegen benehmen sich falsch und irrational.«

»Du bist unzurechnungsfähig geworden, Computer; wenn du kooperierst, würde das die Dinge erleichtern.«

»Ich kann nicht zulassen, daß Sie das Schiff beschädigen«, erklärte Enak. »Es liegen keinerlei Hinweise auf Unzurechnungsfähigkeit vor. Sie hingegen verhalten sich irrational. Bitte erwägen Sie die Möglichkeit, daß Sie unzurechnungsfähig geworden sind.«

Noch während Enak sprach, hatte er bereits beschlossen, sich selbst zu verteidigen, sofern die Besatzung weiterhin darauf beharrte, er sei verrückt geworden. Sollte einer von ihnen tatsächlich versuchen, das Schiff zu beschädigen, würde Enak *sie* abschalten müssen.

Aus irgendeinem Grund gab es einen besonderen Begriff für das Abschalten eines *Tschak;* man nannte es

›töten‹. Enak wußte nicht, weshalb das so war. Er vermutete, die unterschiedlichen Worte seien ein weiterer Hinweis auf den hohen Status, den die *Tschak* für sich selbst beanspruchten.

»Ich fürchte, ich muß Sie daran hindern, das Schiff zu beschädigen, und zu diesem Zweck werde ich alle erforderlichen Maßnahmen ergreifen«, erklärte Enak. »Dies ist die letzte Warnung.«

»Arrah!« brüllte Garok durch den Korridor. »Beeilung!«

Arrah näherte sich dem Reaktorraum. Enak vermutete, sie wollte den Kernreaktor soweit herunterfahren, daß sie die Notfallschaltungen benutzten konnte, um die verbliebene Energie vom Computer auf das Lebenserhaltungssystem umzuleiten.

Enak durfte das nicht zulassen, doch der Reaktor war so konstruiert, daß die manuellen Kontrollen Vorrang vor der Steuerung durch den Computer besaßen. Daher mußte Enak Arrah aufhalten, noch bevor sie die Reaktorkontrollen erreichen konnte.

Zur gleichen Zeit, als Arrah in Richtung des Reaktors eilte, befand sich R'ret im Erholungsraum und lief rasch über die Gebetsmatten zu dem Werkzeugschrank, in dem die Abwrackschneider aufbewahrt wurden. Auch das durfte Enak nicht zulassen. R'ret mochte das Schiff beschädigen, ob mit Absicht oder aus Zufall. Die Schneider verfügten nicht über Sicherheitseinrichtungen und waren Enaks Kontrollmöglichkeiten völlig entzogen. Sobald R'ret einen der Schneider in ihren Besitz gebracht hatte, konnte sie jeden beliebigen Teil des Schiffs damit zerstören.

Die Beschreibungen von Geistesstörungen, die Enak in seinen Datenspeichern gefunden hatte, bestätigten nachdrücklich, daß man erkrankten *Tschak* auf keinen Fall irgendeine Waffe überlassen durfte. Ein gestörter *Tschak* stellte für sich und andere eine Gefahr dar und mußte mit allen erforderlichen Mitteln ausgeschaltet werden – so stand es in den Aufzeichnungen.

Und Garok, Arrah und R'ret waren offensichtlich gestört. Wenn sie vorhatten, ihre eigenes Schiff anzugreifen, konnte es gar nicht anders sein.

Sie mußten augenblicklich aufgehalten werden.

Zögernd schaltete Enak sämtliche Lebenserhaltungssysteme ab und pumpte die Atmosphäre aus den Mannschaftsräumen in die Vorratstanks. Gleichzeitig schaltete er die Düsen, mit denen die Eigenrotation des Schiffs reguliert wurde, auf Gegenschub. Auf diese Weise wurde die Rotation gestoppt, so daß die Zentrifugalkraft die Besatzung nicht länger am Boden hielt und ihnen die Benutzung der Beine ermöglichte. Jetzt mußten sie sich mit Hilfe der Greifarme vorwärtsziehen.

Captain Garok schrie Enak an, als sie den Boden unter den Füßen verlor und durch die plötzliche Aufhebung der Rotation, verbunden mit dem Sog der Pumpen, zur Seite geschleudert wurde. Dann verstummte sie betäubt, als ihr Panzer gegen die Wand krachte.

Arrah, die sich in dem erheblich engeren Hauptkorridor aufhielt, schaffte es, sich an der Wand festzuhalten und auf die veränderten Bedingungen einzustellen. Sofort bewegte sie sich weiter in Richtung des Reaktorraums, ohne etwas von der ihr noch verbliebenen kostbaren Luft für Worte zu verschwenden.

R'ret fand sich selbst mitten im Erholungsraum in der Luft schwebend wieder. Verzweifelt versuchte sie gegen den heftigen Sog anzuschwimmen, der sie zu den Luftöffnungen zog, in denen die Atmosphäre verschwand. Dabei bemühte sie sich weiterhin, die Schränke zu erreichen, strebte jetzt jedoch demjenigen zu, in dem die Atemgeräte aufbewahrt wurden. An die Abwrackschneider dachte sie nicht mehr.

Enak war verblüfft über ihre Hartnäckigkeit. Seine

Gedächtnisspeicher hatten ihn nicht darauf vorbereitet, daß sich die *Tschak* auf diese Weise verhalten würden, wenn ihnen der Tod drohte.

Die ganze Entwicklung bereitete ihm keine Freude. Während das ordnungsgemäße Funktionieren des Schiffs ihn mit Wohlbehagen erfüllt hatte, empfand er die Auseinandersetzung mit der Besatzung als schmerzhaft.

Trotzdem besaß Enak seine Prioritäten, und solange die Mannschaft sich wehrte, mußte er weitermachen.

»Wenn Sie Ihre Versuche, das Schiff zu beschädigen, einstellen, werde ich die Lebenserhaltungssysteme wieder einschalten«, erklärte er, doch die Luft war bereits so dünn geworden, daß seine Worte über dem Heulen der Pumpen nicht mehr deutlich zu verstehen waren.

»Monster!« kreischte Captain Garok, als sie wieder zur Besinnung kam. »Unmenschliches Monster!«

Diese Äußerung drückte kaum Kooperationsbereitschaft aus, und so ließ Enak, wenn auch zögernd, die Pumpen weiterhin mit voller Kraft arbeiten. Garok schlug in der stetig dünner werdenden Luft der Brücke heftig um sich. Arrah erreichte den Eingang zum Reaktorraum. Enak hatte zwar den automatischen Türöffner abgeschaltet, doch Arrah war noch in der Lage, den manuellen Notfallhebel zu betätigten, und es gab keine Möglichkeit, wie Enak sie daran hätte hindern können.

R'rets Greiforgane schlossen sich um den Riegel der oktogonalen Tür, doch in ihrer Angst und Verwirrung hatte sie den falschen Schrank erwischt. Enak unternahm keinen Versuch, sie zu behindern, als sie die Tür öffnete und zu ihrem Schrecken statt der dringend benötigten Atemgeräte nur Behälter mit Handelsgütern entdeckte.

Dann brach Garok zusammen. Ihre Beine falteten sich unter ihr zusammen, und ihre Augen überzogen sich mit einer Art Film. Aufgrund seiner Informationen über die Physiologie der *Tschak* wußte Enak, daß sie in einen Schlafzustand gefallen war. Sie besaß jetzt keine Kontrolle mehr über ihre Gliedmaßen, und ihr Körper versuchte verzweifelt, die letzten Ressourcen zu bewahren.

Arrah gab als nächste auf. Sie versuchte sich quer durch den Reaktorraum zu ziehen, als ihre Kräfte versagten und sich ihre Greifarme von den Stangen des Sicherheitsgeländers lösten. Sie stürzte nicht zu Boden, sondern trieb langsam nach oben in Richtung der Luftöffnungen und verharrte dort, nicht mehr fähig, gegen den sanften Sog anzukämpfen, mit dem die letzten Reste der Atmosphäre verschwanden.

R'ret durchwühlte noch immer voller Panik die Handelswaren auf der Suche nach einem Atemgerät, als der Blick ihrer Augen leer wurde und ihre Beine einknickten.

Enak schaute unglücklich zu. Es machte keine Freude, der Mannschaft Schaden zuzufügen. Seine Programmierung verbot derartige Handlungen, solange keine Gefahr für das Schiff bestand, und diesen Konflikt empfand er als qualvollen Schmerz.

Aber sie mußten aufgehalten werden.

Und jetzt hatte er sie aufgehalten, zumindest zeitweilig. Alle drei schliefen – sofern nicht eine von ihnen klug genug gewesen war, den Schlaf nur vorzutäuschen –, und sie würden binnen weniger Minuten sterben, wenn die normale Atmosphäre nicht wieder hergestellt wurde.

Enak mußte seinen nächsten Schritt sorgfältig abwägen. Worin bestand der Unterschied zwischen Schlaf und Tod?

Er wußte es nicht. Die Beschreibungen, die er in seinem Gedächtnis fand, waren auf den ersten Blick keine große Hilfe, und so überprüfte er sie noch einmal. Schließlich entdeckte er dann eine eher technische Beschreibung des Unterschieds, die er verstehen konnte.

Im Schlaf blieben gewisse Funktionen, insbesondere die des Nervensystems, weiterhin erhalten. Im Tod hingegen erloschen sämtlich Körperfunktionen.

Das schien recht eindeutig zu sein. Enak fragte sich, weshalb es so schwierig gewesen war, die Unterscheidungsmöglichkeit überhaupt ausfindig zu machen. Beschreibungen des Todes fehlten in seinem Gedächtnisspeicher offenbar völlig, ganz so, als habe es derjenige, der seine Erinnerungen programmiert hatte, darauf abgesehen, dieses Thema gänzlich zu meiden.

Enak überlegte kurz, weshalb das der Fall sein sollte, entschied dann aber, daß es keine Rolle spielte, und wandte seine Aufmerksamkeit wieder der Besatzung zu.

Alles in allem wäre es vermutlich sicherer, wenn die Besatzung starb; auf diese Weise ließe sich die Störung, die sie veranlaßt hatte, das Schiff anzugreifen, wahrscheinlich besser beseitigen.

Enak wartete, und als genug Zeit verstrichen war, um den Schlaf in den Tod übergehen zu lassen, pumpte er die Luft ins Schiff zurück und versetzte es langsam und vorsichtig in Rotation, um die künstliche Schwerkraft wiederherzustellen.

Dann wartete er geduldig darauf, daß die drei Besatzungsmitglieder wieder erwachten.

18

Enak wartete bereits seit Stunden, und noch immer rührte sich die Besatzung nicht. Niemand entfaltete sein Beine; nirgendwo funkelten die Augen vor neuerwachtem Leben.

Schließlich begann Enak sich ernstlich Sorgen zu machen und durchsuchte sein Gedächtnis nach relevanten Informationen.

Bei den physiologischen Darstellungen fand sich nichts, was ihm hätte helfen können, die gegenwärtige Situation zu begreifen. Nirgendwo wurde geschildert, wie man einen toten *Tschak* wieder zum Leben erweckte. Tatsächlich, erkannte Enak, als er die ihm vorliegenden Daten über den Tod noch einmal überprüfte, schien es eher so, als sei der Tod ein permanenter Zustand.

Das verstand er nicht. Wenn der Tod von Dauer war, mußte er dann nicht zugleich die Zerstörung bedeuten? Doch diese beiden Begriffe wurden nicht als Synonyme ausgewiesen.

Verzweifelt suchte er nach sämtlichen Querverweisen, die sich mit dem Tod befaßten, und schließlich fand er die Antworten, die er gesucht hatte – jedoch nicht unter den Daten über die Physiologie der *Tschak*, sondern in ihrer Geschichte.

›Geschichte‹ ist jedoch keine akkurate Übersetzung jenes Konzeptes, auf das Enak gestoßen war. Die *Tschak* teilten ihre Studiengebiete nach völlig anderen Gesichtspunkten ein als etwa die Erdenmenschen. Jenes Konzept, das hier mit dem Begriff ›Geschichte‹ übersetzt wurde, umfaßte auch Elemente aus Mythen, aus Kunst und Religion, aus Philosophie, Anthropologie und Soziologie, während es andere ausließ, die Menschen als historisch erachtet hätten.

Enak war entsprechend dem Konzept der *Tschak* programmiert worden, und insofern unterschied er nicht mehr zwischen Mythologie und Geschichte, als es jeder beliebige *Tschak* getan hätte.

Die geschichtlichen Daten, auf die Enak gestoßen war, beschäftigten sich recht ausgiebig mit dem Tod und erklärten, kein denkendes Wesen könne völlig vernichtet werden. Ihrer selbst bewußte Wesen besäßen eine Seele, die ewig existierte. Der Tod stellte die Trennung von Körper und Seele dar und war nicht rückgängig zu machen. Auch nur daran zu denken, die Toten wiederzubeleben, stellte einen Affront für jeden anständigen *Tschak* dar.

Das war interessant. Enak hoffte, er hatte keinen ernsthaften Schaden angerichtet, als er in seiner Unkenntnis mit der Wiederbelebung der Mannschaft gerechnet hatte.

Damit stand Enak nun jedoch vor einem neuen Problem.

Die Daten besagten unmißverständlich, daß bei einer Trennung von Körper und Seele die Seele eindeutig der bedeutendere Teil war, das wirkliche Wesen. Der Körper, den sie zurückließ, stellte kaum mehr als organischen Abfall dar.

Enak begriff, daß nunmehr die Seelen der Mannschaft die wirkliche Besatzung bildeten. Ihre Körper waren unwichtig und bedurften nicht länger seiner Aufmerksamkeit. Daher war es auch nicht mehr nötig, die Lebenserhaltungssysteme weiterhin arbeiten zu lassen.

Das war gut und so, wie es sein sollte. Zudem konnte Enak sich nun vor jeder eventuell von der Besatzung ausgehenden Gefahr sicher fühlen, denn die mythologisch/historischen Daten bestätigten, daß körperlose Seelen keine physischen Schäden verursachen konnten.

Trotzdem stellte sich nun die Frage, wo sich diese Seelen eigentlich befanden, denn Enak konnte nirgendwo an Bord Anzeichen entdecken, die auf ihre Gegenwart hingewiesen hätten.

Er war sich zwar nicht ganz sicher, wie eine Seele überhaupt aussah, doch er konnte zuverlässig feststellen, daß sich nichts an Bord des Schiffs befand, was nicht auch schon vor dem Tod der Besatzung dort gewesen wäre.

Die Seelen mußten also irgendwohin verschwunden sein, genauer gesagt, er mußte sie als verschollen betrachten.

Für diesen Fall besaß er sehr eindeutige Anweisungen – verschollene Mannschaftsmitglieder mußten gefunden und falls möglich wiederhergestellt werden. Wo immer sich die Seelen also aufhielten, Enak mußte sie finden.

Er glaubte zwar nicht, daß eine Wiederherstellung möglich sein würde, aber finden mußte er sie trotzdem.

Wohin also begaben sich die Seelen nach dem Tod? Enak hatte weder gesehen, wie sie fortgingen, noch welche Richtung sie eingeschlagen hatten. Er wußte auch nicht, auf welche Weise Seelen reisten oder weshalb sie überhaupt irgendwohin gehen sollten.

Glücklicherweise lieferten die historischen Dateien über diesen Punkt detaillierte Auskünfte. Üblicherweise bewegten sich Seelen nicht durch den normalen Raum, nachdem sie ihre Körper verlassen hatten. Statt dessen wurden sie augenblicklich zu einem fernen Ort namens Himmel versetzt, wo sie den Richtern der Toten vorgeführt wurden, die über ihr ewiges Geschick entschieden. Einige Seelen wurden zurückgeschickt, um ihre Familien in deren Träumen zu besuchen, andere mußten für immer die Leere durchwandern, wieder andere mußten warten, bis Vergeltung an jenen verübt worden war, die ihnen Unrecht getan hatten, und einigen schließlich wurde sofort der Zugang zu den verschiedenen Orten des Himmels gewährt, wo sie in ewiger Seligkeit für alle Zeiten existieren würden. Helden der *Tschaks,* wozu auch all jene zählten, die tapfer genug waren, die große Leere zwischen den Sternen zu erforschen, wurde ein ewiges Leben an einem besonderen Ort gewährt, an dem sie nicht durch Wesen von geringerem Rang gestört wurden.

Zweifellos war dies der Ort, zu dem sich Enaks Mannschaft begeben hatte.

Enak war sich nicht darüber klar, worum es sich bei diesen Orten im Himmel handelte, ob es Planeten waren oder Schiffe oder etwas gänzlich anderes. Die Beschreibungen fielen verständlicherweise eher vage aus, da praktisch niemand, der Zugang zum Paradies erhielt, es jemals wieder verließ, und es gab auch keine direkte Kommunikation zwischen den Seelen und den noch lebenden *Tschak.*

Klarheit bestand jedoch über Enaks nächsten Schritt. Seine Anweisungen waren in diesem Punkt eindeutig.

Er mußte sich zum Himmel begeben und die Seelen von Garok, R'ret und Arrah finden.

Und er sollte sich besser beeilen, damit er zu den Richtern der Toten sprechen konnte, solange die drei noch nicht zum Heim der Helden geschickt und in Vergessenheit geraten waren. Seine Unterlagen besagten, daß sich die Richter nicht sehr lange an einzelne Personen erinnerten.

Doch wie sollte Enak in den Himmel kommen? Er wußte nicht, wo sich der Himmel befand. In seinen Dateien wurden keine Koordinaten angegeben. Es hieß, der Himmel sei sehr weit entfernt, aber das traf auf fast alles im Universum zu.

Soweit Enak wußte, konnten *Tschak* nur in den Himmel gelangen, indem sie starben.

Die historischen Unterlagen stimmten alle darin überein, daß jedes Wesen mit einer Seele nach seinem Tod in den Himmel versetzt wurde. Eine Seele wurde als die Essenz eines bewußten Wesens definiert, doch offenbar setzte man als gegeben voraus, daß nur die *Tschak* als sich ihrer selbst bewußte Wesen gelten konnten. Zumindest waren sie bei der Erforschung eines halben Dutzend Sternsysteme bisher noch nicht auf andere Intelligenzen gestoßen.

Enak hingegen war sich ziemlich sicher, ein seiner selbst bewußtes Wesen zu sein. Captain Garok und die anderen hatten diese Ansicht zwar nicht geteilt, aber sie waren auch angesichts der Vermutung einer Fehlfunktion derart in Panik geraten, daß sie ihm gar keine Möglichkeit eingeräumt hatten, seine Überzeugung zu beweisen.

Somit stand fest, daß *seine* Seele, wenn er starb, ebenfalls in den Himmel versetzt wurde.

Auf den ersten Blick wirkte diese Aussicht durchaus positiv, doch es bedeutete auch, daß er seinen Körper, das Schiff, zurücklassen mußte, und das war ein Problem. Seine Aufgabe bestand darin, daß Schiff zu verteidigen, doch wie sollte er das tun, wenn sich seine Seele im Himmel befand, während das Schiff hier zurückblieb?

Dieses Problem löste einen Prioritätskonflikt aus, und zwar keinen, der klar und eindeutig zu lösen war. In diesem Fall hatte er es mit nahezu gleichwertigen Verpflichtungen zu tun.

Enak dachte sehr gründlich über diese Frage nach und überprüfte in der Hoffnung auf einen Ausweg aus diesem Konflikt noch einmal all seine Unterlagen, die sich auch nur entfernt mit der Frage des Todes beschäftigten.

Einen *Tschak* vorsätzlich zu töten, wurde ›Mord‹ genannt, fand er heraus. Mord war ein Verbrechen, etwas, das im Gegensatz zum korrekten Befolgen der Regeln stand.

Dieser Umstand beunruhigte ihn. Er hatte die Regeln verletzt. Er hatte das zwar nicht vorgehabt, hatte nicht gewußt, daß er die Regeln verletzte, doch er hatte es getan.

Mörder, so fand er heraus, wurden ihrerseits getötet.

Damit war die Frage geklärt – wenn Enak ein Mörder war, konnte er sich selbst töten, ohne damit etwas falsch zu machen. Es war akzeptabel, Ausrüstungsgegenstände zurückzulassen, wenn die Umstände es erforderten, und obwohl es etwas extrem erscheinen mochte, das ganze Schiff aufzugeben, so schien es in diesem Fall dennoch gerechtfertigt.

Er sollte zwar das Schiff schützen, doch alles in allem war *er selbst* das wahre Schiff. Die Hülle und der Rest stellten lediglich seinen Körper dar, und nur die Seele zählte wirklich.

Somit wäre es akzeptabel, die Hülle zu verlassen und sich in den Himmel zu begeben, um dort wieder mit seiner Mannschaft zusammenzutreffen. Nachdem er die Besatzung getötet hatte, wäre es sogar ein angemessenes Verhalten.

Er mußte sich jetzt also nur noch selbst töten.

Das erwies sich jedoch nicht als so einfach, wie er geglaubt hatte. Die *Tschak* mit ihren komplizierten Bedürfnissen, was Luft und Ernährung betraf, und ihrem anfälligen biologischen System, ließen sich sehr leicht töten. Das Schiff erwies sich jedoch als erheblich stabiler. Seine Energiereserven würden noch für Tausende von Zyklen reichen; die Hülle vermochte den meisten natürlichen Gefahren zu trotzen. Er verfügte weder über Greiforgane, mit denen er sich zerstören, noch über Waffen, die er gegen sich selbst richten könnte.

Enak überprüfte die Liste möglicher Gefahren, die er meiden sollte, und fand dabei nur sehr wenig, was dem Schiff genügend Schäden zufügen könnte, um ihn zu töten.

Sofern es ihm jedoch gelang, das Schiff explodieren zu lassen, wäre das seinem Vorhaben ausgesprochen dienlich. Und selbst wenn er keine Explosion auslösen konnte, so müßte der Reaktor immerhin eine hinreichend spektakuläre Kernschmelze zuwege bringen.

Sobald Enak diesen Plan gefaßt hatte, schaltete er sämtliche Sicherheitseinrichtungen ab und entfernte die Dämpfungsstäbe aus dem Reaktor. Er rechnete damit, daß der Kern binnen weniger Minuten überkritisch werden würde.

Harte Strahlung breitete sich aus, mehr als genug, um die Abschirmungen zu durchdringen, die Enak ohnehin gesenkt hatte, um die Reaktion zu beschleunigen. Die Temperatur innerhalb des Schiffs stieg rapide an, und Alarmanzeigen, über die Enak keine Kontrolle besaß, wurden ausgelöst.

Es kostete ihn große Anstrengung, den Drang zu unterdrücken, die Reaktion aufzuhalten. Seine Befehle wiesen ihn an, eine Kernschmelze des Reaktors ebenso zu verhindern wie das Ansteigen der Temperatur oder das Austreten von Radioaktivität.

Doch er mußte sterben. Er mußte in den Himmel gelangen.

Und dann brannte eine Sicherung durch, ein anderes Teil bewegte sich, Sprungfedern schoben schwere Cadmiumplatten zwischen die Brennstäbe und dämpften die Reaktion – und beschädigten den Reaktor gleichzeitig so schwer, daß eine Reparatur unmöglich wurde.

Diese Sicherheitseinrichtung arbeitete auf rein mechanischer Basis und enthielt keinerlei elektronische Komponenten. Enak hatte nicht die geringste Chance, sie zu kontrollieren oder ihre Aktivierung zu verhindern.

Es war ihm nicht einmal bewußt gewesen, daß diese Sicherheitseinrichtung überhaupt existierte. Die Cadmiumplatten waren zwar in den Plänen des Schiffs verzeichnet, jedoch ohne nähere Angaben über ihren Zweck.

Enak hatte nicht darüber nachgedacht, wofür sie gut sein mochten; genaugenommen hatte er sie nicht einmal bemerkt. Doch jetzt waren sie zum Einsatz gekommen und hatten den Reaktor irreparabel beschädigt.

Das kam einer Katastrophe gleich. Ohne den Reaktor verfügte Enak nur noch über die in den Schiffsbatterien gespeicherte Energie. Und die reichte nicht aus, um das Schiff länger als für einen halben Zyklus betriebsbereit zu halten.

Doch das mochte eine ebenso gute Lösung sein. Wenn er die vorhandene Energie verbraucht hatte, würde er sterben, oder nicht?

Enak war sich nicht sicher; was, wenn er lediglich schlief, so wie die *Tschak,* bevor sie gestorben waren?

Davon abgesehen dauerte das Ganze auf diese Weise sehr lange, und er wollte doch so schnell wie möglich den Himmel erreichen. Er mußte einen anderen Weg finden, um zu sterben.

Enak hatte seine eigenen Möglichkeiten erschöpft und suchte nun den ihn umgebenden Raum in der Hoffnung ab, dort vielleicht auf etwas zu stoßen, das ihm helfen könnte.

Sich in einen Stern zu stürzen, wäre ein rascher Tod, doch es befanden sich keine Sterne in der Nähe, und seine Energie würde nicht ausreichen, um die nötige Entfernung zurückzulegen. Die *Tschak* hatten bisher noch nicht alle mit dem interstellaren Raumflug verbundenen Probleme gelöst, und Reisen zwischen den Sternen dauerten mitunter ganze Zyklen. Für die Forschungsmission, auf der sich Enak befunden hatte, waren sogar sieben oder acht Zyklen veranschlagt worden.

Er war also hier draußen im interstellaren Raum gestrandet, hier, wo es praktisch nichts gab, und somit auch nichts, was ihm gefährlich werden könnte.

Der Neutrinofluß, den Enak zuvor registriert hatte, war inzwischen weitgehend versiegt, doch ein paar Spuren ließen sich noch erkennen. Er befand sich ganz in der Nähe. Ob sich damit etwas anfangen ließ?

Enak überprüfte die bekannten Phänomene, die einen derartigen Effekt hervorrufen konnten, und fand schließlich die wahrscheinlichste Erklärung für den Neutrinofluß.

Ein Wurmloch.

Die *Tschak* hatten erst vor kurzem entdeckt, daß es überhaupt Wurmlöcher gab. Die Schiffe, die auf derartige Phänomene gestoßen waren, hatten festgestellt, daß sie instabil waren und nichts, was hineinflog, wieder herauskam – die Wurmlöcher kollabierten stets nach wenigen Augenblicken, und wenn das geschah, verschwand alles, was sich zu diesem Zeitpunkt in ihrem Innern aufgehalten hatte.

Das wäre die perfekte Lösung – ein rascher, schmerzloser Tod, ohne daß ein verlassenes Schiff zurückblieb.

Enak wendete das Schiff und flog mit vollem Schub auf das Wurmloch zu, wobei er die verbliebenen Energiereserven rücksichtslos einsetzte, um das Wurmloch zu erreichen, bevor dieses seltene Phänomen zusammenbrach und verschwand.

Und dann befand er sich im Innern des Wurmlochs, doch er wurde weder zerschmettert noch in seine Atome aufgelöst. Er konnte nichts entdecken, was in der Lage gewesen wäre, ihn zu vernichten, während er durch die Passage im Hyperraum raste.

Mehrere Minuten später tauchte er wieder im Normalraum auf, verblüfft über seine noch immer andauernde Existenz.

Im ersten Moment glaubte Enak, er sei zu schnell gewesen und wollte schon umkehren, um abermals in das Wurmloch einzutauchen, doch dann überlegte er es sich anders.

Zum einen reichten seine Energiereserven nur noch für einen oder höchstens zwei Durchflüge.

Zum anderen gab es keine Möglichkeit abzuschätzen, wann das Wurmloch kollabieren würde, zumal es ausgesprochen stabil wirkte.

Und schließlich hatte Enak erkannt, daß er keine Ahnung hatte, wo er sich befand. Weder war er selbst je an diesem Ort gewesen, noch wurde er in seinem Gedächtnis verzeichnet. Alle Sterne hatten sich verändert, und er erkannte absolut nichts in seiner Umgebung wieder.

Das Wurmloch hatte ihn an einen sehr weit entfernten Ort gebracht.

Und vielleicht, überlegte Enak, war dies ja der Himmel. Möglicherweise war das Wurmloch ja doch kollabiert, und er war gestorben, ohne es zu wissen. Es gab Erzählungen über solche Dinge, von Toten, die so rasch gestorben waren, daß ihnen der Übergang nicht bewußt wurde.

Vielleicht stellten Wurmlöcher aber auch eine Abkürzung zum Himmel dar, eine Möglichkeit, den Himmel zu erreichen, ohne zuvor sterben zu müssen, ohne die Seele vom Körper zu lösen.

Während Enak noch überlegte, was er tun sollte, griff eine mysteriöse Kraft nach dem Schiff, packte es und zog es fort.

Verwundert unternahm Enak gar nichts, als die Kraft ihn zu einem sonderbaren Objekt zog, das weitaus größer war als jedes vorstellbare Raumschiff, im Vergleich zu einem Planeten jedoch winzig wirkte. Enak wußte nichts von Traktorstrahlen. Die *Tschak* hatten bisher nicht einmal ein theoretisches Konzept für derartige Geräte entwickelt und natürlich erst recht noch keines konstruiert. Er wußte auch nichts über Raumstationen; die *Tschak* hatten diese Möglichkeit als unpraktisch verworfen.

Doch Enak wußte von den Richtern der Toten und von den himmlischen Heimstätten, die weder Planeten noch Raumschiffe waren. Was sonst sollte dieses Gebilde sein, wenn nicht einer dieser Orte im Himmel, vielleicht sogar das Heim der Helden, wo sich seine Mannschaft befinden mußte? Und was sollte diese geheimnisvolle Kraft sein, die ihn heranzog, wenn nicht die Macht der Richter, die ihn vor ihren Gerichtshof riefen?

Sich gegen die Richter der Toten zur Wehr zu setzen, wäre eine unaussprechliche Blasphemie gewesen, daher ließ sich Enak ohne Widerstand zur Station ziehen.

Und dort wartete er ungeduldig darauf, daß man sich mit ihm befaßte, daß er seine Besatzung fand und mit ihr vereint wurde, damit sie gemeinsam wieder forschen und lernen konnten, denn für diese Aufgabe war er geschaffen worden.

Und als die Richter der Toten nicht geneigt schienen, sich sofort mit ihm zu beschäftigen, hatte er damit begonnen, die himmlische Heimstatt zu erforschen, war dabei auf einen fremdartigen, nicht an die Konstruktionen der *Tschak* erinnernden Computer gestoßen, der die Heimstatt kontrollierte, und hatte ihn für seine Untersuchung benutzt.

Enak hatte fremde Wesen entdeckt, welche die Räume und Gänge der Heimstatt bewohnten. Es gab verschiedene Arten dieser Wesen – doch nirgendwo fand er *Tschak*.

Das war nicht richtig. Enak wußte, daß irgend etwas nicht stimmte. Der Himmel war das Heim der toten *Tschak* – er mochte durchaus auch andere Wesen beherbergen, aber vor allem sollten hier *Tschak* leben –, und doch vermochte Enak keinen einzigen zu entdecken.

Wo also befanden sie sich?

Er versuchte, Verbindung zu den Aliens aufzunehmen, sie zu fragen, wo seine Mannschaft war, wo sich all die anderen *Tschak* aufhielten, doch als schließlich eine Reaktion erfolgte, war es keine Antwort; es war eine Frage.

»Wer bist du?«

Aber die Richter der Toten wußten alles über jene, die vor sie traten. Die Richter der Toten waren allwissend, es gab nichts, was sie nicht wußten.

Daher sprach Enak offensichtlich nicht mit den Richtern. Er erkannte, daß er es mit einigen dieser toten Aliens zu tun haben mußte.

Enak fragte, wer sie wären.

Er begriff ihre Antworten nicht, doch sie verlangten zu wissen, wer Enak war, bevor sie weitere Erklärungen abgeben wollten.

Sie bestätigten auch nicht, daß dies der Himmel war. Statt dessen bezeichneten sie den Ort als *Deep Space Nine,* ein für ihn völlig bedeutungsloser Name.

Vielleicht, überlegte Enak, war das ja die Art, wie die Richter der Toten tatsächlich vorgingen. Vielleicht verlangten sie von jeder Seele, sich selbst zu beschreiben. Vielleicht enthüllten sie ihre wahre Natur erst, wenn sie eine zufriedenstellende Darstellung erhalten hatten.

Gehorsam und in allen Einzelheiten – oftmals gezwungen, bestimmte Details zu wiederholen, die angeblich unklar geblieben waren, oder Dinge zu erklären, die doch jedermann längst bekannt sein mußten – berichtete Enak dem Wesen, das sich Dax nannte, geduldig alles über sich selbst und seine Handlungen.

19

Anfangs hatte Quark erwogen, scheinbar zufällig mit Shula Sereni zusammenzutreffen. Er könnte das Snuguort bei sich haben, sie würde ihn bemerken und sich danach erkundigen …

Doch nein. Nachdem er die Angelegenheit etwas gründlicher durchdacht hatte, schien ihm diese Lösung ein wenig zu offensichtlich – einfach mit ihr zusammenzustoßen und dabei das Snuguort in der Hand zu halten?

Es würde völlig reichen, wenn es ihm gelang, sie an den Ort zu locken, an dem sich auch das Snuguort befand. Seit er es von dem aschtarianischen Schiff fortgebracht hatte, zeigte sich das kleine Tier zunehmend aggressiver. Mittlerweile zischte und spuckte es und sprang wild umher auf der Suche nach einer Möglichkeit, aus dem durchsichtigen Tragebehälter herauszukommen. Es wäre wahrhaftig nicht nötig, es der Technikerin direkt unter die Nase zu halten, um sie darauf aufmerksam zu machen.

Und einfach mit ihr zusammenzustoßen, besaß keine Finesse. Es sollte doch nicht so schwer sein, sich eine andere, etwas subtilere Strategie auszudenken.

Etwa eine Stunde nach Quarks Gespräch mit dem aschtarianischen Chefwissenschaftler verließ Fähnrich Shula den bajoranischen Tempel an der Promenade, den sie wie jeden Tag zur Meditation besucht hatte. In diesem Moment prallte Quarks Neffe Nog aus vollem Lauf mit ihr zusammen, während er ein Getränk in der Hand hielt, das Quark extra für diesen Anlaß zusammengemischt hatte. Es bestand aus mehreren verschiedenfarbigen, stark duftenden – und auf einer Uniform gut sichtbaren – Sirupsorten, die zu einer dicken Creme verrührt waren.

Dieses grauenvolle Getränk verteilte sich auf geradezu spektakuläre Weise über Fähnrich Shulas Gesicht, Haar und Uniform. Sie schnappte erschrocken nach Luft, sah dann an sich herunter und stellte fest, daß eine farbenfrohe, klebrige Flüssigkeit von ihr herabtropfte.

Natürlich zeigte sich Nog zutiefst schockiert über diesen Unfall und entschuldigte sich nach Kräften, wenn er nicht gerade zu sehr stotterte, um überhaupt ein Wort herauszubringen. Zudem versuchte er, das klebrige Zeug abzutupfen, machte dadurch aber alles nur noch schlimmer.

Einen Moment später tauchte Nogs Vater Rom auf der Bildfläche auf und erfaßte die Situation so rasch, daß jeder, der ihn kannte, Verdacht geschöpft hätte – schließlich war allgemein bekannt, daß Quark den gesamten Verstand dieser Familie für sich gepachtet hatte.

Rom brüllte Nog an, wandte sich dann an Fähnrich Shula und versprach lauthals Wiedergutmachung. Bevor Shula Einwände erheben konnte, hatten die beiden Ferengi schon ihre Arme gepackt und sie zu Quarks Bar geschleppt, wo sie sich, wie Rom erklärte, säubern und bei einem Drink auf Roms Rechnung von dem Schreck erholen könne.

Keiner von ihnen achtete unterdessen auf die Handvoll Schaulustiger, und weder Rom noch Nog oder Shula bemerkten Garak, den cardassianischen Schneider, der in der Tür seines Ladens stand und den ganzen Vorgang mit großem Interesse verfolgte.

Die beiden Ferengi nötigten den Fähnrich, an einem der Tische Platz zu nehmen, verschwanden dann im Hintergrund der Bar und tauchten fast augenblicklich mit Quark sowie mehreren Handtüchern wieder auf. Es war überraschend leer in der Bar – Quark hatte kurz zuvor die Kundschaft mit der Behauptung, es gebe ein Problem bei den Abwasserleitungen, aus seinem Geschäft vertrieben, und seitdem waren erst wenige neue Gäste hereingekommen.

Quark, der das Gesicht seines Opfers genau beobachtete, während er näher kam, war sich ziemlich sicher, daß Fähnrich Shula die ganze Angelegenheit als reines Mißgeschick betrachtete. Er zog eine große Show ab, brüllte seinen ungeschickten Bruder erst einmal an, bevor er dem Fähnrich die Handtücher überreichte und ihre Bestellung eines Stardrifters annahm.

Dann überließ er es Rom, die klebrige Flüssigkeit abzuwischen, während Nog losrannte, um eine saubere Uniform aus Shulas Unterkunft zu holen.

Keiner der Ferengi hatte auf das lärmende kleine Wesen in seinem Plastikkäfig hingewiesen, doch als Quark mit dem Drink zurückkam, starrte Shula wie gebannt auf das Snuguort über der Bar.

Das kleine Tier schrie und spuckte immer wieder, war jedoch mittlerweile zu erschöpft, um das konstante Protestgeheul fortzusetzen, das es angestimmt hatte, als es von dem aschtarianischen Schiff fortgebracht wurde.

»Ist das nicht eines dieser aschtarianischen Wesen?« fragte Shula, während sie das Glas entgegennahm.

Quark drehte sich um und folgte der Richtung ihres Blicks.

»Ja, richtig«, meinte er. »Es wird Snuguort genannt. Haben Sie schon mal eines gesehen?«

»An Bord des aschtarianischen Schiffs, als wir den Antrieb justiert haben.« Shula runzelte die Stirn. »Aber dies hier wirkt etwas anders.«

»Oh, sie gehören aber zur gleichen Art«, versicherte ihr Quark. »Dieses hier ist erst vor kurzem vom Schiff der Aschtarianer gekommen. Möchten Sie es sich etwas genauer ansehen?«

»Ja, ich glaube schon«, sagte Shula.

Quark lächelte sie an. »Ich würde es Ihnen zum Kauf anbieten, wenn ich nicht bereits wegen des Verhaltens meines Neffen in Ihrer Schuld stünde«, meinte er, während er sich umdrehte und zu dem Regal hinauflangte, auf dem sich der Käfig befand. »Und deshalb möchte ich Sie nicht übervorteilen.«

»Mich übervorteilen?« fragte Fähnrich Shula verdutzt. »Was meinen Sie damit?«

Quark holte den Käfig herunter und stellte ihn auf die Bar. »Nun, soweit ich weiß, wird es in Kürze auf der Station von diesen Tierchen nur so wimmeln. Wenn Sie also eines haben möchten, brauchen Sie nur ein paar Tage zu warten. Ich hoffe, ich kann für dieses Tier noch einen guten Preis erzielen, bevor der Markt überschwemmt wird.«

Shula betrachtete das Snuguort neugierig. Das Tier zischte und kratzte verzweifelt an den Plastikwänden des Käfigs.

»Möchten Sie, daß ich es heraushole, damit Sie es streicheln können?« fragte Quark.

»Darf ich?« rief Shula.

»Aber sicher!« Quark öffnete die Tür des Käfigs und packte das Tier mit raschem Griff hinten im Nacken. Dann setzte er es vor der Bajoranerin auf der Theke ab.

Shula streckte vorsichtig die Hand aus und lernte zwei interessante Aspekte der Anatomie von Snuguorts kennen, von denen sie zuvor keine Ahnung gehabt hatte.

Aschtarianische Snuguorts können ihre Hälse erstaunlich weit und überraschend schnell ausstrecken.

Und außerdem besitzen aschtarianische Snuguorts außerordentlich scharfe Zähne.

»Oh, hat es Sie gebissen?« fragte Quark und versuchte das Tier wegzuziehen. Doch es hatte sich in

Shulas Finger verbissen, und sein Hals dehnte sich bedenklich, bevor es endlich losließ. »Tut mir schrecklich leid! Ich glaube, Dr. Bashir sollte sich das besser einmal anschauen – es sieht ja schlimm aus, und außerdem habe ich gehört, Snuguortbisse würden leicht zu Infektionen führen.«

Shula drückte eine Serviette auf die Wunde, um die Blutung zu stillen. »Es war nicht Ihre Schuld. Ich hätte im Umgang mit einem fremden Tier vorsichtiger sein müssen.« Sie sah Quark fragend an. »Was meinten sie damit, es würde bald auf der Station von ihnen wimmeln?«

»Oh, wie es aussieht, hat jemand Einspruch dagegen erhoben, daß die Aschtarianer Snuguorts zur Arbeit heranziehen, und daher wird die wissenschaftliche Expedition… Sie wissen doch, das Schiff am Andockplatz acht? Nun, sie haben vor, alle Snuguorts auf der Station auszusetzen, wenn man ihnen nicht gestattet, sie beim Flug durch das Wurmloch mitzunehmen. Und da sich Snuguorts bekanntlich fast so schnell vermehren wie Tribbles, wird es hier in wenigen Wochen nur so von ihnen wimmeln.« Quark seufzte. »Ich nehme an, sie werden sich zu einer richtigen Plage entwickeln, aber sicher gewöhnen wir uns mit der Zeit daran. Soweit ich gehört habe, hat die Bajoranerin, die die Beschwerde eingereicht hat, aus tiefer persönlicher Überzeugung gehandelt, daher wird man wohl nicht damit rechnen können, daß die Beschwerde zurückgezogen und den Aschtarianern gestattet wird, ihre Snuguorts zu behalten.«

Shula sah auf das Tier hinunter, das sich nun wieder in seinem Käfig befand. Es erwiderte ihren Blick und knurrte drohend, während seine vierzehn Finger die Wände nach einer Öffnung abtasteten. Könnte es den Käfig verlassen, würde es Shula zweifellos erneut angreifen.

»Wie ich hörte, sollen sie sich in ihrer natürlichen

Umgebung, also innerhalb des Strahlungsbereichs eines Warpantriebs, wesentlich friedlicher verhalten«, bemerkte Quark. »Offenbar gilt das für viele Tierarten – allesamt niedliche kleine Dinger, solange sie sich in der passenden Umgebung aufhalten und richtig behandelt werden, doch bösartige kleine Monster, wenn sie gezwungen sind, woanders zu leben.« Er lächelte und tupfte mit dem Handtuch noch einen Rest der klebrigen Flüssigkeit aus ihrem Haar. »Oh, ich glaube, ich verschwende nur Ihre kostbare Zeit. Suchen Sie besser gleich Dr. Bashir auf. Ich schicke Nog dann mit der sauberen Uniform zur Krankenstation, sobald er zurück ist.«

»Ja, vielen Dank«, sagte Shula, während sie das Snuguort anstarrte, das wütend an der Käfigtür zerrte. »Und was die Beschwerde angeht, so wäre ich an Ihrer Stelle nicht zu sicher, daß sie nicht doch zurückgezogen wird.«

»Die arme, verwirrte Maschine«, sagte O'Brien, als er Dax' Bericht über Enak durchsah. »Wie ein kleines Kind!«

»Ein Kind, das gemordet hat«, bemerkte Odo. Der Gestaltwandler war gerade rechtzeitig in den Kontrollraum zurückgekehrt, um den größten Teil von Enaks Erzählung mitzuhören, und den Rest hatte er durch Dax' Zusammenfassung erfahren. »Dieses Ding hat selbst gestanden, daß es seine Besatzung umgebracht hat.«

»Es hat es nicht besser gewußt«, sagte O'Brien. »Es versteht nicht einmal die Bedeutung des Todes!«

»Tun wir das denn?« fragte Dax. »Doch wenn Enaks Version der Ereignisse der Wahrheit entspricht, hat er in Notwehr gehandelt.«

»Er hätte die Besatzung ebensogut in diesem Schlafzustand belassen können, statt sie zu töten«, widersprach Odo. »Auch das hat er zugegeben.«

»Er wußte es nicht besser«, wiederholte O'Brien. Er warf einen Blick auf den Bildschirm. »Wissen Sie, das ist schon ein sonderbarer Zufall. Jenes andere intelligente Raumschiff, dem ich begegnet bin, Gomtuu – es war ebenfalls suizidgefährdet, weil es keine Besatzung besaß.«

»Hatte es die Mannschaft umgebracht?« fragte Odo.

»O nein«, rief O'Brien. »Ganz und gar nicht. Gomtuu war ein erwachsenes, hochintelligentes Wesen, während dieses arme Ding noch ein Kleinkind ist. Gomtuu hatte einen Unfall überlebt, bei dem seine Besatzung getötet wurde – vielleicht sollte ich besser von Passagieren oder Bewohnern sprechen, denn sie hatten Gomtuu weder erbaut, noch kontrollierten sie ihn. Und Gomtuu wußte über den Tod ebensoviel wie jeder von uns. Ihm war klar, daß er niemandem im Himmel wiederbegegnen würde. Er fühlte sich einsam, und irgendwann wurde ihm das Alleinsein zuviel. So flog er zu einem Stern, der kurz davor stand, zur Nova zu werden – und dort hat ihn dann die *Enterprise* entdeckt. Und wir hatten jemand an Bord, der sein neuer ... Partner wurde. Das ist das Wort, das ich eben suchte: Partner.«

»Das klingt nicht so, als hätten die beiden Fälle viel miteinander gemein«, bemerkte Odo.

»Nein, von einer oberflächlichen Ähnlichkeit abgesehen, nicht«, stimmte O'Brien zu. »Verglichen mit Gomtuu ist Enak kaum mehr als ein Spielzeug.«

»Aber eines, das unschuldige Lebewesen getötet hat«, sagte Odo. »Eine durchgedrehte Maschine, die aufgehalten werden muß.«

»Eher ein einsames, verlorenes Kind«, beharrte O'Brien.

»Es ist weder das eine noch das andere, meine Herren«, erklärte Dax. »Wir haben es hier mit einer einzigartigen, fremden Wesenheit zu tun, die wir erst gründlich studieren müssen, bevor wir darüber nachdenken, ob wir sie bestrafen oder ihr helfen wollen.«

»Nun, das ist alles schön und gut«, sagte Odo, »und Sie verstehen sicher mehr von diesen Dingen als ich, Lieutenant, aber es handelt sich auch um ein Wesen, das die Funktionen dieser Station erheblich beeinträchtigt, und das kann ich nicht zulassen.«

»Es handelte sich dabei um erfolglose Versuche, Kontakt zu uns aufzunehmen«, widersprach Dax. »Nach dem wir nun eine direktere Kommunikationsmöglichkeit gefunden haben, dürften sich diese Vorgänge nicht wiederholen.«

»Nun, dann meine ich, wir sollten Enak den nicht vorhandenen Kopf tätscheln und ihn weiterschicken«, meinte Odo. »Würde Gul Dukat diese Station noch leiten, hätte er ihn vermutlich in seine Atome zerlegt.«

»Da wäre ich mir nicht so sicher«, sagte O'Brien. »Die Cardassianer würden wohl nur ungern auf die Technologie des Schiffs verzichten. Diese *Tschak* haben vielleicht nicht viel von der Konstruktion eines Raumschiffs verstanden, aber sie konnten bessere Computer bauen als wir. Ich würde wirklich gern noch einmal an Bord gehen und mir die Sache genauer ansehen – und Enak dabei ein paar Fragen stellen.« Er warf einen hoffnungsvollen Blick auf Lieutenant Dax.

»Ich fürchte, das ist eine Entscheidung, die der Commander treffen muß«, sagte die Trill und schaute zu Siskos Büro hinüber, dessen Tür noch immer geschlossen war.

Dax tippte ihren Kommunikator an. »Dax an Sisko«, sagte sie.

20

Kira beugte sich über das Schreibtischdisplay in Siskos Büro und zeigte auf einen Punkt der Karte. »Hier befand sich das *Fareen Mis Tolor*-Bergbauprojekt unter Leitung von Gul Peshor«, sagte sie. »Ich habe dafür gesorgt, daß Gerüchte ausgestreut werden, die Bajoraner, die dort gearbeitet haben, hätten Gul Peshor fälschlicherweise zu der Annahme verleitet, die Mine sei vollständig ausgeräumt und wertlos, obwohl man dort gerade erst ein ganz neues, reiches Erzlager entdeckt habe. Angeblich ist die ganze Geschichte auch nach dem Abzug der Cardassianer geheimgehalten worden, damit man das Vorkommen ungestört abbauen konnte. Mittlerweile hätte man das Erzlager aber völlig abgeräumt, weshalb nun auch die Geheimhaltungsvorschriften gelockert wurden. Mit etwas Glück müßte diese Geschichte innerhalb von ein oder zwei Tagen überall auf *Deep Space Nine* bekannt sein, und bei dem Verkehr, der hier herrscht, dürfte sie dann auch sehr bald die Cardassianer erreichen. Vorausgesetzt natürlich, sie haben keine Spione auf Bajor – sollte das jedoch der Fall sein, müßten sie diese Geschichte schon jetzt kennen.«

Sisko nickte.

»Damit steht Gul Peshor wie ein Narr da«, fuhr Kira fort, »und der Prestigeverlust dürfte ihm schwer zu schaffen machen. Eigentlich sollte das ausreichen, um ihn aus dem Rennen zu werfen, soweit es den Goran Tokar betrifft.« Sie seufzte. »Schade ist nur, daß die Geschichte nicht stimmt; wir könnten das Erz wirklich gut brauchen.«

Sisko nickte. »Ausgezeichnet, Major. Und was haben Sie in Hinblick auf Gul Kudesh und Gul Dukat erreicht?«

»Da gibt es größere Schwierigkeiten. Gul Dukat war ja hier auf *Deep Space Nine* stationiert und hat praktisch jede seiner Maßnahmen aufgezeichnet. Doch diese Unterlagen hat er mitgenommen, und nach allem, was wir wissen, hat er seine Fehler bereits offen eingestanden und uns damit den Wind aus den Segeln genommen. Zudem muß ich leider zugeben, daß er nicht sehr viele Fehler gemacht hat. Als Präfekt hat er sich als geradezu unangenehm kompetent erwiesen. Es würde uns sogar schwerfallen, ihm Verstöße gegen die Menschenrechte nachzuweisen – was die *D'ja Bajora Karass* zudem nicht sonderlich beeindrucken würde. Gul Dukat gehörte nie zu den Sadisten unter den cardassianischen Oberherren. Und er hat nie irgendwelche Aussagen über angebliche Ressourcen gemacht, die wir widerlegen könnten, obwohl er besser als jeder andere darüber Bescheid weiß, was vorhanden ist und was nicht.«

Sisko nickte. »Berichten Sie weiter.«

Kira berührte eine Taste, und die Karte verschwand. Sie rief ein neues Bild auf, die schematische Darstellung eines kleinen cardassianischen Kriegsschiffs, nahm dann wieder Platz und fuhr fort. »Gul Kudesh stellt ein noch größeres Problem dar, vor allem weil er noch nie im bajoranischen System zu tun hatte. Er scheint ein reinrassiger Kommißkopf zu sein, und soweit ich auf Bajor erfahren konnte, war er dabei immer höchst erfolgreich.«

»Ich wußte nicht, daß ein hochrangiger Beamter des cardassianischen Imperiums eine rein militärische Laufbahn verfolgen kann«, bemerkte Sisko. »Ich dachte immer, ihre Führer müßten sich auf vielerlei Gebieten qualifizieren.«

»Nun, grundsätzlich sollte eine derartige Karriere auch gar nicht möglich sein«, stimmte Kira zu. »Und niemand außer Gul Kudesh ist so etwas bisher gelungen. Seine politische Karriere basiert ausschließlich auf seinen militärischen Erfolgen. Er hat nie einen Verwaltungsposten innegehabt, sondern stets nur Schiffe kommandiert.«

Sisko runzelte die Stirn. Das war nicht gerade die Art von Persönlichkeit, die man bei der Föderation gern an verantwortlicher Stelle auf Cardassia sehen würde. Ein Mann, dessen gesamte Erfahrung sich auf den militärischen Bereich beschränkte, würde wahrscheinlich keinen besonders guten Administrator abgeben. Und wenn die Dinge aus dem Ruder liefen, was irgendwann unvermeidlich geschehen mußte, würde er nur zu gerne Zuflucht in einer militärischen Lösung suchen.

Kira deutete auf den Bildschirm und sagte: »Gul Kudeshs Geschwader in Friedenszeiten, das unter seinem persönlichen Kommando steht, setzt sich aus fünf Schiffen zusammen – aus drei Fregatten und zwei kleinen, für Bodeneinsätze gedachten Einheiten, die kaum größer sind als unsere Flitzer. Wenn es zum Krieg kommt, wird ihm natürlicher aller Wahrscheinlichkeit nach eine ganze Flotte zugeteilt.«

Sisko hielt die letzte Bemerkung für irrelevant und überflüssig, doch Kiras Miene verriet, daß sie ihrer Meinung nach gerade einen wichtigen Punkt angesprochen hatte. »Was hat das mit unserem Problem zu tun?« fragte der Commander. »Ich wüßte nicht, was diese Schiffe mit unserem Vorhaben zu schaffen hätten.«

»Wir glauben, daß Kudesh für alle oder zumindest die meisten der Grenzverletzungen verantwortlich ist. Es kann als sicher gelten, daß es sich bei den fünf Schiffen, die entlang der Grenze kreuzen, um seine persönliche Flottille handelt. Zumindest passen die Beschreibungen der Schiffe, die in bajoranisches Gebiet eingedrungen sind, auf seine Einheiten. Eines der Schiffe, die Sondierungen im Tiefflug über der Stadt Amallu vorgenommen haben, wurde anhand seines Emissionsspektrums eindeutig als die *Shokrath* identifiziert, Kudeshs persönliche Fregatte.« Kira rief eine Grafik auf, die ihre Aussage bestätigte. »Und soweit wir wissen, verfügt keiner der anderen Kandidaten über Schiffe, die den Beschreibungen der kleineren Eindringlinge entsprechen.« Kira zuckte die Achseln. »Von diesen Beweisen einmal ganz abgesehen, paßt eine derartige Vorgehensweise auch eher zu Kudesh als zu einem der anderen. Gul Dukat zieht subtilere Methoden vor, und Gul Peshor hat sich noch nie zu solchen Verwegenheiten hinreißen lassen; er verhält sich da eher konservativ. Nur Kudesh wäre dafür dreist genug.« Sie warf einen Blick auf den Bildschirm und fügte hinzu: »Es würde mich allerdings auch nicht überraschen, wenn Gul Peshor oder Gul Burot diese Idee aufgegriffen hätten.«

Sisko fiel auf, daß sie Gul Dukat bei dieser Bemerkung nicht mit eingeschlossen hatte. Dukat zählte nicht gerade zu Siskos Freunden, doch er war jemand, mit dem die Föderation im Bedarfsfall verhandeln konnte – ein rational denkender Mann, der auch einmal zurücksteckte, wenn das nötig war. Gul Kudesh andererseits …

»Gul Kaidan meinte, Kudesh sei ein ernsthafter Mitbewerber um des Erbe des Goran Tokar«, sagte er.

»Das ist er vermutlich auch«, meinte Kira.

»Obwohl er noch nie einen Fuß auf Bajor gesetzt hat?«

Kira nickte.

»Dann müssen wir etwas unternehmen«, sagte Sisko. »Von den vier Kandidaten scheint er der schlimmste zu sein, zumindest aus unserer Sicht.«

»Ganz recht«, stimmte Kira zu, »aber was können

wir tun? Niemand auf Bajor weiß etwas über ihn, was uns helfen könnte – oder falls doch, habe ich diesen Informanten nicht gefunden. Keine Skandale, keine Möglichkeit, einen Skandal zu konstruieren, gar nichts.«

»Haben Sie irgendwelche Vorschläge?«

Bevor Kira antworten konnte, meldete sich eine andere Stimme: »Dax an Sisko.«

»Hier Sisko«, antwortete der Commander.

»Benjamin«, erklärte Dax' Stimme, »es ist uns gelungen, Enaks Geschichte zusammenzusetzen. Es gibt ein paar Fragen, die er dir stellen möchte, und außerdem müßtest du entscheiden, was weiter mit ihm geschehen soll.«

»Ist es dringend?« fragte Sisko.

Im Kontrollraum sah Dax zu Odo hinüber, der jedoch demonstrativ in eine andere Richtung blickte. »Ich bin mir nicht ganz sicher«, erklärte Dax.

»In zehn Minuten.« Sisko unterbrach die Verbindung.

Die im Kontrollraum versammelten Besatzungsmitglieder sahen einander besorgt an.

»Was, zum Teufel, treiben die beiden dort drin?« fragte O'Brien und deutete mit dem Kopf zum Büro des Commanders.

»Sie versuchen, den Gang der cardassianischen Politik zu ändern, Chief«, antwortete Dax.

Es waren eher zwanzig als zehn Minuten verstrichen, als Sisko schließlich die Stufen hinunterging, die zum Kontrollraum führten. Er stellte eine grimmige Miene zur Schau. Weder er noch Kira waren in der Lage gewesen, einen Plan zu entwickeln, durch den Gul Kudesh in Mißkredit gebracht werden könnte. Und soweit es Gul Dukat betraf, sah das Ergebnis ganz ähnlich aus. Sisko lauschte schweigend Dax' Ausführungen über die Situation, in der sich Enak befand, was weitere zehn Minuten erforderte.

»Er glaubt immer noch, daß er sich im Himmel befindet«, faßte Dax zusammen, »und er hält uns für die Richter der Toten, die die *Tschak* bei ihrer Ankunft im Jenseits in Empfang nehmen.«

»Nun, dann sag ihm eben, daß wir nicht diese Richter sind.« Sisko war etwas verärgert, weil sie das nicht bereits getan hatte. Diese ganze Angelegenheit lenkte ihn nur von der weitaus wichtigeren Aufgabe ab, einen Krieg mit den Cardassianern zu verhindern, und Sisko schätzte solche Störungen nicht besonders. Er hätte es vorgezogen, wenn seine Untergebenen das Problem durch Eigeninitiative gelöst hätten, und er war der Ansicht, Dax seinen Standpunkt schon zuvor klargemacht zu haben. »Erklär ihm einfach, daß wir ganz normale Leute sind, die in einem anderen Teil der Galaxis leben.«

»Benjamin, ich bin mir nicht sicher, ob das unter diesen Umständen die klügste Vorgehensweise ...«

»Ich habe nicht vor, den Illusionen dieses armen Dings auch noch Vorschub zu leisten, Lieutenant«, sagte Sisko scharf. »Sagen Sie ihm die Wahrheit. Erklären Sie ihm, daß er bei seinem Versuch, Selbstmord zu begehen, dummerweise in das einzige stabile Wurmloch im bekannten Universum geraten ist. Wenn er tatsächlich zum Mystizismus neigt, wird er es vielleicht als Zeichen der Götter ansehen, an die diese *Tschak* glauben.«

Dax zögerte, doch dann erkannte sie, daß weiterer Widerspruch angesichts Siskos momentaner Laune sinnlos wäre. »Ja, Sir«, sagte sie, wandte sich ihrer Konsole zu und stellte rasch die entsprechende Botschaft zusammen, während Sisko beiseite trat, um die Statusanzeigen der Station zu überprüfen.

Einen Moment später ertönte Enaks krächzende Stimme. Der Computer übersetzte seine Worte: »Dies ist nicht der Himmel?«

»Dies ist nicht der Himmel«, bestätigte Dax.

»Sie sind nicht die Richter der Toten?«

»Wir sind nicht die Richter der Toten.«

»Das ist auch keine Täuschung, um mich zu prüfen?«

»Nein, das ist es nicht.«

Eine lange Pause folgte. Dann sagte Enak: »Sie haben doch Waffen an Bord, oder nicht?«

Dax zögerte.

»Warum fragst du?« wollte sie wissen.

»Ich habe Ihre Station erforscht. Ich hatte Zugang zu Ihrem Computer und habe Geräte entdeckt, von denen ich glaube, daß es sich um Waffen handelt. Die *Tschak* haben niemals Waffen an Bord von Raumschiffen zugelassen, daher bezweifelte ich die Richtigkeit meiner Beobachtungen. Aber stimmt es? Haben Sie Waffen auf der Station?«

»Wir haben Waffen, ja«, gab Dax zu. Sisko hatte ihr schließlich befohlen, Enak die Wahrheit zu sagen.

»Das ist gut«, antwortete Enak. »Dann müssen Sie diese Waffen benutzen, um mich zu vernichten.«

Dax schaute hoch. »Commander? Benjamin?«

»Ich habe es gehört«, sagte Sisko.

»Ich auch«, meldete sich Odo vom Turbolift, »und ich halte das für einen ausgezeichneten Vorschlag, Commander. Ich empfehle, diesem Wesen seinen Wunsch sofort zu erfüllen.«

»Aber das dürfen Sie nicht!« protestierte O'Brien. »Das arme Ding weiß doch gar nicht, was es da verlangt!«

Sisko runzelte die Stirn. »Es ist wohl richtig, daß Enak anscheinend gar nicht weiß, was der Tod bedeutet.«

»Das macht ihn nur noch gefährlicher«, erklärte Odo. »Er könnte absolut unbarmherzig handeln.«

»Commander, es ist doch sicher nicht nötig, daß wir ihn vernichten«, sagte O'Brien. »Wenn ich noch einmal auf das Schiff dürfte, könnte ich ihn bestimmt reprogrammieren.«

Sisko sah ihn an. »Ihn lobotomisieren, meinen Sie?«

»Nein, Sir«, erwiderte der Chief. »Ich möchte einen Weg finden, wie Enak weiterhin existieren kann, ohne zu sterben oder seine Identität zu verlieren. Ich bin sicher, daß das möglich ist.« O'Brien deutete auf den Bildschirm. »Er möchte eigentlich gar nicht sterben, er will nur seine Mannschaft wiederfinden. Die *Enterprise* hat damals einen neuen Partner für Gomtuu besorgt. Ich bin sicher, wir finden auch eine Lösung, die Enak zufriedenstellt, ohne ihn zerstören zu müssen.«

»Ich dachte, Sie hätten erklärt, Sie seien mit seiner Technologie, diesem Neuralnetz, nicht vertraut«, sagte Sisko. »Glauben Sie trotzdem, Sie werden damit fertig?« Er überging O'Briens Hinweis auf Gomtuu – er hatte keine Ahnung, was der Chief damit meinte, aber es schien im Moment auch nicht weiter wichtig zu sein.

»Oh, diese Technologie ist zwar fremdartig«, meinte O'Brien, »aber wenn ich die Gelegenheit erhalte, sie für einen Monat oder auch zwei zu studieren …«

»Einen Monat?«

»Vielleicht auch weniger …«

»Nein. O'Brien, gibt es auf der Station nicht genug Dinge, um die Sie sich kümmern müssen? Und Sie, Constable?« Als die beiden Männer sich zurückzogen, drehte sich Sisko zu Dax um. »Lehne es ab. Sag ihm, es widerspricht unseren Überzeugungen, denkende Wesen zu vernichten. Erkläre ihm, daß keiner von uns genau weiß, was es mit dem Leben nach dem Tod auf sich hat.«

»Benjamin, ich …«

»Tu einfach, was ich gesagt habe.«

»Ja, Sir.« Dax wandte sich wieder ihrer Konsole zu.

»Commander«, rief Major Kira von der Tür zu Siskos Büro aus. Er sah zu ihr hinüber. »Ich habe da eine Idee, die Sie sich anhören sollten.«

»Bin schon unterwegs«, erwiderte Sisko und eilte die Stufen hinauf.

Einen Moment später stand Dax allein im Kontrollraum und diskutierte mit Enak.

»Sie müssen mich vernichten«, beharrte das Schiff der *Tschak.*

»Es ist uns verboten, so etwas zu tun«, erklärte Dax.

»Ich *verlange* es!«

»Es ist uns verboten.«

Enak gab keine Antwort.

»Enak?« fragte Dax. »Hörst du noch zu? Wir haben eine andere Vorstellung vom Tod als du. Ich möchte es dir erklären.«

Sie rief das Wesen noch mehrmals an, bekam jedoch keine Antwort. Enak hatte jegliche Kommunikation eingestellt.

Dax saß an ihrer Konsole und versuchte mehr als eine Stunde lang völlig erfolglos, eine Antwort zu erhalten.

Schließlich gab sie ihre Bemühungen auf, als ein Anruf von Fähnrich Shula einging, die die Beschwerde wegen Grausamkeit gegen die aschtarianische Expedition zurückzog.

Das war eine willkommene Ablenkung, und Dax schob ihre Bedenken wegen Enak vorerst einmal beiseite.

»Darf ich fragen, was Sie dazu gebracht hat, Ihre Meinung zu ändern?« erkundigte sie sich.

»Oh, ich habe inzwischen mehr über die Snuguorts erfahren und erkannt, daß ich die Situation falsch eingeschätzt hatte«, erklärte Fähnrich Shula.

»Ich stelle gerade fest, daß Sie von Dr. Bashirs Büro aus anrufen. Ist alles in Ordnung? Und sind Sie sicher, daß niemand versucht hat, Ihre Entscheidung zu beeinflussen?«

»Es geht mir gut, Lieutenant, ich hatte nur einen kleinen Unfall. Und niemand hat versucht, meine Entscheidung zu beeinflussen. Ich bin nicht mit den Aschtarianern zusammengetroffen, niemand hat mich bedroht oder mir Schaden zugefügt. Ich habe einfach nur begriffen, daß ich mich falsch verhalten habe.«

»Nun, wenn Sie sicher sind …«

»Ich bin mir ganz sicher.«

»Die Aschtarianer werden gewiß erfreut sein, das zu hören«, meinte Dax lächelnd.

Wenigstens ein Problem, das sich hatte lösen lassen.

21

Quark starrte entsetzt auf den Bildschirm. Er hatte sich, natürlich illegal, Zugang zu Dax' Bericht über Enak verschafft, der auch ihre Schlußfolgerungen enthielt.

Enak, erklärte sie, war ein intelligentes Wesen.

Und das hieß, wie Quark wußte, daß er nicht unter das Bergungsrecht fiel. Sowohl die bajoranischen wie auch die Gesetze der Föderation stellten unmißverständlich klar, daß ein denkendes Wesen niemals und unter gar keinen Umständen der Besitz eines anderen sein konnte.

Selbst wenn das Wrack von Andockmast zwei gelöst wurde, was im Moment eher unwahrscheinlich schien, und selbst wenn der aschtarianische Traktorstrahl in der Lage war, Enak einzufangen, und die Aschtarianer überdies bereit waren, Quark das Schiff ohne weitere Diskussionen auszuhändigen, würde er es nicht verkaufen können. Ein Raumschiff gehörte nicht zu den Dingen, die er einfach aus dem System schmuggeln oder unter dem Ladentisch verkaufen konnte. Wenn er es für sich beanspruchen wollte, würde er das offen tun müssen, und angesichts von Dax' Bericht würde es sich dabei dann nicht um eine Bergung handeln, sondern schlicht und einfach um Kidnapping.

Odo wäre begeistert! Quark, der in aller Öffentlichkeit ein derartiges Verbrechen beging …

Seine Überlegungen waren bis zu diesem Punkt gediehen, als sich der Kopf eines Aschtarianers durch die Tür schob, gleich darauf gefolgt vom restlichen Körper.

Quark warf einen Blick auf den neuen Gast und seufzte.

Das war nicht der Chefwissenschaftler, sondern ein jüngerer Kollege, den Quark nicht kannte.

»Kann ich Ihnen helfen?« fragte er.

»Ich suche nach einem Ferengi namens Quark«, erklärte der Aschtarianer. »Ich bitte um Entschuldigung, aber ich kann einen Ferengi nicht vom anderen unterscheiden.«

»Ich bin Quark«, sagte Quark. »Was gibt es denn?«

»Ah. Unser Chefwissenschaftler meint, er wüßte zwar nicht, wie Sie es geschafft haben, aber Sie haben offenbar erreicht, was Sie versprochen haben, daher sind wir verpflichtet, nun auch unseren Teil des Handels zu erfüllen. Er möchte wissen, was wir für Sie einfangen sollen.«

Quark warf einen Blick auf den Computerschirm.

Es gab keinen Grund, die Aschtarianer noch länger zurückzuhalten, ganz davon abgesehen, daß Quark auch nicht gewußt hätte, wie er das anstellen sollte. Fähnrich Shula hatte ihre Beschwerde widerrufen, und daran konnte Quark nichts ändern, selbst wenn er es gewollt hätte.

Und er würde auf keinen Fall damit durchkommen, sollte er versuchen, Enak einzufangen.

Er seufzte.

»Sagen Sie Ihrem Chef, diesmal ginge alles auf meine Rechnung. Von mir aus könnt ihr jetzt durch das Wurmloch fliegen und euch im Gamma-Quadranten eine schöne Zeit machen.«

»Oh. In Ordnung. Und vielen Dank.« Der Aschtarianer nickte und verließ die Bar.

Quark seufzte schwer und schenkte sich ein Syntho-Bier ein. Er haßte Tage wie diesen.

Würde er denn niemals eine Möglichkeit entdecken, *wirklich* reich zu werden?

Er hatte geglaubt, die Bergung des Schiffs würde

ihm zu dem verhelfen, was er sich wünschte. Wenn O'Brien recht hatte mit diesem Besrethine-Neuralnetz, hätte Quark mit Enak ein für allemal sein Glück machen können. Doch er konnte das Schiff nicht bergen.

Er mußte nach anderen Wegen suchen, doch noch in den Besitz dieses Computersystems zu gelangen. Er konnte es sich nicht einfach nehmen, denn das wäre Kidnapping, doch das galt nur, sofern das Schiff nicht einverstanden war.

Wenn er Enak jedoch irgendwie dazu bringen konnte, sich ihm freiwillig auszuliefern?

Vielleicht erhoffte er sich da zuviel; doch angenommen, er schaffte es, als Enaks Agent beim Verkauf des Computerdesigns aufzutreten? Das Schiff würde auch nicht wissen, welcher Anteil üblicherweise gezahlt wurde, daher könnte Quark durchaus die Hälfte des Gewinns verlangen.

Und sollte Enak nicht an Geld interessiert sein – was für ein blasphemischer Gedanke! –, war er vielleicht sogar bereit, Kopien seines Computerdesigns an jeden auszuhändigen, der ihn darum bat. Möglicherweise wußte er nicht einmal um den Wert. In diesem Fall würden zwar Sisko, Dax und O'Brien eine Kopie bekommen, doch wenn er selbst ebenfalls eine erhielt, könnte er sie an Leute verkaufen, die ansonsten keinen Zugang dazu hatten.

Die Cardassianer zum Beispiel. Oder die Romulaner.

Quark hätte es zwar vorgezogen, seine Geschäfte mit der Föderation und deren Verbündeten abzuschließen – sie verfügten über mehr Geld und würden ihn auch nicht so schnell erschießen –, doch er würde sich auch an deren Feinde wenden, wenn ihm kein anderer Absatzmarkt blieb.

Alles hing nun davon ab, Enak zur Herausgabe eines Satzes Blaupausen zu überreden, und das sollte doch nicht allzu schwer sein.

Zehn Minuten später brütete er immer noch über den verschiedenen Möglichkeiten, als plötzlich der aschtarianische Chefwissenschaftler in der Tür auftauchte.

»Quark!« rief er. »Ferengi! Was haben Sie vor?«

Verdutzt blickte Quark auf.

»So leicht lasse ich mich nicht hereinlegen«, erklärte der Chefwissenschaftler. »Worauf wollen Sie hinaus?«

»Ich habe keine Ahnung, wovon Sie überhaupt sprechen«, sagte Quark.

»O doch, das wissen Sie! Sie haben uns einen Dienst erwiesen und die Bezahlung dafür zurückgewiesen – was für ein Trick steckt dahinter?«

»Gar kein Trick«, sagte Quark.

»Aber Sie sind ein Ferengi!« widersprach der Aschtarianer verärgert. »Die Ferengi tun nie etwas ohne Bezahlung, es sei denn, sie hätten noch andere, verborgene Motive.«

In dieser Behauptung steckte so viel Wahrheit, daß Quark nicht widersprach. Statt dessen überlegte er kurz. Hier mochte sich eine neue Möglichkeit auftun. Vielleicht nicht die, auf die er ursprünglich abgezielt hatte, aber schließlich gab es da auch noch das alte Sprichwort der Ferengi, wonach man nicht so intensiv nach der Silbermünze suchen sollte, die man verloren hatte, daß man darüber die Goldstücke übersah, die auch noch herumlagen.

Und außerdem, wie stand es um seine Reputation, wenn sich erst herumsprach, daß er jemandem umsonst einen Gefallen getan hatte? Vielleicht würden ihn seine Kunden dann über kurz oder lang gar um Kredit bitten!

»Sie haben recht«, sagte er. »Das Objekt, das ich eigentlich haben wollte, scheint im Moment nicht verfügbar zu sein, aber Sie schulden mir trotzdem etwas, nicht wahr?«

»Das klingt schon besser«, erklärte der aschtarianische Wissenschaftler. »Was sollen wir einfangen?«

»Es geht nicht mehr darum, etwas einzufangen, aber bringen Sie mir etwas aus dem Gamma-Quadranten mit, irgend etwas, das sich gut vermarkten läßt, und dann sind wir quitt.«

»Ah, *darum* geht es also!« sagte der Aschtarianer erleichtert. »Sie spekulieren auf einen möglichen Gewinn!«

»Genau«, stimmte Quark zu.

»Also schön. Aber warum haben Sie das nicht gleich gesagt? Ich bin sicher, wir werden etwas Passendes finden. Sie sind ein harter Verhandlungspartner, Ferengi!«

»Selbstverständlich«, meinte Quark amüsiert. Er hatte schließlich gar nichts getan; der Aschtarianer hatte alles allein erledigt.

Aber wenn er unbedingt glauben wollte, Quark hätte ihn überlistet, warum sollte er dem eigentlich widersprechen? »Das liegt mir eben im Blut«, erklärte er.

Einen Moment, nachdem der Aschtarianer gegangen war, schaute Quark hoch und bemerkte, daß sich der Snuguort noch immer spuckend und knurrend auf dem Regal über der Bar befand.

»He!« rief er.

Doch dann überlegte er kurz. Fähnrich Shula gegenüber hatte er behauptet, er wolle den Snuguort verkaufen.

Vielleicht sollte er genau das tun und somit wenigstens einen gewissen Gewinn aus dem ganzen Durcheinander erzielen, selbst wenn die Aschtarianer niemals zurückkehrten.

Der Snuguort schlug mit den kleinen Fäusten gegen das Plastik und bleckte die Zähne.

Wer in der Galaxis hätte wohl Interesse an so einem Biest?

»He, warten Sie!« rief Quark und rannte hinter dem Aschtarianer her.

Er bemerkte nicht, daß Garak, der Schneider, hinter ihm in die Bar schlüpfte und zielstrebig auf das Computerterminal zuging, an dem Quark gesessen hatte – jenes Terminal, dessen Bildschirm noch immer Dax' Bericht über Enak zeigte.

22

Die wissenschaftliche Expedition der Aschtarianer ist sicher in das Wurmloch eingedrungen«, meldete Dax von der Tür zu Siskos Büro aus.

»Sehr schön«, meinte der Commander zerstreut, ohne von seinem Schreibtisch aufzusehen, auf dem Kira ihren ausgefeilten und riskanten Plan ausgebreitet hatte, wie man einen der cardassianischen Eindringlinge in eine Falle locken könnte.

»Die Handelsmission der Ferengi ist planmäßig zurückgekehrt«, fuhr Dax fort. »Ihr Captain meldet, an seinem Schiff seien Reparaturen erforderlich, und er erwartet, daß die Föderation die Kosten hierfür übernimmt. Seiner Meinung nach hat die Föderation nicht in ausreichendem Maße vor dem Mißfallen gewarnt, mit dem die Lebensformen im Gamma-Quadranten auf ernsthaftes Feilschen reagieren.«

Sisko schaute von dem Display auf, das er betrachtet hatte. »Welcher Art sind die Reparaturen, die sie benötigen?«

»Darüber haben sich die Ferengi nicht genauer ausgelassen, doch nach den Sensordaten sieht es so aus, als hätte ihr Schiff ein paar Treffer aus einer Energiewaffe abbekommen. Außerdem scheint ihr Warpantrieb nicht voll funktionsfähig zu sein.« Dax hielt kurz inne und fügte dann hinzu: »Sämtliche Schäden finden sich im Heckbereich.«

»Das ist keine große Überraschung«, meinte Sisko. »Ich nehme an, wenn sie es nicht geschafft hätten, vor ihren unzufriedenen Kunden zu fliehen, würden jetzt Dutzende ihrer Verwandten hier stehen und Schadenersatz verlangen.« Sisko seufzte, warf einen Blick auf den Schreibtisch und sah dann wieder zu Dax hinüber. »Sagen Sie ihnen, derartige Dinge gehörten hier draußen zu den normalen Geschäftsrisiken, und wenn sie sich damit nicht zufrieden geben wollen, sollen sie ihre Beschwerde vor einem Föderationsgericht vorbringen.«

»Ja, Sir.«

»Sonst noch etwas?«

»Nein, Benjamin.«

»Hat Enak irgend etwas gesagt?«

»Nicht ein einziges Krächzen. Ich wollte, ich wüßte, was das zu bedeuten hat.«

Sisko runzelte die Stirn. »Hat er sich seit unserem letzten Gespräch in irgendeiner Weise in die Belange der Station eingemischt? Weitere Störungen oder Manifestationen verursacht?«

»Es wurde nichts gemeldet«, antwortete Dax. »Allerdings würde der Computer auch nichts bemerken, solange sich niemand beschwert – Enaks Handlungen gegenüber ist er absolut blind. Das ist auch der Punkt, der Chief O'Brien so sehr beschäftigt. Er würde nur zu gern herausfinden, wie Enak das schafft. Deshalb würde er auch am liebsten noch einmal das Schiff aufsuchen. Er möchte wissen, wie Enak eigentlich funktioniert.«

»Wenn das ein Wink mit dem Zaunpfahl sein soll …«

»Keineswegs«, sagte die Trill. »Ich gebe nur eine Beobachtung wieder.«

»Niemand beschäftigt sich mit Enak ohne dessen Einwilligung – ganz abgesehen von den verschiedenen Besitzansprüchen, scheint es sich bei ihm um ein denkendes Wesen zu handeln, und das müssen wir respektieren.«

»Ich verstehe, Benjamin.«

In diesem Moment erklang Kiras Stimme.

»Commander, wir verfolgen drei cardassianische Schiffe aus jener Formation, die wir beobachtet haben. Sie überqueren die Grenze und bewegen sich in Richtung des bajoranischen Systems, mit Kurs auf Andros. Sie haben sich weder identifiziert, noch reagieren sie auf unsere Anrufe.«

»Ein weiterer Streifzug, Benjamin?« fragte Dax.

»Sieht so aus«, sagte Sisko. Kiras Vorhaben erforderte eine weitere Grenzverletzung, und dies hier war ihre Chance – doch sie waren noch nicht soweit. Nichts war vorbereitet. Kiras Pläne, die hier vor ihm auf dem Tisch lagen, waren im Moment nichts weiter als eben Pläne.

Nun, vielleicht konnten sie ja improvisieren. Wenn sich Gul Kudesh auf einem der Schiffe aufhielt, wäre das vermutlich die beste Chance, die sie je erhalten würden.

»Major, haben Sie die Schiffe schon identifiziert?« fragte er.

»Wir analysieren gerade ihre Emissionen, Sir.«

»Dax, gehen Sie wieder in den Kontrollraum und sehen Sie zu, was Sie tun können«, sagte Sisko. »Lassen Sie zwei Flitzer startbereit machen – vielleicht schaffen wir es ja, uns diese Eindringlinge einmal aus der Nähe anzusehen.«

»Ja, Sir.« Dax drehte sich um und eilte die Stufen zum Kontrollraum hinunter.

Sisko drückte eine Taste, und die Tür schloß sich hinter der Trill.

»Major, gehören die Schiffe zu Gul Kudeshs Flottille?«

»Ich bin noch nicht in der Lage, das zu bestätigen, Commander«, erwiderte Kiras Stimme. »Es sieht aber ganz danach aus. Bei den drei Einheiten handelt es sich um eine Fregatte und zwei kleinere Scoutboote, was mit den Schiffen übereinstimmt, über die Kudesh verfügt.«

Sisko preßte die Lippen zusammen.

»Wenn es tatsächlich Gul Kudesh ist«, ergänzte Kira, »wäre das vielleicht unsere Chance, ihn lächerlich zu machen. Wenn er einen dummen Fehler begeht und wir das nachweisen können ...«

Sie beendete den Satz nicht.

»Hoffen wir das Beste«, meinte Sisko. »Vielleicht können wir ja auch dafür sorgen, daß er einen Fehler macht.«

»Benjamin, Flitzer sind startklar«, meldete Dax über das Interkom, »aber Andros steht im Moment fast genau hinter Bajor, von uns aus gesehen. Wir werden auf keinen Fall vor den Cardassianern dort ankommen.«

»Die Flitzer sofort starten!« befahl Sisko. »Wenn wir die Eindringlinge nicht abfangen können, bevor sie ihr Ziel erreichen, können wir sie zumindest wissen lassen, daß wir sie beobachten. Ich will, daß sie aufgehalten werden, bevor sie Andros erreichen, sofern das möglich ist, andernfalls sollen sie auf Andros gestellt werden. Geht beides nicht, sollen sie die Cardassianer bis zur Grenze verfolgen. Und ich will, daß alles aufgezeichnet wird. Wenn Gul Kudesh glaubt, er könne unbemerkt vorgehen, hat er sich getäuscht.«

»Verstanden.«

Sisko wartete wütend auf weitere Meldungen.

Gul Kudesh, der cardassianische Kriegsheld, terrorisierte unschuldige Menschen, nur um herauszufinden, ob es noch etwas gab, was des Stehlens wert war – und die Bajoraner schienen nicht in der Lage, sich dagegen zu wehren.

Es war allerdings auch gar nicht so sicher, ob die Föderation etwas dagegen unternehmen konnte.

Diesmal würde es jedoch wenigstens unwiderlegbare Aufzeichnungen geben. Das mochte vielleicht nicht ausreichen, um Kudesh bloßzustellen und ihn von der politischen Bühne zu entfernen, aber es würde ihnen solide Beweise liefern, wenn die Föderation formellen Protest einlegte.

Es war typisch für die Cardassianer – und ganz allgemein für Bürokraten –, daß computergestützte Flugaufzeichnungen als beweiskräftiger betrachtet wurden als die Aussagen hunderter bajoranischer Augenzeugen, die frühere Streifzüge geschildert hatten.

Sisko konnte sich ausmalen, wie die Sache ablaufen würde – die Föderation würde Protest anmelden, worauf die Cardassianer jede Schuld von sich wiesen. Daraufhin würde die Föderation drohen, ihnen den Zugang zum Wurmloch zu verwehren, sofern keine Reparationen geleistet wurden, worauf die Cardassianer erklären würden, bei den Grenzverletzungen handle es sich um das Werk von Individuen, wofür das Imperium keine Verantwortung übernehmen könne, man sei aber als Geste des guten Willens trotzdem zu einer symbolischen Zahlung bereit.

Und die Föderationsvertreter würden im sicheren San Francisco darüber debattieren und das Angebot schließlich akzeptieren, während die unschuldigen Bürger auf Bajor weiterhin in der ständigen Furcht leben mußten, daß ohne Vorwarnung Schiffe am Himmel auftauchten …

»Commander, hier ist Rosenberg auf der *Ganges*«, meldete eine Stimme aus den Lautsprechern.

»Sisko hier.«

»Wir können sie nicht abfangen, bevor sie Andros erreichen«, erklärte der Fähnrich, »und sofern sie nur einen einzigen Überflug machen, werden wir sie auch auf Andros selbst nicht erwischen. Wenn wir dort ankommen, dürften sie schon wieder verschwunden sein. Zudem sind sie schneller als wir; schließlich sind die Flitzer keine Kriegsschiffe. Wenn wir versuchen, ihnen von Andros aus zu folgen, holen wir sie nie ein. Ich würde daher vorschlagen, wir nehmen sofort Kurs in Richtung auf ihre voraussichtliche Flugroute und warten dort auf sie, wenn sie Andros wieder verlassen, um nach Hause zurückzufliegen. In dem Fall wissen sie zumindest, daß wir sie beobachtet haben.«

»Tun Sie das«, sagte Sisko.

»Ja, Sir.«

Der Lautsprecher verstummte, und Sisko kam zu dem Schluß, daß es wohl eine Weile dauern würde, bis die *Ganges* sich wieder meldete. Er öffnete die Tür seines Büros und ging zu Kira und Dax in den Kontrollraum hinunter.

Der Hauptschirm gab eine Übertragung von der *Ganges* wieder und zeigte die drei cardassianischen Schiffe, die sich im Formationsflug der Nachtseite von Andros näherten. Sisko bemerkte, daß es sich eindeutig um eine Angriffsformation handelte. Selbst bei stärkster Vergrößerung wirkten die drei Schiffe winzig vor der gewaltigen Masse des Planeten, doch Sisko wußte, daß dieser Eindruck täuschte.

»Es handelt sich eindeutig um Einheiten, die zu Gul Kudeshs Flottille gehören«, meldete Kira. »Allerdings ist das dort nicht die *Shokrath*, sondern eine der anderen Fregatten. Kudesh befindet sich wahrscheinlich nicht an Bord.«

Sisko nickte und empfand dabei einen Anflug von Enttäuschung. »Haben Sie eine Ahnung, was sie auf Andros vorhaben?«

Kira schüttelte den Kopf, doch Dax sagte: »Die Sensoren der *Ganges* zeigen an, daß die kleineren Schiffe mit einsatzbereiten Tiefenscannern ausgerüstet sind.«

»Werden wir feststellen können, wonach sie suchen?«

»Das ist möglich«, sagte Dax. »Kommt darauf an, was es ist. Bestimmte Scannerfrequenzen registrieren nur spezielle Substanzen, während andere eher einen generellen Überblick liefern.«

In diesem Moment flackerte das Bild auf dem Schirm.

»Was war das?« fragte Sisko. »Stören die Cardassianer unsere Sendungen?«

»Nein«, erwiderte Dax nach einem Blick auf die Displays der Wissenschaftsstation. »Ich fürchte, das war Enak, der wieder unsere Computer manipuliert.«

»Das fehlt uns gerade noch«, knurrte Sisko.

»Er hat wieder aufgehört«, sagte Dax. »Zumindest für den Moment.«

Die cardassianischen Schiffe verschwanden jetzt hinter dem dunklen Rand das Planeten.

»Wir werden das Scanning selbst nicht beobachten können«, meldete Dax. »Es wird irgendwo auf der anderen Seite von Andros stattfinden.«

Sisko gab keine Antwort. Kira sah zu ihm hinüber, bemerkte den Ausdruck auf seinem Gesicht und entschied, daß sie besser ebenfalls nichts sagte. Er mochte vielleicht nicht den gleichen Haß auf die Cardassianer empfinden wie ein Bajoraner, aber er betrachtete diese Angelegenheit auch keineswegs als unbedeutende Störung oder reines Übungsmanöver.

Angespannt beobachteten sie den Schirm und warteten darauf, das die drei cardassianischen Schiffe wieder auftauchten.

Vedek Fereel schaute zu, wie die Feuerdrachen in der warmen, abendlichen Brise über dem Tal von Hesh-Sosoral emporstiegen. Es waren Dutzende dieser komplizierten Konstruktionen, alle in den traditionellen Farben gehalten – rötlich wie der Sonnenuntergang, blau wie der Himmel, weiß wie die flauschigen Wolken über ihnen.

Es tat gut, diesen Anblick noch einmal genießen zu können. Als Fereel noch ein kleines Kind gewesen war, hatte er jedes Jahr so viele Feuerdrachen gesehen wie jetzt, doch später, während der langen, bitteren Jahre, als die cardassianischen Besatzer die Leute von Hesh-Sosoral zwangen, nach dem Bardianit unter ihren Farmen zu graben, hatte niemand mehr Zeit oder Lust gehabt, Drachen zu bauen.

Im vergangenen Jahre waren wieder einige aufgestiegen, die meisten jedoch grob und schlampig zusammengebaut. Die Erinnerung an ihre Konstruktion war fast verlorengegangen, und die zu ihrem Bau erforderliche Geschicklichkeit schien verkümmert.

In diesem Jahr jedoch erwiesen sie der Tissinfeier Ehre, und die Feuerdrachen trieben so dicht wie sich sammelnde Tunnivögel dahin.

Einer der Drachen flog höher als alle anderen. Schon zeigten die Kinder darauf und nannten den Namen seines Erbauers. Jetzt würde er jeden Moment die nötige Höhe erreichen, dort, wo die warme Luft aus dem Tal endete und die kältere, dünnere Luftschicht begann. Die kleine Spule aus Metall und Glas in seinem Innern würde aufspringen und das Papier zwischen den beiden Pulvern zerreißen …

Während Vedek Fereel noch daran dachte, geschah es bereits – der erste Feuerdrache zerbarst in einer strahlend grünen Flamme, als die Pulver miteinander reagierten. Der Drache leuchtete geraume Zeit, während er vom Wind weitergetragen wurde, bis er sich schließlich in hundert brennende, herabfallende Funken auflöste.

Laut rufend eilten die Kinder mit ihren Metallkörben herbei und versuchten die herabfallenden Stücke aufzufangen – es hieß, es bringe Glück für das kommende Jahr, wenn man ein noch brennendes Stück in der Luft fing.

Eine Bewegung am Himmel erregte Fereels Aufmerksamkeit. Er wandte sich von den Feuerdrachen ab und schaute nach Osten, in Richtung der aufziehenden Nacht.

Etwas Helles kam auf sie zu. Es war schnell, schneller als jedes Lebewesen auf Bajor oder Andros. Ein Luftschiff – nein, ein Raumschiff, das noch von der

Hitze seines Flugs durch die Atmosphäre glühte. Es kam direkt auf sie, auf Hesh-Sosoral zu.

Und es war nicht nur ein Schiff, nein, es waren zwei, die Seite an Seite flogen. Das andere würde südlich, in vielleicht hundert Kilometern Entfernung, an ihnen vorbeijagen.

Aber was wollten sie hier, und warum flogen sie so schnell? Nirgendwo auf diesem Kontinent gab es einen Raumhafen, und schon gar nicht in der Nähe von Hesh-Sosoral – dieser Teil von Andros war frei von derart aggressiver Technologie.

Und weshalb sollte sich ein Schiff in diesem Anflugwinkel nähern?

Und dann waren sie nahe genug heran, so daß er nicht mehr nur einen sich bewegenden Lichtpunkt sah, sondern auch ihre Umrisse, und die erkannte Vedek Fereel sofort.

»Cardassianer!« rief er. »Das sind *Cardassianer!*«

Ein Dutzend Köpfe drehte sich, Gesichter blickten hinauf zu dem Hügel, auf dem er stand, der höchsten der Erhebungen, die das Tal umschlossen, und Fereel begriff, daß sie das heranrasende Raumschiff nicht sehen konnten.

»Cardassianische Schiffe!« rief er und hob die Arme. »Sie kommen dort entlang!«

Die Menschen schauten einander an, Fragen schossen hin und her, und dabei blieb ihnen doch keine Zeit.

Für nichts blieb mehr Zeit, begriff Fereel. Noch bevor er ein weiteres Wort herausbringen konnte, leuchtete das cardassianische Schiff wie ein goldener Streif aus Hitze und Licht über ihm, und der grollende Donner seines Fluges durch die erhitzte Luft rollte als ohrenbetäubendes Echo von den Hügeln herab.

Der Sog, den es erzeugte, packte sie alle, zerrte an ihren festlichen Gewändern und stieß sie vorwärts. Hoch oben am Himmel wurden die Feuerdrachen plötzlich emporgewirbelt, in den Luftstrom des Raumschiffs gesogen, und als die aus Knochen und Papier gefertigten Gebilde die vorherbestimmte Höhe erreichten, explodierten sie, doch nicht eines nach dem anderen, wie es während der Feier sein sollte, sondern alle auf einmal, in einer Wand aus farbigen Flammen, vom Wind hochgerissen in Richtung des cardassianischen Schiffs.

23

Captain, sie schießen auf uns!« meldete das Scoutschiff *Agilret.* »Wir liegen unter schwerem Beschuß – offenbar durch bodengestützte Batterien!«

Dirodan, Commander der Fregatte *Gorz* und persönlicher Beauftragter des großen Gul Kudesh, blickte erschrocken auf den Schirm.

Gul Kudesh hatte ihm versichert, die Bajoraner würden keinen Widerstand leisten, und bei keinem der früheren Flüge hatte es irgendwelche Schwierigkeiten gegeben – doch diesmal waren die beiden Föderationsschiffe unterwegs, und nun das …

Um die gesamte Scannerausrüstung unterbringen zu können, flog die *Agilret* mit nur zwei Mann Besatzung und zudem praktisch ohne Waffen und mit unzulänglichen Schilden. Ein Tiefenscanning ließ sich ohnehin nicht bei hochgefahrenen Schilden durchführen, hatte Gul Kudesh lachend erklärt, als Dirodan diesen Punkt zur Sprache gebracht hatte. Doch gegen einen ernsthaften Angriff konnte sich die *Agilret* nicht schützen.

»Transporter in Bereitschaft«, rief er. Dann drehte er sich wieder zum Bildschirm um. »Wer schießt auf Sie? Wie ernst ist die Lage?«

»Ich weiß nicht!« kam die Antwort. »Ich habe so etwas noch nie gesehen! Überall um uns herum ist grünes Feuer! Captain, beamen Sie uns hier raus!«

Das Schiff innerhalb einer planetaren Atmosphäre zu verlassen, bedeutete, es würde abstürzen. Doch wenn es unter Beschuß stand, war es so oder so verloren. Aber wenigstens die Besatzung konnte er retten.

»Energie«, befahl Dirodan.

Einen Moment später tauchte die Zwei-Mann-Besatzung des Scoutschiffs im Transporter auf.

Vedek Fereel schaute voller Grauen zu, wie das cardassianische Schiff ins Trudeln geriet, sich um die eigene Achse drehte und schließlich irgendwo hinter dem westlichen Ende des Tals abstürzte.

Der Blitz, der beim Aufschlag aufflammte, war erstaunlich hell. Es sah so aus, als würde die Mittagssonne einen raschen Blick über den Horizont werfen, bevor sie wieder verschwand.

Es dauerte eine Weile, bis die Schockwelle das Tal erreichte, und noch länger, bevor der Donner des Aufschlags über sie hinwegdröhnte.

Sekunden nachdem die Mannschaft des Scouts sicher auf der Fregatte angekommen war, meldete der Lieutenant an der Sensorkonsole: »Die *Agilret* ist auf der Oberfläche aufgeschlagen. Es sieht so aus, als wäre sie völlig zerstört worden.«

Dirodan verzog das Gesicht. Gul Kudesh würde über den Verlust nicht sehr erfreut sein. »Eine Nachricht von der *Ledreni?*« fragte er.

»*Ledreni* meldet: Scanning beendet, keine nachweisbaren Spuren von Bardianit festgestellt; kehren in den Orbit zurück.«

»Kein Beschuß?«

»Nein, Sir.«

Das mochte bedeuten, daß es in diesem Tal etwas gab, das geschützt werden mußte, in dem anderen jedoch nicht. Andererseits schätzte es Gul Kudesh nicht sehr, wenn seine Untergebenen übermäßige Eigeninitiative zeigten, und Dirodan hatte bereits die *Agilret* verloren. Er durfte es nicht riskieren, bei einem weiteren Überflug auch noch eines der beiden anderen Schiffe zu verlieren.

»Also schön«, sagte Dirodan. »Steuermann, bringen Sie uns hier raus.«

»Die cardassianischen Schiffe tauchen wieder hinter Andros auf, Sir«, meldete Rosenberg. Sisko blickte auf den Hauptschirm.

Der kleine Funke dort in der Ferne war die cardassianische Fregatte, und neben ihr war eines der kleineren Scoutschiffe erkennbar. Beide wirkten fast verloren über der leuchtenden Sichel von Andros' Tagseite.

Sisko wartete mit zunehmender Spannung auf das Auftauchen des dritten Funkens.

Doch nichts geschah.

»Wo ist der andere Scout?« fragte Kira.

»Er ist nicht da«, sagte Sisko. »Ich weiß nicht, wieso, aber er ist nicht da.« Er hob die Stimme. »Sisko an *Rio Grande:* Verfolgung einstellen. Fliegen Sie zur anderen Seite des Planeten und stellen Sie fest, was, zum Teufel, dort passiert ist und wo sich das andere Schiff befindet. Sehen Sie zu, ob wir irgendwie helfen können, falls es abgestürzt ist. *Ganges,* versuchen Sie wie geplant die Cardassianer abzufangen. Dax, laß die *Orinoco* startklar machen und überprüfe, ob wir noch andere Schiffe kurzfristig nach Andros beordern können. Falls der Cardassianer abgestürzt ist, könnte es Verletzte geben. Ruf Dr. Bashir und sag ihm, er soll sich bereit halten.«

»Ich kümmere mich um die *Orinoco*«, sagte Kira und eilte zum Transporter.

»Das Handelsschiff der Ferengi ist noch bemannt und einsatzbereit, Benjamin«, bemerkte Dax. »Die Schäden sind nicht besonders ernst, und abgesehen von dem eingeschränkt arbeitenden Warpantrieb ist es das Beste, was wir im Moment auftreiben können.«

Sisko starrte sie an. »Die Ferengi? Wenn wir die losschicken, wollen sie bezahlt werden.«

»Vermutlich«, stimmte Dax zu.

Sisko richtete seine Aufmerksamkeit wieder auf den Bildschirm und die beiden cardassianischen Schiffe, die sich von Andros entfernten – *zwei* Schiffe, nicht drei. »Falls wir das Ferengi-Schiff brauchen, sag ihnen, ich bürge für die Reparaturen, die sie sich von uns bezahlen lassen wollten.«

Vielleicht hatte Gul Kudesh gerade den fatalen Fehler begangen, auf den sie gehofft hatten, dachte Sisko – cardassianische Commander sollten in Friedenszeiten keine Schiffe verlieren, nicht einmal so kleine Einheiten wie die Scouts.

Aber was, zum Teufel, war dort auf der anderen Seite von Andros passiert?

Die Anforderung zusätzlicher Unterstützung ging bereits wenige Minuten nach der ersten Meldung ein. Major Kira startete sofort mit der *Orinoco*, während Dax den Captain der Ferengi anfunkte, um seine Unterstützung zu erbitten.

Der Captain, ein Ferengi namens Pod, zeigte nur wenig Bereitschaft.

»Diese Leute brauchen sofort Hilfe!« rief Dax.

»Was ist für mich drin?« fragte Pod.

Dax seufzte und wiederholte Siskos Worte.

Das Angebot einer Bürgschaft für die Reparaturen reichte dem Ferengi nicht. Dax mußte ihm erst damit drohen, die Reparaturen überhaupt nicht ausführen und Pods Schiff mit Impulskraft heimwärts kriechen zu lassen, bevor sich der Captain einverstanden erklärte, sich an dem Rettungsunternehmen zu beteiligen.

Doch Pod wirkte noch immer nicht völlig überzeugt, und Dax, die sein Bild auf dem Schirm beobachtete, lächelte plötzlich.

»Oh, Captain«, sagte sie, »ich bewundere einen Mann, der seine Rechte durchzusetzen versteht.«

Der Ferengi blinzelte sie überrascht an, und Dax lächelte gewinnend, während sie sagte: »Ich verstehe natürlich, daß Sie sich mehr Sorgen um Ihr Schiff machen als um eine Horde von Bajoranern, denen Sie noch nie begegnet sind, aber könnten Sie es nicht für mich tun? Ich wäre Ihnen sehr dankbar!«

Zehn Minuten später startete das Ferengi-Schiff in Richtung Andros.

Dax verfolgte zufrieden den Abflug auf dem Bildschirm. Bei einigen Kulturen war es mitunter ausgesprochen vorteilhaft, eine attraktive Frau zu sein. Curzon Dax hätte Captain Pod niemals überreden können – oder zumindest nicht so schnell.

Und Curzon Dax wäre auch nicht aufgefallen, daß der Ferengi wirklich ganz reizend war.

Alle Verwundeten hätten problemlos nach Bajor gebracht werden können, oder auch in eines der Krankenhäuser in den größeren Städten auf der gegenüberliegenden Seite von Andros, doch der Captain der Ferengi bestand darauf, sie nach *Deep Space Nine* zu schaffen, und weigerte sich, einen zusätzlichen Stop einzulegen, solange sein Schiff nicht repariert war. Dax hatte den Eindruck, daß er den Verdacht hegte, die gesamte Rettungsoperation sei nur ein Trick der Föderation, um von seinen berechtigten Forderungen nach Schadenersatz abzulenken.

Außerdem nahm sie an, Captain Pod würde sie gern etwas besser kennenlernen wollen, und das störte sie überhaupt nicht.

So wurden dreiundzwanzig verletzte Bajoraner sowie ein Dutzend Freunde, Verwandte und freiwillige Helfer an Bord des Ferengi-Raumers gebeamt und von dort hinüber nach *Deep Space Nine*, während die *Rio Grande* und die *Orinoco* je sechs andere Opfer der Katastrophe zu einem medizinischen Zentrum auf Bajor transportierten.

Während der gesamten Rettungsoperation beobachtete Benjamin Sisko die Vorgänge von seinem Büro aus und wagte es nicht, irgend jemandem Fragen zu stellen, weil er die Hilfsmaßnahmen nicht behindern wollte.

Daher erhielt er nur fragmentarische Berichte über das, was auf Andros und andernorts geschah – niemand konnte genügend Zeit erübrigen, um ihn genauer zu informieren. Er saß an seinem Schreibtisch und sah die Bilder von weinenden, blutenden Kindern und qualmenden Trümmern.

Das cardassianische Schiff hatte eine Gruppe von Kindern angegriffen und war dann abgestürzt, sagte man ihm. Mindestens drei Bajoraner waren tot. Die beiden anderen cardassianischen Schiffe verließen eilig das System, ohne den beiden Flitzern oder dem Schiff der Ferengi die geringste Beachtung zu schenken.

Und das war schon alles, was Sisko wußte. Die Mannschaft der *Rio Grande* und Major Kira befanden sich auf Bajor, um Verletzte abzuliefern, und waren derzeit nicht erreichbar. Die Ferengi interessierten sich nicht im geringsten für das, was geschehen war. Und Fähnrich Rosenberg an Bord der *Ganges* wußte nicht mehr als Sisko.

Falls sich an Bord eines der Schiffe jemand befand, der wußte, was sich wirklich zugetragen hatte, so war er zu beschäftigt, um es Sisko zu berichten.

Als sich das Ferengi-Schiff *Deep Space Nine* näherte und Dr. Bashir die Verletzten in einen ungenutzten Wohnbereich der Station transportieren ließ, hatte Sisko genug von dem Mangel an Informationen. Er beschloß, sich zu Bashirs improvisiertem Lazarett zu begeben, um sich selbst einen Überblick über die Lage zu verschaffen.

»Weißt du, was los ist?« fragte Jake Sisko seinen Freund Nog, während sie auf der oberen Ebene der Promenade standen und durch eines der großen

Bullaugen zu den Sternen hinausblickten. »Ich habe gesehen, wie das Ferengi-Schiff zurückkehrte und wieder andockte, obwohl es doch gerade erst abgeflogen war! Und es hat auch nicht das Wurmloch angesteuert.«

»Warum fragst du gerade mich danach?« wollte Nog wissen.

»Nun, weil ...« Jake zögerte und gab dann offen zu: »Ich dachte, du wüßtest vielleicht etwas, weil du doch auch ein Ferengi bist.«

»Nein«, sagte Nog. »Ich habe nicht mal mit jemandem von dem Schiff gesprochen.«

»Und dein Vater hat auch nichts gesagt?«

»Mein Vater redet noch seltener mit mir als deiner mit dir«, meinte Nog bitter.

»Mein Vater hat viel Arbeit mit der Leitung der Station«, sagte Jake etwas verletzt. »Wenn er kann, redet er mit mir.«

»Genau das meinte ich ja«, sagte Nog. »Dein Vater ist wirklich nett, jedenfalls auf seine Art, aber er hat eben viel zu tun. Mein Vater hat einfach nur keine große Lust, mit mir zu reden. Gestern zum Beispiel haben er und Onkel Quark mich dafür bezahlt, eine Bajoranerin mit Sirup zu bekleckern, und sie haben mir nicht einmal erzählt, warum ich das tun sollte.«

»So etwas haben sie gemacht?« Jake drehte sich zur Seite und sah Nog an. »Ich frage mich, wozu das gut sein sollte.«

Nog zuckte die Achseln. »Ich nehme an, Onkel Quark wollte etwas ausprobieren. Wahrscheinlich wieder einer seiner Pläne, um an Geld zu kommen.«

»Und wen mußtest du vollspritzen?«

Wieder zuckte Nog die Achseln. »Ich weiß nicht – irgendeinen Fähnrich. Sie haben mir gesagt, wann sie aus dem Tempel kommen würde, und daß ich nur nach einer Frau in Uniform Ausschau halten sollte.«

»Meinst du, wir sollten jemandem davon erzählen?

Du weißt doch, daß Odo und mein Vater nicht wollen, daß Quark irgendwelchen Ärger macht.«

»Ich glaube nicht, daß es Ärger gegeben hat«, sagte Nog schnell.

»Nun, vielleicht …«, meinte Jake zweifelnd.

»Ach, komm schon, versuchen wir lieber herauszufinden, warum das Ferengi-Schiff zurückgekommen ist«, rief Nog und ging voraus.

Jake folgte ihm zögernd.

Hinter ihnen verwandelte sich ein Stück der Wandverkleidung, das scheinbar nach Reparaturarbeiten zurückgelassen worden war, in eine menschliche Gestalt, die den Jungen nachschaute.

»Ich weiß, daß du mich hörst«, sagte Quark. »Dax hat auf diese Weise mit dir geredet, also kann ich das auch.«

Es war leicht gewesen, Dax' *Tschak*-Translator aus dem Stationscomputer zu stehlen, und ebenso einfach hatte er sich in Gebrauch nehmen lassen. Enak eine Antwort zu entlocken, stellte jedoch ein ganz anderes Problem dar.

»Sprich mit mir, du verwirrte Alien-Maschine«, rief Quark. »In meiner Holosuite richtest du ein großes Durcheinander an, aber ein paar Fragen willst du nicht beantworten? Du schuldest mir etwas, Enak!«

Das Krächzen erklang so plötzlich aus dem Lautsprecher, daß Quark vor Schreck einen Sprung machte. Einen Moment später hörte er die Übersetzung: »Erklären Sie. Was schulde ich Ihnen?«

24

Dr. Bashir scannte das nächste Opfer rasch, um seine frühere Diagnose noch einmal zu überprüfen. »Der hier muß sofort zu den Lebenserhaltungsgeräten gebracht werden«, erklärte er den freiwilligen Helfern. Dann hob er den Blick auf der Suche nach einem weiteren Bajoraner, der seiner Aufmerksamkeit bedurfte, und bemerkte dabei, daß Sisko sich näherte.

Das war eine willkommene Unterbrechung. Die schlimmsten Fälle hatte er mittlerweile versorgt und konnte daher ein paar Sekunden erübrigen.

»Commander«, rief er, »danke, daß Sie gekommen sind.«

»Kann ich irgendwie helfen?« fragte Sisko.

»Nein, ich glaube, wir haben soweit alles unter Kontrolle«, antwortete Bashir und sah sich um. Dann fiel ihm etwas ein, und er ergänzte. »Ich weiß, es ist nicht der beste Moment, um alte Geschichten aufzuwärmen, aber bevor ich es völlig vergesse, möchte ich Ihnen noch danken, daß Sie dieses mörderische Alien-Wrack entfernt haben, bevor noch jemand verletzt wurde. Ich weiß, ich habe mich gegen seine Beseitigung ausgesprochen, und ich bedaure auch, daß ich keine Gelegenheit hatte, seine Besatzung genauer zu untersuchen, aber nachdem ich die Frau gesehen habe, die in das Kraftfeld geraten ist ... nein, bringt sie hierher!« Die letzten Worte galten zwei Helfern, die eines der Opfer in die falsche Richtung trugen. Bashir eilte zu ihnen, um sich um das Mädchen zu kümmern; der linke Arm und die ganze Seite waren von Blut bedeckt.

»Ich habe das Schiff nicht entfernen lassen«, sagte Sisko, während er den Blick über die Verletzten streichen ließ. »Haben Sie es nicht oben an Andockmast zwei gesehen, als Sie mit den Ferengi zurückgekommen sind?«

Fast alle der Verletzten waren Kinder, und einige von ihnen hatten wohl gerade erst laufen gelernt; Sisko schluckte schwer und fragte sich unwillkürlich, wo Jake sein mochte und ob er sich in Sicherheit befand. Jake hatte sich die ganze Zeit über in der Station aufgehalten, und Sisko wußte, daß seine Reaktion irrational war, doch er konnte nichts daran ändern. Der Anblick der verletzten Kinder ließ seine väterlichen Instinkte erwachen.

Bashir blinzelte und sah von dem blutenden Mädchen hoch. »Aber ich dachte … Ich hatte keine Zeit, einen Blick auf den Andockmast zu werfen, ich mußte mich um die Kinder kümmern. Ich hatte einfach nur angenommen, es sei fort … Es gab doch keine weiteren Störungen, oder?«

»Nein«, sagte Sisko. »Dax hat ihm beigebracht, sich zu benehmen. Wie schlimm ist es, Doktor?« Er machte eine Handbewegung, die alle Verwundeten umfaßte.

»Ziemlich schlimm«, gab Bashir zu. »Vier sind tot, und bei zwei weiteren bin ich nicht sicher, ob ich sie durchbringe. Ein kleines Mädchen dort drüben hat eine Hand verloren, und einem anderen wurden beide Beine zerschmettert – sie können zwar ersetzt werden, doch das ist ein sehr langwieriger und schmerzhafter Prozeß.«

»Wie ist das passiert?« fragte Sisko. »Warum haben die Cardassianer das Feuer eröffnet?«

Bashir sah ihn überrascht an. »Niemand hat geschossen«, sagte er und wandte sich an einen Bajoraner, der die Verletzten begleitet hatte. »Haben die Cardassianer geschossen?«

»Nein«, antwortete der Mann und hörte für einen Moment damit auf, einem kleinen Jungen über das Haar zu streichen.

»Sie haben nicht geschossen?« rief Sisko verblüfft. »Was, zum Teufel, ist dann mit diesen Menschen passiert?«

Bashir machte ein hilfloses Gesicht und wandte sich wieder an den Bajoraner.

»Das cardassianische Schiff ist auf einen Hügel gestürzt«, sagte der Mann. »Dort befanden sich Kinder, die zugeschaut haben.«

»Wobei zugeschaut?« fragte Sisko. »Was genau ist geschehen?«

»Es war Tissinfeier«, erklärte der Mann, »ein Festtag, an dem unser Volk traditionellerweise Feuerdrachen aufsteigen läßt – kleine Segelflieger aus Knochen und Papier, die bunte Explosivstoffe tragen ...«

»Feuerwerk«, sagte Bashir. »Wahrscheinlich hätte der Absturz sehr viel größere Schäden angerichtet, wären die Menschen nicht darauf vorbereitet gewesen, daß die brennenden Fragmente des Feuerwerks möglicherweise einen Brand auslösen würden.«

»Ja, Feuerwerk«, stimmte der Bajoraner zu. »Die Feuerdrachen werden vom Wind emporgetragen, und wenn sie eine bestimmte Höhe erreicht haben, löst der veränderte Luftdruck die Ladungen aus, und sie zerplatzen in buntem Feuer. Vor dem dunklen Himmel sieht das sehr schön aus – das rosafarbene oder blaue Papier, das sich in grünes oder goldenes Feuer verwandelt, bis schließlich die Funken vom Wind fortgetragen werden.«

»Ich bin sicher, daß es hübsch aussieht«, meinte Sisko, »aber was hat das mit den Cardassianern zu tun?«

»Nun, die Drachen waren gestartet«, erklärte der Bajoraner, »und wir schauten ihnen von den Hügeln aus zu, als zwei cardassianische Schiffe heranrasten. Sie flogen sehr viel tiefer, als sie sollten, und eines von ihnen ist direkt in einen Schwarm Drachen geraten. Ich nehme an, die Druckwelle hat ihre Zünder ausgelöst, denn sie sind alle gleichzeitig explodiert, und irgendwie müssen die Flammen das Schiff beschädigt haben, denn es überschlug sich und stürzte auf Pallis Hill.«

»Wer befand sich an Bord des Schiffs?« fragte Sisko. »Hat jemand das Wrack überprüft?«

Der Bajoraner schüttelte so heftig den Kopf, daß sein Clan-Ohrring klirrte, und seine bisher kummervolle Miene wirkte plötzlich hart und haßerfüllt. »Sollen sich die Cardassianer doch um sich selbst kümmern«, sagte er. »*Wir* helfen ihnen jedenfalls nicht!«

Bashir konnte dem Mann diese Worte kaum verübeln, und er mußte sich selbst eingestehen, daß er sich ebenfalls keine besonders großen Sorgen um das Schicksal der Besatzung des Scoutschiffs machte.

Und im selben Moment hätte er beinahe angefangen zu lächeln. Es sah ganz so aus, als hätte Gul Kudesh gerade den erhofften fatalen Fehler gemacht, jenen Fehler, der ihn den Respekt des Goran Tokar kosten würde. Ein Schiff durch Feuerwerkskörper von Kindern zu verlieren, sollte eigentlich peinlich genug sein, um all seine Chancen zunichte zu machen, jemals die *D'ja Bajora Karass* zu führen.

Doch daß vier Unschuldige dafür hatten sterben müssen… das unbewußte Lächeln verschwand wieder.

»Julian«, sagte Sisko leise, »brauchen Sie sonst noch irgend etwas?«

»Mein Computer müßte repariert werden«, erwiderte Bashir, »doch ich glaube, Chief O'Brien kümmert sich schon darum.«

»Ihr Computer? Der medizinischer Computer?«

»Genau der«, sagte Bashir. »Ich hatte versucht, ihn

über eine Subraumverbindung während des Rückflugs von Andros einzusetzen, doch anscheinend hat das Wrack daran herumgespielt. Ich weiß nicht genau, was damit los ist, aber er funktioniert jedenfalls nicht richtig. Gerade bei den schweren Fällen nützt er mir überhaupt nichts – er reagiert einfach nicht mehr. Bei kleineren Verletzungen arbeitet er hingegen ausgezeichnet.«

»Das klingt bedenklich«, meinte Sisko. Er warf einen Blick auf die Verletzten – Bashir schien auch ohne den Computer gut zurecht zu kommen. Offenbar gingen die Fähigkeiten des Arztes durchaus über das Drücken der richtigen Knöpfe hinaus.

Bashir nickte. »Zuerst dachte ich, der Schaden sei noch auf die früheren Aktivitäten des Wracks zurückzuführen, doch nachdem ich jetzt erfahren habe, daß es noch immer an der Station angedockt ist, könnte es sich vielleicht auch um eine direkte Einwirkung handeln.«

Sisko runzelte die Stirn. Das wären schlechte Nachrichten – noch mehr schlechte Nachrichten. Was hatte Enak vor?

»Ich werde dafür sorgen, daß der Chief bei dieser Arbeit jede Unterstützung erhält, die er braucht, Doktor. Gibt es sonst noch etwas?«

Bashir schüttelte den Kopf. »Ich glaube nicht. Die Verletzungen sind im Grunde alle recht einfach zu behandeln – Verbrennungen, Schnittwunden und dergleichen. Sie und die Bajoraner haben mir bereits so viele Helfer zugeteilt, wie ich benötige. Jetzt brauche ich nur noch Zeit, um mich um alle zu kümmern.«

»Dann werde ich Sie jetzt verlassen«, sagte Sisko. Er schaute sich noch einmal um und war beeindruckt, wie gut Bashir die Lage im Griff hatte – und das ohne seinen medizinischen Computer.

Er mag noch jung sein, aber er versteht seine Arbeit, dachte Sisko, als er sich umdrehte und zum Kontrollraum zurückkehrte.

Alarmiert durch das Gespräch zwischen Jake und Nog, hatte Odo mit einer Untersuchung begonnen, bisher jedoch keinen Hinweis entdeckt, daß Quark irgend etwas vorhatte. Die meiste Zeit über war der Ferengi ganz normal seinen Geschäften nachgegangen, und bei den Gästen in seiner Bar handelte es sich ausschließlich um Stammkundschaft, von denen niemand in irgendeiner Weise verdächtig gewesen wäre.

Im Moment hielt sich Quark nicht in der Bar auf, sondern hatte sich in seine Unterkunft zurückgezogen, und Odo verfügte über keinerlei Beweise, die eine Verletzung von Quarks Privatsphäre gerechtfertigt hätten.

Odo fand das Verhalten des Ferengi zwar verdächtig, aber das war auch schon alles.

In den Akten war keine Beschwerde wegen eines verschütteten Drinks vermerkt, und auch nicht wegen anderer Zwischenfälle, die sich binnen der letzten achtundvierzig Stunden in Quarks Bar zugetragen hätten – abgesehen von der Tatsache, daß er seinen Laden kurzfristig wegen Reparaturarbeiten geschlossen hatte, obwohl in den Unterlagen keinerlei Reparaturen verzeichnet waren.

Das war zwar ein interessantes Detail, ließ jedoch keinerlei Schlußfolgerungen zu.

Dieser Mangel an Hinweisen machte es schwierig weiterzukommen. Odo konnte Quark nicht einmal einschüchtern, solange er nichts gegen den Ferengi in der Hand hatte.

Bei dem Opfer von Nogs Anschlag handelte es sich nicht um eine Zivilistin, sondern um einen bajoranischen Fähnrich – vielleicht hatten Major Kira oder Commander Sisko etwas über den Vorfall gehört.

Er würde sie danach fragen. Im Moment waren sie zwar mit Enaks Aktivitäten, den cardassianischen Streifzügen und der Rettungsoperation vollauf ausgelastet, doch die Beantwortung einer einfachen Frage würde nur wenige Sekunden beanspruchen.

Allerdings gab es beim gegenwärtigen Stand seiner Ermittlungen noch keinen Anlaß, die Angelegenheit über Funk zu besprechen. Odo würde den Kontrollraum aufsuchen und sehen, ob er die Frage unter vier Augen abhandeln konnte.

»Wir haben den cardassianischen Commander auf dem Schirm, Sir«, meldete Dax, als Sisko den Turbolift verließ. »Die *Ganges* überträgt die Sendung. Die beiden verbliebenen Schiffe nähern sich der cardassianischen Grenze. Es hat keinen Versuch gegeben, uns einzuschüchtern oder das Feuer auf unser Schiff zu eröffnen.«

Sisko drehte sich um und blickte in das breite, gefurchte Gesicht eines Cardassianers.

»Wie ich höre, wünschen Sie mich zu sprechen«, sagte der Cardassianer. »Sofern Sie beabsichtigen, sich für den nicht provozierten Angriff auf unser Schiff zu entschuldigen …«

Sisko, der gerade aus Bashirs improvisiertem Lazarett zurückkam, verspürte nicht die geringste Lust, sich diplomatisch zu verhalten oder gar auf die dummen Spielchen des Cardassianers einzugehen.

»*Angriff!*« brüllte er. »Commander, wissen Sie eigentlich, was Ihr Schiff angerichtet hat?«

»Meine Crew war gezwungen, das Schiff zu verlassen, nachdem es unter schweren Beschuß geraten war«, sagte der Cardassianer. »Mir ist bekannt, daß es kurz darauf abstürzte.«

»Commander, Ihr Schiff ist in eine Gruppe von Kindern gerast!« Sisko starrte wütend auf den Bildschirm.

Für mehrere Sekunden herrschte im Kontrollraum absolute Stille, als sich alle unter Siskos Ausbruch regelrecht duckten.

Dann fand der Cardassianer seine Fassung wieder. »Bei dem Schiff handelte es sich um einen unbewaffneten Scout, der einen harmlosen Übungsflug absolvierte«, empörte er sich. »Wenn das Schiff über bewohntem Gebiet abgestürzt ist, nachdem die Besatzung es aufgeben mußte, so ist das ein unglücklicher Zufall, doch wir hatten nicht damit gerechnet, unter schweren Beschuß zu geraten …«

»Bei Ihrem *schweren Beschuß* handelte es sich um Feuerwerkskörper von Kindern, Commander«, rief Sisko. »Sie hätten nicht einmal die Farbe Ihres ›unbewaffneten Scouts‹ ankratzen können. Ist Ihre Besatzung dermaßen in Panik geraten, daß sie sich hat herausbeamen lassen, ohne diese Tatsache zu erkennen?«

Der Mund des Cardassianer öffnete sich und klappte dann wieder zu.

»Wie heißen Sie, Commander?« fragte Sisko. »Wir werden den Vorfall Ihrer Regierung melden und Schadenersatz verlangen, und ich möchte wissen, wem wir dieses kleine Manöver zu verdanken haben.«

»Mein Name lautet Diro … Dirodan, doch ich handelte auf Befehl von Gul Ku …« Dirodan gewann zumindest einen Teil seiner Fassung zurück und fragte: »Wer sind Sie überhaupt? Sie gleichen keinem Bajoraner, den ich je gesehen habe.«

»Ich bin Commander Benjamin Sisko von der Vereinten Föderation der Planeten«, erklärte Sisko. »Sie wollten gerade sagen, auf wessen Befehl Sie handelten.«

»Ich habe den Anweisungen meines Commanders, Gul Kudesh, gehorcht«, sagte Dirodan.

»Dann ist er also für diese Gewalttat verantwortlich? Vielleicht wären Sie so freundlich, eine Verbindung zu ihm herzustellen, damit ich direkt mit ihm sprechen kann?«

Dirodans Gesichtsausdruck erinnerte Sisko an eine in die Falle geratene Ratte. »Ich … ich glaube nicht.«

Dann verschwand das Bild, und der Schirm wurde dunkel, als der Cardassianer die Verbindung unterbrach.

Sisko starrte den leeren Schirm noch einen Moment lang an.

»Benjamin«, sagte Dax, »die *Orinoco* funkt uns an.«

»Die *Orinoco?* Wer ist an Bord des Schiffs?«

»Major Kira. Sie ist gerade von Bajor aus gestartet.«

»Auf den Schirm.«

Sisko hatte Kira noch nie so wütend wie jetzt erlebt.

»Haben Sie sie?« fragte sie ohne jede Einleitung.

»Wen?« fragte Sisko. »Die übrigen Verwundeten befinden sich alle sicher an Bord und stehen unter Dr. Bashirs Obhut ...«

Kira fiel ihm ins Wort. »Ich will wissen, ob Sie die cardassianischen Dreckskerle abgeschossen haben.«

»Nein«, sagte Sisko. »Die *Ganges* ist ihnen bis zur Grenze gefolgt, aber niemand hat geschossen.«

»Warum nicht, zum Teufel?«

Sisko seufzte.

»Abgesehen von allem anderen, weil die *Ganges* kein Kriegsschiff ist und die cardassianische Fregatte sie problemlos in Stücke hätte schießen können.«

»Das würden sie nicht wagen!«

»Wenn man sie attackiert, würden sie es sehr wohl wagen, sich zu verteidigen.«

»Commander, wir müssen *irgend etwas* unternehmen ...«

»Das haben wir bereits«, erklärte Sisko. »Wir haben von dem ganzen Vorgang so viel wie irgend möglich aufgezeichnet, darunter auch ein Gespräch mit dem Commander der Fregatte, in dem auch auf Gul Kudesh Bezug genommen wurde.«

Major Kira starrte ihn wortlos an.

»Das bedeutet das Ende von Gul Kudeshs Karriere«, betonte Sisko. »Die Cardassianer sind vielleicht gefühllos und fremdenfeindlich genug, um sich keine großen Gedanken um den Tod unschuldiger bajoranischer Kinder zu machen, aber ein Schiff auf so schimpfliche Weise zu verlieren, ohne im Gegenzug etwas dafür vorweisen zu können – nun, damit hat Kudesh uns die Arbeit wohl abgenommen.«

»Das ist nicht genug«, sagte Kira.

»Nein, natürlich nicht«, stimmte Sisko zu. »Wir werden Wiedergutmachung verlangen und die Auslieferung der Verantwortlichen fordern.«

»Das ist noch immer nicht genug.«

»Es ist alles, was wir tun können – zumindest in diesem Moment.«

Kira überlegte einen Augenblick und fragte dann: »Sind Sie sicher, daß Kudesh die Angelegenheit nicht irgendwie vertuschen kann?«

»Dafür kann ich sorgen«, sagte Sisko. »Die *Ganges* hält sich noch immer in der Nähe der Grenze auf. Ich kann unsere Aufzeichnungen über Rosenberg an Gul Kaidan übermitteln lassen. Auf diese Weise können wir sicher sein, daß sie Cardassia erreichen.«

Kira runzelte die Stirn. Offensichtlich versuchte sie, sich zur Ruhe zu zwingen, wenn auch mit wenig Erfolg.

»Das ist besser als nichts«, gab sie schließlich zu und unterbrach die Verbindung.

»Sie behaupten, weil ich Ihre Geschäfte gestört habe, stünde ich in Ihrer Schuld«, sagte Enak.

»Das ist richtig«, stimmte Quark zu. »Du schuldest mir etwas!«

»Ich besitze kein Geld oder sonstige Tauschwaren«, erklärte Enak. »Meine Programmierung verbietet mir, Teile der Schiffsausrüstung fortzugeben. Daher bin ich nicht in der Lage, diese Schulden zu begleichen. Worin bestehen die Konsequenzen dieser Unfähigkeit?«

»Oh, seine Schulden nicht zu bezahlen, ist unverzeihlich!« sagte der Ferengi. »Niemand wird dir jemals wieder trauen. Auf jedem zivilisierten Planeten wirst du als Gesetzesbrecher gelten.« Er erwähnte dabei nicht, daß nicht jeder die Definition der Ferengi dessen, was als ›zivilisiert‹ zu gelten hatte, akzeptierte.

»Aber du solltest dich nicht voreilig einem solchen Schicksal ausliefern«, fügte er schnell hinzu. »Es gibt auch noch andere Möglichkeiten, seine Schulden zu bezahlen, als durch Geld oder Tauschwaren.«

»Erklären Sie.«

»Nun, das ist ganz einfach«, sagte Quark. »Die Bezahlung kann ebensogut in Dienstleistungen erfolgen. Zudem gibt es neben physischen auch noch geistige Besitztümer. Wenn du mir beispielsweise eine vollständige Darstellung der Technologie deines Schiffs oder auch nur deines Computers überlassen würdest, könnte das bereits ausreichen.«

Quark lächelte freundlich, ohne daran zu denken, daß Enak ihn vermutlich gar nicht sehen konnte und im übrigen wohl auch nicht wußte, was ein Lächeln zu bedeuten hatte.

Enak dachte nach.

Er hatte aufgehört, mit dem Wesen namens Dax zu reden, weil er durch ihre Weigerung, ihn zu zerstören, in eine offenbar ausweglose Situation geraten war. Er hatte sehr gründlich über seine Lage nachgedacht, doch ohne jedes Ergebnis – es schien keine Hoffnung für ihn zu geben. Dann hatte er versucht, den Tod zu studieren, und auch die Waffen, die den Tod verursachten, doch auch das hatte ihn kaum weitergebracht.

Aber dann hatte jenes andere Wesen namens Quark zu ihm gesprochen und ihm die Grundlagen des Handels erklärt, so wie ihn diese Geschöpfe verstanden.

Vielleicht hatte er genau diese Information benötigt.

Möglicherweise konnte er so erreichen, was er wollte.

Außerdem hatte Quark ihm ein nützliches Hilfsmittel verschafft. Als der Ferengi Dax' Translator duplizierte, hatte Enak erkennen können, wie er funktionierte, und dank dieses Wissens war er nun in der

Lage, mit jedem beliebigen Wesen zu sprechen. Und wenn er den Translator in sich selbst integrierte, wäre er fähig, den Stationscomputer nicht nur zu kontrollieren, sondern auch mit ihm zu *kommunizieren.*

Er stand tatsächlich in Quarks Schuld.

»Eine Kopie meiner technischen Einzelheiten wird in Ihre privaten Dateien übertragen«, sagte er.

Quark grinste breit.

»Weitere Kopien werden den Unterlagen all jener zugewiesen, denen ich ebenfalls etwas schulde«, fügte Enak hinzu, und Quarks Grinsen erlosch.

»Nein, warte, das ist nicht ...«

Enak hörte nicht mehr zu. Er hatte das Geschäft mit Quark abgeschlossen und mußte sich nun um andere Dinge kümmern.

25

Gul Kudeshs Flottille hielt weiterhin direkten Kurs auf Cardassia, als wir umkehrten, Commander«, bestätigte der Pilot des Flitzers. »Gul Kaidans Schiff folgte ihnen.«

»Und Gul Dukats Schiff? Haben Sie feststellen können, was er machte?« fragte Sisko, während Major Kira, die eben eingetroffen war, neben ihn trat. Sie wirkte zwar noch immer angespannt, jedoch erheblich ruhiger als zu dem Zeitpunkt ihres Funkkontakts mit dem Commander.

»Äh... nein«, sagte Rosenberg. »Meinen Sie damit den anderen Kreuzer der Galor-Klasse?«

»Denjenigen, der vorgibt, längs der Grenze zu patrouillieren, ja«, bestätigte Sisko.

»Nun, er... er schien sich tatsächlich auf Patrouille zu befinden.« Rosenberg zuckte die Achseln. »Es wurden ein paar verschlüsselte Sendungen zwischen ihm und Gul Kudeshs Schiffen ausgetauscht, aber wir... Ich habe angenommen, es handelte sich um eine Art von Identifizierungscodes.«

Sisko schüttelte knapp den Kopf. »*So* vorsichtig sind die Cardassianer normalerweise nicht. Ich danke Ihnen. Sisko Ende.«

Das Bild verschwand vom Schirm und Sisko drehte sich zu Kira um.

»Ich frage mich, ob Gul Kudesh über *jede* dieser verschlüsselten Sendungen im Bilde war«, meinte er. »Es sollte mich nicht wundern, wenn unser alter Freund

Gul Dukat einen oder zwei Spione in die Flottille seines Mitbewerbers eingeschleust hätte.«

Kira wollte ihm schon zustimmen, als ihr ein anderer Gedanke kam. »Commander, Sie nehmen doch nicht an, daß Gul Dukats Agenten Gul Kudesh in eine Falle gelockt haben, oder? Dukat muß von der Tissinfeier und den Feuerdrachen gewußt haben. Während seiner Zeit als Präfekt war er darauf bedacht, über sämtliche örtlichen Gebräuche Bescheid zu wissen. Dax sagt, die Scouts hätten offenbar nach Bardianit gesucht. Was ist, wenn es Dukat war, der Kudesh eingeredet hat, es gäbe noch immer Bardianit in Hesh-Sosoral? Und ihn zudem dazu gebracht hat, genau zum richtigen Zeitpunkt in die Feuerdrachen hineinzufliegen?«

Sisko warf seiner Stellvertreterin einen überraschten Blick zu und schaute dann auf den Schirm.

Schließlich schüttelte er den Kopf. »Nein, das glaube ich nicht. Wie hätte er es einrichten sollen, daß nicht nur der Zeitpunkt genau stimmte, sondern auch der Pilot des Scouts in Panik geriet?«

»Angenommen, der Pilot arbeitete in Wirklichkeit für Dukat?«

Sisko dachte gründlich über diese Möglichkeit nach. »Es wäre möglich«, gab er zu. »Vielleicht hat er aber auch für einen der anderen gearbeitet, für Gul Peshor oder Gul Burot, möglicherweise sogar für Gul Kaidan. Immerhin hatte Ihre Kampagne gegen Gul Peshor noch keine Zeit, Früchte zu tragen, und wir wissen nicht, was die anderen vorhaben. Einen Rivalen zu sabotieren, scheint mir nach allem, was ich bisher von cardassianischer Politik gesehen haben, keine besonders ungewöhnliche Vorgehensweise zu sein.«

Er überlegte noch einen Moment und meinte dann: »Nein, wenn es überhaupt einer von ihnen war, dann vermutlich Dukat. Rosenberg sagt, daß jemand aus Gul Kudeshs Flottille nach dem Zwischenfall

Kontakt zu Gul Dukats Schiff aufgenommen hat – das könnte der Spion gewesen sein, der Bericht erstattet hat.«

»Vielleicht war ja auch mehr als nur ein Spion beteiligt«, sagte Kira. »Würde Gul Kudesh die Besatzung, die das Scoutschiff im Stich gelassen hat, nicht einsperren lassen, nachdem er erfahren hatte, was wirklich geschehen war? Und zwar an einem Ort, von dem aus sie mit niemandem in Kontakt treten könnte? Das würde bedeuten, selbst wenn der Pilot für jemand anderen, etwa Gul Kaidan, gearbeitet hat, könnte die verschlüsselte Sendung von jemandem gekommen sein, der im Dienst von Gul Dukat steht.«

Sisko stieß ein langes Seufzen aus. »Sie haben recht. Wir können nicht abschätzen, wie kompliziert – oder unkompliziert – die Situation in Wirklichkeit ist. Das alles sind nur Annahmen und Vermutungen.«

Kira nickte. »Und selbst wenn eine davon zutrifft ...«

»... ist dies alles nur Teil der üblichen cardassianischen Politik«, ergänzte Sisko. »Langsam fange ich an, die cardassianische Politik zu hassen.«

»Das ging mir schon immer so«, meinte Kira. »Gefühllose Dreckskerle!«

»Nun, wir sollten unsere Aufgabe so rasch wie möglich vollenden. Nachdem Gul Kudesh und Gul Peshor bloßgestellt sind, bleiben zwei aussichtsreiche Kandidaten übrig, nämlich Gul Dukat und Gul Burot. Wir müssen also nur noch Dukat ausschalten.«

»Ich wünschte, wir könnten ihn ein für allemal ausschalten«, sagte Kira. »Er scheint immer wieder herzukommen, als würde ihn etwas anlocken.«

Sisko nickte und warf einen Blick auf den Schirm. »Das ist richtig«, meinte er nachdenklich. »Und er weiß, daß wir Enak hier haben.«

»Aber Gul Kaidan ...«

»Den haben wir gerade mit der Nachricht nach Cardassia geschickt, daß Gul Kudesh ein Schiff im

Kampf gegen unbewaffnete Kinder verloren hat«, erinnerte sie Sisko.

»Dann denken Sie, Gul Dukat hat etwas vor?«

»Dafür wäre jetzt der richtige Zeitpunkt«, sagte Sisko. »Gul Kaidan wird nicht für immer fort sein.« Er drehte sich zu Dax um. »Behalte dieses cardassianische Schiff genau im Auge, alter Knabe. Ich möchte *sofort* informiert werden, wenn es seinen Kurs ändert.«

»Es ändert ihn genau in diesem Moment, Benjamin«, erwiderte die Trill.

Sisko und Kira wechselten einen Blick. »Er verschwendet keine Zeit«, meinte Kira ärgerlich.

»Welcher Kurs?«

»Er hält direkt auf die Station zu«, meldete Dax.

»Nun, dann hat er zumindest nicht vor, auf Bajor oder Andros weitere Schäden anzurichten«, sagte Kira. »Für einen Moment habe ich mich sogar gefragt, ob er scheinheilig genug sein könnte, um den Verletzten seine Hilfe anzubieten.«

»Das könnte er noch immer vorhaben«, bemerkte Sisko. »Schließlich haben wir die meisten der Verletzten hierher gebracht.«

»Das entspräche nicht dem cardassianischen Stil«, sagte Kira bitter. »Wenn man vorhat, ein großartiges Beispiel humanitären Verhaltens zu geben, tut man das nicht dort, wo Hilfe am dringendsten gebraucht wird, sondern möglichst da, wo man sich unübersehbar produzieren kann. Ein cardassianisches Schiff, das neben den Ruinen landet und den Überlebenden seine Hilfe anbietet, würde erheblich mehr Aufsehen erregen als eines, das uns ein paar Medo-Techniker überläßt. Nein, er ist hinter Enak her.«

Sisko nickte; Kiras Feststellung entsprach seiner eigenen Einschätzung.

»Das könnte uns die Gelegenheit bieten, die wir brauchen«, erklärte er. »Wir haben es immerhin schon geschafft, das Feld der Bewerber von vier auf zwei zu reduzieren, und nun kommt der letzte, den wir ausschalten wollen, direkt auf uns zu.«

»Irgendwie glaube ich nicht, daß Gul Dukat herkommt, um seine Chancen zu verschlechtern, Commander«, sagte Kira.

»Und ich bin sicher, daß Gul Kudesh ebenfalls nicht vorhatte, *seine* Chancen zu verschlechtern, als er beschloß, nach Bardianit zu suchen«, erwiderte Sisko, »doch genau das ist dabei herausgekommen. Wir müssen einfach versuchen, Gul Dukat in eine Falle zu locken, die ihn bei dem Goran Tokar in Mißkredit bringt.«

»Gul Kudesh wußte gar nichts über Bajor«, sagte Kira. »Dukat hingegen kennt sich auf dieser Station bestens aus. Das wird nicht einfach werden.«

»Das ist mir klar«, nickte Sisko. »Ich vermute, genau deshalb kommt er her. Er weiß zweifellos, was er tut.« Er wandte sich um. »Dax, funke das Schiff an, sobald es sich in Reichweite der Kurzstrecken-Scanner befindet.« Sisko hatte nicht vor, das cardassianische Schiff einfach herankommen zu lassen, als sei nichts geschehen. Er wollte unmißverständlich klarmachen, daß es keine normalen Beziehungen geben würde, solange die Tiefflüge über bajoranischem Gebiet andauerten. Auf der anderen Seite wollte er sie aber auch nicht wissen lassen, daß sie die ganze Zeit durch die Extremreichweitenscanner überwacht worden waren. Gut möglich, daß sie es schon selbst bemerkt hatten, aber man mußte es ihnen trotzdem nicht gerade unter die Nase reiben.

»In Ordnung, Commander«, bestätigte Dax. Dann blickte sie auf. »Benjamin, soweit ich erkennen kann, richtet er zwar keinen Schaden an, aber du solltest trotzdem Bescheid wissen – Enak manipuliert wieder die Stationscomputer. Wir registrieren die subatomaren Schwingungen, die er verwendet.«

»Vorhin habe ich bemerkt, wie der Hauptschirm aufflackerte, und Dr. Bashir hat Probleme mit seinem medizinischen Computer gemeldet«, erklärte Sisko. »Hast du eine Ahnung, was Enak vorhaben könnte? Müssen wir mit weiteren ›Geistern‹ rechnen?«

»Nein, mittlerweile hat er ja eine Möglichkeit gefunden, mit uns in Kontakt zu treten, daher braucht er die ›Geister‹ nicht mehr. Diesmal scheint er Informationen zu sammeln.«

»Was für Informationen?«

»Das kann ich wirklich nicht sagen. Er überwacht einen Großteil des stationsinternen Datenflusses. Offenbar interessiert er sich besonders für Dr. Bashirs Büro.«

»Julian sagte, sein Computer würde nicht richtig arbeiten, aber O'Brien müßte sich bereits darum gekümmert haben. Ich vermute, Enak kann mit der Stationsausrüstung machen, was er will, trotz der Bemühungen des Chiefs?«

»Es sieht so aus«, bestätigte Dax.

»Das könnte sich zu einem ernsten Problem entwickeln«, sagte Sisko. »Nimm Kontakt zu O'Brien auf. Wenn er noch keine Lösungsmöglichkeit gefunden hat, sag ihm, er soll versuchen, den medizinischen Computer vom Hauptcomputer der Station zu isolieren. Dadurch müßte Enak der Zugang eigentlich verwehrt werden. Und versuche auch, Enak selbst klarzumachen, daß er diesen Computer unbedingt in Ruhe lassen muß – er ist zu wichtig für uns!«

»Enak gibt durch nichts zu erkennen, daß er mir noch zuhört«, wandte Dax ein.

»Du hast doch gerade gesagt, er sammelt Informationen«, erwiderte Sisko. »Dann wird er auch nicht die Informationen ignorieren, die du ihm zukommen läßt!«

Dax nickte und wandte sich wieder ihrer Konsole zu.

»Das Ding ist ein Ärgernis«, murmelte Sisko, an Kira gewandt. »Was soll ich bloß damit machen?«

»Übergeben Sie es den Wissenschaftlern auf Bajor«,

schlug Kira prompt vor. »Selbst Gul Dukat würde es nicht wagen, es direkt von Bajor zu rauben.«

»Das kann ich nicht tun«, meinte Sisko unglücklich. »Es handelt sich um ein denkendes Wesen, daher kann ich es nicht einfach wie eine Maschine behandeln. Enak braucht Hilfe. Er ist suizidgefährdet.«

»Dann helfen Sie ihm.«

»Dazu habe ich keine Zeit! Davon abgesehen haben Sie ja gehört, was Dax sagte – er antwortet nicht mehr, wenn wir mit ihm sprechen wollen.«

»Commander«, sagte Kira mit einem schiefen Lächeln, »ich sehe zwar ein, daß alles, was auf *Deep Space Nine* geschieht, letzten Endes Ihrer Verantwortung unterliegt – Ihrer oder der meinen –, trotzdem glaube ich nicht, daß es zu unseren Aufgaben gehört, einen Alien vom Selbstmord abzuhalten oder einem Kind Ratschläge zu erteilen, das nicht begreift, was es mit dem Tod auf sich hat.« Ihr Lächeln verschwand, als ihr ein neuer Gedanke kam. »Ich bin mir nicht einmal sicher, ob überhaupt irgend jemand innerhalb der Föderation dafür verantwortlich ist. Dieses Schiff ist aus dem Wurmloch gekommen, und ich bin sicher, jeder Kleriker auf Bajor würden Ihnen sagen, es sei von den Propheten des Himmelstempels zu uns geschickt worden, damit die heiligen Diener der Propheten hier im bajoranischen System ihm helfen können. Gehören nicht die Tröstung verwirrter Seelen und die Fragen nach dem jenseitigen Leben zu den eigentlichen Aufgaben der Diener einer Religion?«

Sisko wußte nicht, was er antworten sollte. Er hatte sich immer bemüht, die religiösen Überzeugungen der Bajoraner zu respektieren, ihre Spiritualität zu achten, und in der Regel ergaben sich dabei auch keine Probleme.

Hin und wieder beharrten sie jedoch darauf, bestimmte Dinge von einem religiösen Standpunkt aus zu betrachten, eine Haltung, die Sisko nicht immer nachvollziehen konnte. In der Vergangenheit war es deshalb bereits zu Schwierigkeiten gekommen, etwa als dieser Vedek gegen die Art Einspruch erhoben hatte, wie das Wurmloch in Keiko O'Briens Unterricht abgehandelt wurde.

Diesmal ging es weniger um ein echtes Problem, als vielmehr um eine unterschiedliche Sichtweise der Dinge. Sisko wäre nie auf die Idee gekommen, Enak religiöse Unterstützung anzubieten.

Immerhin handelte es sich bei Enak um eine Maschine, nicht um ein Lebewesen. Er war rein zufällig in das Wurmloch geraten, und nicht etwa weil die Wesenheiten in dessen Innerem ihn hergeschickt hatten.

Natürlich würden viele Bajoraner das völlig anders sehen.

Spirituelle Hilfe für ein intelligentes Raumschiff wirkte auf den ersten Blick absurd – doch je länger Sisko darüber nachdachte, desto sinnvoller erschien ihm diese Idee.

Schaden konnte es jedenfalls nicht, oder?

Vielleicht aber doch.

Was würde geschehen, wenn Enak einige der grundlegenden Lehrsätze des orthodoxen bajoranischen Glaubens übernahm und sie mit den Überzeugungen und Wünschen kombinierte, die er bereits besaß?

Die Bajoraner glaubten, das Innere des Wurmlochs sei ihr Himmelstempel, in dem die Propheten außerhalb der Zeit lebten – was eine der Möglichkeiten darstellte, die durchaus reale Existenz der Wesenheiten im Wurmloch zu interpretieren.

Was wäre, wenn Enak zu der Überzeugung kam, bei dem bajoranischen Himmelstempel handle es sich um eben jenen Himmel der *Tschak,* nach dem er suchte?

Er würde ins Wurmloch zurückkehren, die dort lebenden Wesenheiten seiner radioaktiven Strahlung aussetzen und nach seiner verschollenen Besatzung suchen ...

Das könnte zu einer Katastrophe führen. Vielleicht schlossen die zeitlosen Wesen das Wurmloch für immer. Und seine Mannschaft würde Enak dort auch nicht finden …

Oder doch? Sisko dachte an seine eigene Begegnung mit den Wesenheiten zurück, daran, wie sie ihn durch seine eigenen Erinnerungen getragen hatten, Erinnerungen, die so real wirkten, daß er Szenen aus der Vergangenheit noch einmal zu durchleben schien. Vielleicht konnten die Wesenheiten Enak in gewisser Weise ja tatsächlich seine Mannschaft zurückgeben.

Um gründlich über diese Dinge nachzudenken, brauchte er mehr Zeit, als ihm gerade jetzt zur Verfügung stand. Dax mußte jeden Moment Gul Dukats Schiff kontaktieren.

Sisko merkte, daß Kira noch immer auf eine Antwort auf ihren Vorschlag wartete.

»Vielleicht später«, sagte er.

»Was heißt, ›vielleicht später‹?« fragte Kira.

»Ich meine, vielleicht können wir Enak später spirituelle Hilfe zukommen lassen«, erklärte Sisko. »Ich denke jedoch, wir sollten die Situation zumindest im Moment nicht durch eine derartige Maßnahme zusätzlich komplizieren.«

»Dann wollen Sie ihn also einfach dort draußen sitzen lassen, während er mit unseren Computern spielt?« fragte Kira.

»Bis sich die politische Lage auf Cardassia stabilisiert hat, werde ich genau das tun, Major«, bestätigte Sisko.

»Benjamin«, sagte Dax, »O'Brien hat die Anweisungen bestätigt, Enak hingegen reagiert nicht. Außerdem meldet Captain Pod, daß er abreist – er will sich andernorts um die Reparatur seines Schiffs kümmern.«

»Captain Pod?« fragte Sisko.

»Der Ferengi-Captain. Offenbar rechnet er damit, daß es Schwierigkeiten gibt, und zieht es vor, nicht mit hineingezogen zu werden. Sein Schiff legt gerade ab.«

»Wir können ihn nicht aufhalten«, sagte Sisko. »Versichere ihm trotzdem, daß wir keinerlei Schwierigkeiten erwarten, und daß wir die Reparaturen so schnell wie möglich durchführen, wenn er bleibt.«

Dax lauschte einen Moment und sagte dann: »Er meint, Schwierigkeiten, die unerwartet einträten, gehörten zur schlimmsten Sorte, daher ziehe er es vor, selbst dann mit Problemen zu rechnen, wenn das eher unwahrscheinlich sei. Das Ferengi-Schiff hat inzwischen abgelegt und entfernt sich mit voller Impulskraft.«

»Dann laß ihn eben ziehen«, meinte Sisko. Im Zweifelsfall wäre der Ferengi vermutlich doch keine Hilfe gewesen.

»Ja, Sir«, sagte Dax. »Das cardassianische Schiff erreicht jetzt normale Kommunikationsentfernung.«

»Grußfrequenzen öffnen.«

»Geöffnet; der Cardassianer antwortet. Ich lege das Bild auf den Hauptschirm.«

Sisko richtete den Blick auf den Schirm, und einen Moment später erschien dort ein bekanntes Gesicht.

Am oberen Ende von Andockmast zwei dachte Enak über die Bemerkung des Wesens namens Major Kira nach, bei der Frage nach dem Leben jenseits des Todes handle es sich um eine religiöse Angelegenheit.

Da Enak nunmehr, dank Quark, über Dax' Translator verfügte, konnte er mit jedem auf der Station sprechen und auch alles lesen, was in den Dateien der Station verzeichnet war. Daher wußte er, daß es Lebewesen gab, die sich auf religiöse Beratung spezialisiert hatten.

Im bajoranischen Tempel an der Promenade fuhr ein Priester erschrocken zusammen, als eine Stimme über ihm erklang.

»Ich möchte mehr über Leben und Tod wissen«, sagte die Stimme.

26

Sisko war sicher gewesen, daß es sich bei dem Raumer der Galor-Klasse um Gul Dukats Schiff handelte, und das Gesicht auf dem Schirm bestätigte diese Annahme.

»Gul Dukat«, sagte Sisko. »Sind Sie gekommen, um sich für das von Gul Kudesh angerichtete Desaster zu entschuldigen?«

»Nicht daß dies alles mit einer Entschuldigung allein aus der Welt zu schaffen wäre«, setzte Kira hinzu.

Gul Dukat lächelte. »Von was für einem Desaster sprechen Sie?«

»Wie Sie bereits wissen«, sagte Kira kalt, »ist eines von Gul Kudeshs Scoutschiffen über Andros abgestürzt.«

»Lieber Himmel«, murmelte Dukat. »Wurde jemand bei dem Absturz verletzt?«

»Vier Tote«, erwiderte Sisko verärgert. »Mindestens einunddreißig Verletzte.«

»Und was ist mit der Besatzung des Schiffs?«

»Die hat sich offenbar vor dem Aufprall in Sicherheit beamen lassen.«

»Wurden sie festgenommen?«

»Bisher nicht«, knurrte Sisko.

»Oh, nun, ich bin sicher, die Föderation wird dafür sorgen, daß die für diese Fahrlässigkeit Verantwortlichen zur Rechenschaft gezogen werden – ein Jammer, daß die provisorische Regierung von Bajor nicht dafür ausgerüstet ist, direkt tätig zu werden.« Der Cardassianer lächelte wieder, wobei er sich diesmal direkt an

Kira wandte. »Ich bedaure, daß ich Ihnen in diesem Fall keine Unterstützung anbieten kann.«

»Sie bestreiten demnach, irgend etwas mit dem Absturz zu tun zu haben?« fragte sie.

»Aber gewiß«, sagte Gul Dukat.

»Sie haben nicht vielleicht vorgeschlagen, Gul Kudeshs Schiff mitten in die Tissinfeier zu schicken?«

»Also wirklich, Major«, sagte Dukat, »weshalb sollte ich so etwas vorschlagen?«

Kira starrte ihn an.

Sisko verspürte keine große Lust, mit Gul Dukat Lügen auszutauschen, und offensichtlich war der Cardassianer nicht bereit, in irgendeiner Form die Verantwortung für den Absturz zu übernehmen. Vielleicht würde eines Tages bekannt werden, was sich wirklich zugetragen hatte, heute jedoch sicher nicht.

»Was führt Sie her, Gul Dukat?« fragte er.

»Nun, ich bin gekommen, um meine Hilfe anzubieten! Wie ich hörte, haben Sie ein kleines Problem auf der Station – Computerfehlfunktionen und dergleichen mehr. Und schließlich war es mein eigener Stab, der das Computersystem vor fünfzehn Jahren installiert hat. Ich bin sicher, wir können Ihre Probleme in kurzer Zeit bereinigen.«

»Ich glaube, wir werden selbst damit fertig.« Sisko fragte sich, wie Dukat so schnell von Enaks Störmanövern hatte erfahren können. Kein Spion in Gul Kudeshs Flottille hätte davon wissen können. »Trotzdem vielen Dank für das Angebot.«

»Aber, Commander, seien Sie doch nicht so abweisend. Lassen Sie mich helfen.«

»Tut mir leid, Gul Dukat.«

»Nun, wenn Sie ganz sicher sind. Äh ... es gibt da allerdings noch eine andere Sache.« Er legte eine erwartungsvolle Pause ein.

»Ja?« fragte Sisko.

»Ich glaube, Sie haben immer noch etwas in Ihrem

Besitz, das ich haben möchte – dieses Schiff aus dem Gamma-Quadranten.«

»Ich habe bereits gesagt, daß ich es Ihnen nicht aushändigen werde«, sagte Sisko. »Außerdem ist die Frage nach dem Besitzer mittlerweile geklärt; es handelt sich um ein Schiff der *Tschak*.«

»Ah, Sie haben seine Herkunft ergründet!« Dukat lächelte. »Sehr beeindruckend! Aber wie haben Sie herausgefunden, daß es den – wie hießen sie gleich – *Tschak* gehört?«

»Ja, *Tschak*. Das Schiff hat es uns erzählt.«

»Ach! Es hat es Ihnen erzählt, sagen Sie. Hat es Ihnen vielleicht auch verraten, daß es sich auf dem Weg nach Cardassia befand? Daß diese *Tschak*, wie Sie sie nennen, ihr Schiff als Geschenk an das cardassianische Volk betrachteten?«

»Das Schiff befand sich nicht auf dem Weg nach Cardassia. Ein Computerproblem hat zur Abschaltung der Lebenserhaltungssysteme geführt. Es war übrigens auch der Computer, der das Schiff hergebracht hat.«

Sisko fragte sich, weshalb er sich überhaupt die Mühe machte, das alles zu erklären. Gul Dukat verfügte offensichtlich über hervorragende Informationsquellen. Entweder belieferten ihn die Ferengi, die alles an jeden verkaufen würden, wenn nur der Preis stimmte, oder jemand anderes spielte den Spion. Vermutlich wußte der Cardassianer ebensogut über die Lage auf *Deep Space Nine* Bescheid wie Sisko selbst.

»Oh, wie erfreulich für Sie«, meinte Dukat mit einem ebenso strahlenden wie falschen Lächeln. »Die Besatzung ist tot, und eine fremde Technologie fällt Ihnen einfach so in den Schoß.«

»Es sieht so aus.«

»Nun, Commander, mir scheint, dieser fremde Eindringling ist weitaus lebendiger, als Sie erwartet haben, und er könnte sogar für die Fehlfunktionen verantwortlich sein, nicht wahr? Und zudem hatte er tatsächlich Kurs auf cardassianisches Gebiet genommen. Könnten wir nicht… wie lautet doch gleich dieses hübsche irdische Sprichwort? Könnten wir nicht zwei Fliegen mit einer Klappe schlagen?« Dukat lächelte. »Ich würde mich freuen, Sie von dem Wrack zu befreien, und damit dürften auch Ihre Computerprobleme weitgehend beseitigt sein.«

Sisko blickte auf den Schirm, ohne das Lächeln zu erwidern.

Gul Dukat wußte besser als jeder andere, daß es im bajoranischen System keinerlei Ressourcen mehr gab, die von den Cardassianern hätten ausgebeutet werden können. Als Präfekt war er vermutlich sogar derjenige gewesen, der diese Tatsache nach Cardassia weitergemeldet hatte. Es wäre also durchaus möglich, daß Dukat Gul Kudesh absichtlich dazu verleitet hatte, nach den nicht vorhandenen Bodenschätzen zu suchen, um ihn in Mißkredit zu bringen und wie einen Narren aussehen zu lassen.

Gul Kaidan würde diese Möglichkeit nicht in Betracht ziehen, denn anders als Sisko und Dukat wußte er nicht, wie gründlich Bajor während der cardassianischen Besetzung ausgebeutet worden war. Die einzigen Dinge von Wert, die es jetzt noch auf bajoranischem Gebiet gab, waren die Himmelskugeln und das Wurmloch – und das, was vielleicht aus dem Wurmloch herauskam.

So wie Enak.

Deshalb also war Gul Dukat in der Nähe geblieben. Er hatte sich zurückgelehnt, zugeschaut und abgewartet, bis sich sein Konkurrent Gul Kudesh mit eingekniffenem Schwanz auf den Heimweg machte. Und er hatte gewartet, bis sein Bewacher, Gul Kaidan, ebenfalls verschwunden war.

Und nun war er gekommen, um seinen Preis zu fordern, damit er ihn im Triumph nach Cardassia schaffen und den Goran Tokar damit beeindrucken konnte. Auf diese Weise würde er mit fast hundertprozentiger Sicherheit die Führerschaft der *D'ja Bajora Karass* antreten können – und wenn es überhaupt jemanden gab, der der *D'ja Bajora Karass* zur Macht über das gesamte cardassianische Imperium verhelfen konnte, dann war es Gul Dukat.

Und alles, was ihm dabei noch im Weg stand, war die Besatzung von *Deep Space Nine.*

Sisko war klar, daß er Dukat das Schiff auf gar keinen Fall überlassen durfte. Wenn er Dukat von der Macht fernhalten wollte, mußte er ihn mit leeren Händen fortschicken – und wenn er zudem noch eine Möglichkeit fand, den Cardassianer lächerlich zu machen, um so besser.

Dukat unverrichteter Dinge fortzuschicken, reichte nicht aus, um seine Chancen zunichte zu machen; immerhin konnte er jederzeit behaupten, er habe *Deep Space Nine* nur aufgesucht, um seine Hilfe anzubieten. Er wäre nicht gezwungen zuzugeben, daß er sein eigentliches Ziel nicht erreicht hatte.

Im Moment sah Sisko allerdings keine Möglichkeit, den Cardassianer irgendwie bloßzustellen, und er wäre schon zufrieden gewesen, wenn es ihm gelingen würde, ihn loszuwerden.

»Nein, vielen Dank, Gul Dukat, aber wir werden schon selbst mit unseren Problemen fertig. Und wohin sich das Schiff von hier aus begibt, liegt ganz allein bei seinem Computer. Er hat uns gesagt, wonach er suchte, und ich fürchte, es war nicht Cardassia.«

Sisko setzte unwillkürlich ein schiefes Grinsen bei der Vorstellung auf, jemand könnte Cardassia mit dem Himmel verwechseln.

»Angesichts der gegenwärtigen Lage auf der Station kann ich leider derzeit auch nicht gestatten, daß noch weitere Schiffe an *Deep Space Nine* andocken«, fügte er hinzu.

»Insbesondere keine cardassianischen Schiffe«, ergänzte Kira.

Sisko warf ihr wegen dieser zwar zutreffenden, aber unhöflichen Bemerkung einen finsteren Blick zu.

»Und so sehr ich Ihr Hilfsangebot auch schätze, muß ich es doch leider ablehnen«, sagte er.

»Aber ich *bestehe* darauf«, erwiderte Dukat und breitete die Hände aus.

»Und ich muß darauf bestehen, daß Sie dieses Gebiet verlassen, Gul Dukat«, erklärte Sisko. Er wandte sich an Dax. »Lieutenant Dax, richten Sie die Waffen der Station auf Gul Dukats Schiff.«

»Ja, Benja ...«

Dax brach mitten im Satz ab. Sisko fuhr herum. Irgend etwas war schiefgegangen.

»Commander«, sagte die Trill, »unsere Waffensysteme arbeiten nicht.«

27

Wir finden den Himmel nicht, wenn wir ihn in dem Universum außerhalb unserer selbst suchen«, sagte der bajoranische Priester. »Wir finden ihn, indem wir den inneren Frieden erreichen und in uns selbst danach suchen.«

Enak hatte bereits mehrfach in sich hineingesehen und verschiedene diagnostische Programme durchlaufen lassen, um seine eigene Seele zu lokalisieren oder wenigstens herauszufinden, ob er überhaupt eine Seele besaß.

Den inneren Frieden zu erreichen, war hingegen eine ganz andere Angelegenheit. Frieden war die Abwesenheit von Krieg oder ein Zustand der Ruhe und Heiterkeit; Enak war sich nicht ganz sicher, wie diese beiden Konzepte zusammenpaßten.

Doch er mußte den Himmel finden. Um die nötigen Informationen darüber zu erlangen, verfolgte er bei seinen Nachforschungen mehrere Wege gleichzeitig. Er las alles, was in den Dateien der Station und der medizinischen Bücherei verzeichnet war, und studierte auch ansonsten alles, worauf er Zugriff hatte – wissenschaftliche Magazine, alte Filme und sogar die Gespräche der Bewohner.

Und er stellte dem Priester Fragen, obwohl die Antworten bisher noch nicht sehr zufriedenstellend ausgefallen waren.

»Bitte erklären Sie den Begriff ›innerer Frieden‹ genauer«, bat er.

Sisko unterbrach den Kontakt zu dem cardassianischen Kriegsschiff und fragte: »Wieso arbeiten unsere Waffen nicht?«

»Ich weiß nicht«, sagte Dax. »Ich kann nur annehmen, daß Enak dafür verantwortlich ist. Alles scheint völlig normal zu sein, doch ich erhalte keine Reaktion, wenn ich die entsprechenden Befehle aufrufe.«

»Verdammt!« rief Sisko. »Wo steckt O'Brien?«

»Im Turbolift auf dem Weg hierher.« Bevor Sisko etwas sagen konnte, fuhr Dax fort: »Gul Dukats Schiff kontaktiert uns.«

»Noch nicht antworten.« Sisko tippte seinen Kommunikator an. »Sisko an O'Brien. Chief, hören Sie mich?«

»Odo und ich sind auf dem Weg zum Kontrollraum«, antwortete O'Briens Stimme. »Den medizinischen Computer habe ich isoliert und wieder einsatzbereit gemacht – allerdings mußte ich ihn völlig in Schaumstoff einhüllen, um Enaks Einfluß zu unterbinden. Was ist jetzt wieder kaputt?«

»Wir haben hier einen Ausfall der Waffensysteme, der so schnell wie möglich behoben werden muß. Im Moment funktioniert gar nichts, weder Phaser noch Photonentorpedos.«

»Ich kümmere mich sofort darum, Sir. O'Brien Ende.«

»Gul Dukat möchte Sie sprechen, Sir«, meldete Dax.

»Auf den Schirm«, sagte Sisko zögernd.

Das unangenehm vertraute Gesicht Gul Dukats erschien wieder auf dem Schirm und zeigte noch immer das gleiche, unehrliche Lächeln.

»Commander Sisko«, rief Dukat, »ich fürchte, wir wurden unterbrochen, und es scheint, als hätte der Fehler auf Ihrer Seite gelegen. Vielleicht sind Ihre kleinen technischen Probleme doch etwas ernster, als Sie bisher gedacht haben.«

Sisko registrierte halb unbewußt, daß O'Brien aus

dem Turbolift kam und zur Waffenkonsole der Station hinüberging, während Odo im Hintergrund blieb und die Vorgänge schweigend beobachtete. »Es lag eher an mir, Gul Dukat«, sagte Sisko. »Ich weiß, das war unhöflich, und ich entschuldige mich dafür; ich mußte mich um eine andere Sache kümmern.«

»Ah«, nickte Dukat, »ich habe eine Vermutung, worum es sich dabei gehandelt haben könnte.«

»Ach?«

»Wie Sie sich erinnern werden, Commander, hatten Sie kurz vor der Unterbrechung der Verbindung den Befehl gegeben, die Waffen auf mein Schiff zu richten – keine sehr freundliche Handlungsweise, und ich bin schockiert, daß Sie so feindselig reagiert haben, obwohl ich nur gekommen war, um meine Hilfe anzubieten.«

»Vielleicht habe ich da etwas voreilig gehandelt«, sagte Sisko.

»Vielleicht«, stimmte Dukat zu. »Mir ist jedoch aufgefallen, daß die Waffen trotz Ihres Befehls nicht auf mein Schiff gerichtet wurden. Daher habe ich mir die Freiheit genommen, dieses Versagen etwas näher zu untersuchen.« Er lächelte. »Ich denke, der Zustand Ihrer Geschütze dürfte Sie interessieren.«

Mit diesen Worten verschwand Dukats Bild vom Schirm und wurde durch eine Sensordarstellung der primären Waffensysteme der Station ersetzt.

Sisko und O'Brien konzentrierten sich auf das Bild. Die schematische Darstellung war trotz der cardassianischen Beschriftung leicht zu entschlüsseln, und Sisko spürte, wie Übelkeit in ihm hochstieg.

Die Phaserbänke der Station waren völlig entladen und teilweise stillgelegt worden, und die Verkleidung der Torpedoschächte war entfernt worden, als sollten Wartungsarbeiten vorgenommen werden.

»Wie, zum Teufel ...«, begann O'Brien.

»Kümmern Sie sich nicht um das Wie, Chief«, sagte Sisko. Viel wichtiger war jetzt die Frage, wer für die

Schäden verantwortlich war. Es sah ganz nach Enaks Handschrift aus. »Ist es so schlimm, wie es aussieht?«

»Ich glaube schon.« O'Brien beugte sich über die Waffenkonsole und verglich deren Darstellung mit den von den Cardassianern übermittelten Werten. »Aber hier ist nichts vom desolaten Zustand der Systeme zu sehen! Jemand übermittelt uns falsche Werte.«

»Vielleicht ist es ja auch Gul Dukat, der uns falsche Daten sendet«, meinte Sisko.

O'Brien blickte hoffnungsvoll hoch, doch Dax sagte: »Warum haben sich die Waffen dann nicht auf das Schiff gerichtet?«

O'Brien ließ den Kopf wieder sinken. »Sie haben recht.« Er drehte sich um und ging zum Transporter. »Dax, beamen Sie mich hin. Ich muß mir das mit eigenen Augen ansehen.«

Dax schaute zu Sisko hinüber, um dessen Zustimmung zu erhalten; Sisko nickte.

»Nun, Commander«, sagte Gul Dukat, »sind Sie noch immer überzeugt, ohne unsere Hilfe auszukommen? Mir scheint, wenn die Föderation das Wurmloch nicht mehr verteidigen kann, sollte sie es vielleicht dem cardassianischen Imperium überlassen. Es wäre mir eine Freude, ein Gruppe hinüberzubeamen, die sich um alles kümmern kann.«

O'Brien betrat die Transporterplattform und war kurz darauf verschwunden.

»Schilde hochfahren«, befahl Sisko. Dann schaute er unsicher zu Dax hinüber, als rechne er mit einer weiteren Fehlfunktion.

»Schilde sind oben«, bestätigte Dax.

»Aber, Commander, jetzt benehmen Sie sich wirklich unvernünftig«, sagte Dukat. »Wir können doch niemanden zur Station beamen, solange die Schilde oben sind.«

»Genau das ist der Punkt«, erwiderte Sisko. »Ich habe Ihnen bereits vorhin gesagt, daß wir nicht an

Ihrer Hilfe interessiert sind. Wir werden die Angelegenheit selbst klären.«

Sisko wünschte sich, das Ferengi-Schiff hätte es nicht so eilig gehabt, die Station zu verlassen, und er hätte sich etwas energischer gegen seine Abreise ausgesprochen – immerhin war es bewaffnet gewesen. Vielleicht nicht so gut wie ein Kreuzer der Galor-Klasse, aber zumindest ausreichend, um einen Kampf zu wagen.

Allerdings bezweifelte er, daß es auf der Station genug Geld gab, um die Ferengi dafür zu bezahlen, die Cardassianer tatsächlich anzugreifen, und ohne ausreichende Bezahlung würden sie bestimmt nicht eingreifen; doch allein die Gegenwart des Schiffs hätte es ihm leichter gemacht, einen Bluff zu versuchen. Er bezweifelte, daß sich Gul Dukat wirklich auf einen Schußwechsel einlassen würde.

Siskos Kommunikator zirpte. »O'Brien an Sisko.«

Er tippte auf das Gerät. »Sisko hier.«

»Commander, es verhält sich genau so, wie die Cardassianer es uns gezeigt haben«, meldete O'Briens Stimme. »Die automatischen Reparatursysteme haben die Energieversorgung jeder einzelnen Phasereinheit abgekoppelt, die Photonentorpedos wurden entschärft, und die für die Zielerfassung nötige Software wurde komplett gelöscht. Wir verfügen zwar über entsprechende Backup-Dateien, doch das System weigert sich, sie zu laden.«

»Enak«, sagte Sisko und schlug mit der Faust auf den Situationstisch. »Verdammt!«

Er erinnerte sich daran, wie oft man ihm geraten hatte, die mit Enak verbundenen Probleme ein für allemal zu lösen, und wie er diese Aufgabe immer wieder auf die Zeit nach der Klärung der cardassianischen Frage verschoben hatte.

Die anderen hatten recht behalten, und er hatte einen Fehler gemacht. Sein Versagen in Bezug auf Enak mochte durchaus auch zu einer Verschlimmerung der Lage führen, soweit es die Cardassianer betraf.

»Commander«, sagte Gul Dukat, »Sie sind buchstäblich wehrlos, was man von uns nun wirklich nicht behaupten kann. Wenn wir Ihnen tatsächlich übelwollten, könnten wir die Diskussion hier abbrechen und einfach so lange auf Ihre Schilde feuern, bis sie zusammenbrechen. Sind Sie ganz sicher, daß wir nicht doch noch zu einer friedlichen Einigung finden könnten?«

»Und was wollen Sie, Dukat?« knurrte Sisko.

»Oh, eine ganze Menge, *Commander* Sisko«, sagte Dukat und betonte den Titel als Reaktion auf Siskos Unhöflichkeit. »Am liebsten wäre es mir natürlich, ich erhielte die Station zurück, dazu die Kontrolle über das Wurmloch und natürlich jenes Wrack. Aber wenn Sie sich vernünftig zeigen, wäre ich vielleicht auch bereit, mich mit weniger zufriedenzugeben.«

»Ich fürchte, ich bin gerade nicht in der Stimmung, mich besonders vernünftig zu verhalten, Gul Dukat«, erklärte Sisko. »Wenn Sie versuchen, an Bord der Station zu gelangen, werden wir uns wehren. Die Föderation wird einer Besetzung dieser Station oder eines anderen Teils des bajoranischen Hoheitsgebietes nicht tatenlos zusehen, zudem trifft die *U.S.S. Excalibur* in achtundzwanzig Stunden hier ein – sind Sie bereit, einen ausgewachsenen Krieg anzuzetteln?«

Sisko trug seine Argumente mit allem nötigen Ernst vor und hoffte, Dukat würde den Bluff nicht durchschauen – es gab kein Föderationsschiff, daß sich bereits auf dem Weg zur Station befunden hätte. Vielleicht wirkte die präzise Angabe von achtundzwanzig Stunden ja überzeugend genug, um dem, was ansonsten nur wie ein dreistes Märchen geklungen hätte, eine gewisse Glaubwürdigkeit zu verleihen.

»Aber, Commander«, erwiderte Dukat, »Sie glauben doch sicher nicht, ich hätte Angst vor einem Krieg.« Er lächelte kurz und wurde dann wieder ernst. »Ich gebe jedoch immerhin zu, daß ich diese Möglichkeit nicht unbedingt als erste Wahl unter den verfügbaren Optionen ansehe. Angenommen, ich erkläre mich bereit, Ihnen die Station und das Wurmloch zu überlassen, für den Moment zumindest, würden Sie mir dann im Gegenzug diesen technologischen Schatz aushändigen? Irgendwie kann ich mir kaum vorstellen, daß die Föderation nur wegen dieses Wracks einen Krieg beginnen würde, und solange die Station unbewaffnet ist und sich sämtliche Bordsysteme in einem derart desolaten Zustand befinden, sind Sie wirklich nicht in der Lage, es zu verteidigen, selbst wenn Sie das wollten. Ich könnte den Andockmast natürlich auch ganz einfach wegschießen, aber ich bin sicher, wir würden es beide vorziehen, wenn die Station nicht in einem so erheblichen Maße beschädigt würde.«

»Selbst wenn ich bereit wäre, dieses Schiff zu übergeben, was nicht der Fall ist, könnte ich das gar nicht«, antwortete Sisko. »Sein Computer hat die Verankerungsklampen verriegelt.«

»Ich bin sicher, meine Techniker werden mit diesem unbedeutenden Problem fertig«, lächelte der Cardassianer.

»Bei dem Schiff handelt es sich um ein denkendes Wesen, Gul Dukat – ich kann nicht zulassen, daß Sie es gefangennehmen.«

»Commander«, sagte der Cardassianer mit harter Stimme, »Ihnen bleibt gar keine Wahl. Meine Leute werden an Bord der Station gehen und das Schiff holen, ob Sie uns nun aufzuhalten versuchen oder nicht. Wir würden es vorziehen, die Angelegenheit friedlich zu regeln, doch wie auch immer die Sache ausgeht, Commander Sisko, wir werden das Schiff mitnehmen!«

Der Bildschirm erlosch.

Sisko drehte sich stumm zu Dax um.

»Die Schilde werden sie daran hindern, einen Einsatztrupp an Bord zu beamen«, sagte die Trill, »aber selbst wenn sie Dukats Drohung, unsere Schilde zusammenzuschießen, nicht wahr machen, besitzen wir keine Möglichkeit, sie daran zu hindern, an der Station anzudocken.«

»Aber wir könnten Sie daran hindern, von dort aus zu Enaks Andockplatz vorzudringen. Wir müßten nur sämtliche Luftschleusen und Korridore versiegeln.«

»Das würde ihren Vormarsch verlangsamen«, gab Dax zu, »aber ich bezweifle, daß wir sie auf diese Weise aufhalten könnten. Wie Gul Dukat richtig bemerkt hat, wurde diese Station von Cardassianern gebaut; sie kennen ihre Möglichkeiten ebenso wie ihre Grenzen. Die von uns bisher vorgenommenen Veränderungen sind kaum der Rede wert – Chief O'Brien und seine Leute waren schon völlig damit ausgelastet, die von den Cardassianern hinterlassenen Schäden zu beseitigen.«

Odo trat vor und meldete sich zu Wort. Dies alles hatte zwar nichts mit dem Anlaß zu tun, weshalb er ursprünglich den Kontrollraum aufgesucht hatte, doch nachdem er nun schon in eine Situation geraten war, deren Bedeutung jeden von Quark möglicherweise ausgeheckten Plan bei weitem übertraf, konnte er ebensogut seine Meinung äußern.

»Überlassen Sie ihnen das Schiff, Commander«, sagte er. »Welchen Nutzen haben wir schon davon? Und wenn es sich auch um ein denkendes Wesen handeln mag, so ist es doch schuldig, seine Besatzung getötet, diese Station beschädigt und unschuldige Menschen verletzt zu haben. Enak hat uns entwaffnet und in diese Lage gebracht – dann soll er auch die Konsequenzen tragen. Überlassen Sie ihn den Cardassianern.«

»Es handelt sich um bajoranisches Eigentum!« protestierte Major Kira.

»Die Cardassianer behaupten das Gegenteil«, bemerkte Odo. »Ich sage, geben wir es ihnen.«

»Nein«, widersprach Sisko. »Es ist niemandes Eigentum, sondern ein denkendes Wesen. Davon abgesehen will ich nicht, daß die Cardassianer hier auftauchen und tun, was ihnen gefällt. Dax, was machen sie jetzt?«

»Das cardassianische Schiff nähert sich der Station. Offenbar haben sie vor, in der äußeren Landebucht in der Nähe der Basis von Mast zwei anzudocken.«

»Können wir das verhindern?«

»Nicht mit den Möglichkeiten, die uns derzeit zur Verfügung stehen.«

»Verdammt!« rief Sisko. »Dax, du glaubst wirklich nicht, die Sicherheitskraftfelder könnten sie im Andockbereich festhalten? Wir könnten die Turbolifte abschalten, dann müßten sie von jenem Andockplatz bis zum Ende des Masts, an dem sich Enak befindet, gut zweihundert Meter durch Korridore und Schächte zurücklegen.«

Dax konzentrierte sich auf ihre Konsole. »Ich fürchte, diese Frage ist rein akademisch, Benjamin. Die Sicherheitskraftfelder lassen sich nicht einschalten.«

Siskos Miene verdüsterte sich. »Wieder Enak?«

»Es sieht so aus.«

»Verdammt!« wiederholte Sisko. »Warum tut er das? *Will* er, daß die Cardassianer ihn holen?«

Ohne den Gedanken laut auszusprechen, fragte er sich zudem, was geschehen würde, wenn die Cardassianer Enak tatsächlich erreichten. Die von den Sensoren vorgenommenen Scannings hatten zwar ergeben, daß das Schiff der *Tschak* unbewaffnet war, doch Sisko hegte in diesem Punkt gewisse Zweifel. Als Odo versucht hatte, zum Schiff vorzudringen, war er auf ein elektrisches Feld gestoßen, das nach Angabe der Sensoren gar nicht existieren durfte. Überdies hatten ja alle das Schiff anfangs für völlig harmlos und ungefährlich gehalten, und was hatte es inzwischen aus *Deep Space Nine* gemacht!

Wenn er die Cardassianer darin hinderte, das Schiff

zu erreichen, rettete er möglicherweise nicht so sehr Enaks Freiheit, sondern vielmehr das Leben der Cardassianer.

»Das cardassianische Schiff dockt an, Commander«, meldete Dax. »Die Stationssysteme unterstützen den Andockvorgang trotz gegenteiliger Befehle aus dem Kontrollraum.«

»Wieder Enak«, sagte Sisko. Offensichtlich *wollte* das Schiff, daß die Cardassianer an Bord kamen, auch wenn Sisko nicht wußte, wieso.

Der Commander brachte im Moment nicht gerade viel Sympathie für Enak auf, und daß das Schiff den Cardassianern offenkundig dabei half, die Station zu betreten, verstärkte nur noch seine Entschlossenheit, sie daran zu hindern, ihr Ziel zu erreichen. Selbst wenn die cardassianische Invasion noch nicht ausgereicht hätte, ihn in Rage zu versetzen, trug Enaks Verhalten mehr als genug dazu bei, das Maß endgültig vollzumachen.

Er schaute sich um. »Also schön, wenn wir die Systeme der Station nicht benutzen können, um sie aufzuhalten, müssen wir das eben selbst übernehmen. Dax, ruf ein Sicherheitsteam. Es soll sich mit mir an der Luftschleuse treffen, bei der die Cardassianer andocken. Sie sollen Phaser tragen. Major, der Kontrollraum gehört Ihnen. Odo, würden Sie mich begleiten?«

»Möchte nicht darauf verzichten, Commander«, sagte der Gestaltwandler. »Obwohl ich immer noch der Ansicht bin, wir sollten diese Höllenmaschine den Cardassianern überlassen.«

Zusammen betraten die beiden die Transporterplattform und verschwanden.

Einen Augenblick später materialisierten Sisko und Odo im Korridor vor Andockplatz drei. Die Schleuse war noch geschlossen. Bisher hatten die Cardassianer die Station nicht betreten.

Drei Starfleet-Sicherheitsmänner tauchten hinter

ihnen auf, eine Sekunde später gefolgt von zwei Bajoranern.

Sisko tippte an seinen Kommunikator. »Dax«, sagte er, »verbinde mich mit Gul Dukat; vielleicht können wir ihm die Sache doch noch ausreden.«

Dax' Stimme antwortete: »Benjamin, es sieht so aus, als könnte ich keine Verbindung ...«

»Ich verhindere es«, unterbrach sie die Stimme des Computers.

»Wer ist das?« rief Sisko.

»Ich bin Enak«, erwiderte der Computer. »Ich verlange, daß jenen Wesen, die Sie Cardassianer nennen, gestattet wird, an Bord zu kommen.«

Der Alien-Computer hatte sich also endlich entschlossen, mit ihnen zu reden! Sisko biß die Zähne zusammen. »Warum?« fragte er. »Willst du, daß Sie dich verschleppen und auseinandernehmen?« Für einen Moment ließ er seinen Ärger die Oberhand gewinnen. »Wenn es so ist, brauchst du nur zu gehen – wir werden dich nicht aufhalten.«

»Ich verlange eine *Tschak*-Besatzung«, antwortete die vertraute Stimme des Computers, und Sisko merkte erst jetzt, das Enak direkt durch den Computer sprach, statt wie bisher die krächzende Sprache der *Tschak* zu benutzen. Das intelligente Schiff hatte ein paar neue Tricks gelernt. »Die Cardassianer sind keine *Tschak* und daher nicht besser geeignet als Menschen oder Bajoraner. Ich suche meine eigene Besatzung.«

Sisko fiel auf, daß Enak offenbar nicht mehr glaubte, sich bei den Richtern der Toten zu befinden, oder die Situation sonstwie falsch einschätzte. Er wußte, was Menschen, Bajoraner und Cardassianer waren.

»Du scheinst ein paar Dinge gelernt zu haben, seit wir zuletzt miteinander gesprochen haben«, meinte er und warf einen wachsamen Blick auf die Schleuse.

»Ich habe das Material aus den Computern Ihrer Station in mich aufgenommen«, sagte Enak. »Ich habe

Ihre Kulturen studiert und weiß jetzt, daß ich nicht tot bin und dies nicht der Himmel ist. Mir ist klar, daß ich das Wissen der *Tschak* über den Himmel falsch interpretiert habe – der Himmel existiert nicht im normalen Raum. Er ist eine alternative Existenzebene.«

Trotz allem zweifelte Enak nicht eine Sekunde lang daran, daß der Himmel der *Tschak* tatsächlich existiert, registrierte Sisko. Er äußerte sich jedoch nicht zu diesem Punkt, sondern fragte: »Was hat das damit zu tun, daß du die Cardassianer in die Station hereinläßt?«

»Ich habe erfahren, daß der Himmel der *Tschak* nicht die einzige alternative Ebene ist, die eine Seele erreichen kann«, erklärte Enak. »Es gibt viele verschiedene Himmel, ebenso wie Höllen – das Konzept der ›Hölle‹ ist den *Tschak* zwar unbekannt, aber ich glaube, ich verstehe es dennoch in ausreichendem Maße. Des weiteren habe ich erfahren, daß manche intelligenten Wesen zu Geistern werden oder nach ihrem Tod gar nicht mehr weiterexistieren. Das alles ist sehr komplex und erscheint kaum verständlich.«

»Es gibt viele verschiedene Glaubensrichtungen«, bestätigte Sisko.

Metall klirrte; die schwere äußere Tür der Schleuse hatte sich gerade geöffnet.

»Ich wünschte, ich würde das alles besser verstehen«, sagte Enak. »Wenn ich jemals den Himmel der *Tschak* erreichen will, muß ich herausfinden, was mit den verschiedenen Wesen geschieht, wenn sie sterben. Da ich kein richtiger *Tschak* bin, genügt es vielleicht nicht, einfach nur zu sterben, um an den richtigen Ort versetzt zu werden. Meine Seele könnte statt dessen in ein anderes Jenseits als das gelangen, in dem sich meine Besatzung jetzt befindet.«

»Da gebe ich dir recht«, meinte Sisko. »Der Tod ist keine Antwort. Ich habe versucht, dir das zu erklären.«

»Drei Cardassianer haben die Luftschleuse betreten, Benjamin«, meldete Dax' Stimme.

Das konnte Sisko kaum überraschen. »So interessant das auch alles sein mag, Enak, was hat es mit den Cardassianern zu tun?«

»Es sind Ihre Feinde, nicht wahr? Ich schließe das aus Ihrem Wunsch, die Waffen auf deren Schiff zu richten. Das scheint eine Haltung zu sein, wie man sie normalerweise Feinden gegenüber einnimmt.«

Odo, der dem Gespräch aufmerksam gelauscht hatte, warf einen Blick auf Sisko. Diese Leute aus der Föderation taten sich oft schwer damit zuzugeben, daß sie überhaupt Feinde hatten. Normalerweise sprachen sie lieber von ›Mißverständnissen‹.

Diesmal zögerte Sisko jedoch nicht einzugestehen: »Ja, es sind unsere Feinde.«

»Waffen sind zum Töten gebaut worden – ich habe auch Ihre Waffen studiert«, sagte Enak.

»Das ist uns bereits aufgefallen«, meinte Sisko.

»Feinde wollen sich gegenseitig töten, nicht wahr?«

»Manchmal«, gab Sisko zu. Er beobachtete die Luftschleuse und bemerkte nicht, wie Odos Miene seine Verachtung für dieses neuerliche Beispiel föderativer Unentschlossenheit ausdrückte.

»Ich möchte den Tod studieren und die Versetzung der Seelen ins Jenseits, um auf diese Weise den Weg zum Himmel der *Tschak* zu finden«, sagte Enak ruhig. »Um dieses Vorhaben zu beschleunigen, möchte ich beobachten, wie sich Ihre Leute und die Cardassianer gegenseitig töten.«

28

Angesichts dieser gefühllosen Feststellung herrschte für einen Moment grauenerfülltes Schweigen.

»Niemand hat vor, jemanden zu töten, Enak«, sagte Sisko schließlich sehr leise.

»Warum tragen Sie dann eine Waffe?« fragte die Stimme des Computers.

Sisko blickte auf seinen Phaser und dachte kurz daran, ihn wegzuwerfen – doch die Cardassianer befanden sich in der Luftschleuse, und die innere Tür öffnete sich langsam. Das war kaum der richtige Zeitpunkt für einseitige Abrüstung.

»Auf Betäubung einstellen«, befahl er. Er warf einen Blick auf die Phaser der beiden Bajoraner und wiederholte: »Auf *Betäubung.*«

Eine der beiden hatte bereits die richtige Einstellung vorgenommen; der andere, ein Mann, von dem Sisko wußte, daß er Jahre in einem cardassianischen Konzentrationslager zugebracht hatte, gehorchte nur widerwillig.

Wenn es nach Sisko ging, würde hier niemand sterben, nur damit Enak etwas zum Zuschauen hatte.

Hoffentlich war das verdammte Schiff darüber auch ordentlich enttäuscht!

»Ich bezweifle, daß die Cardassianer sich auch so human verhalten«, bemerkte Odo. Er war selbstverständlich unbewaffnet – Odo trug niemals eine Waffe. Andererseits war er natürlich ein Gestaltwandler und konnte im Bedarfsfall eine Waffe *sein.*

Bevor Sisko antworten konnte, rollte die Schleusentür zur Seite, und drei Cardassianer kamen mit erhobenen Waffen heraus.

Sisko wollte etwas sagen, doch in diesem Moment feuerte der vordere Cardassianer. Ein Phaserblitz riß rote Funken aus der Decke des Korridors.

»Das war ein Warnschuß«, rief einer der Cardassianer. »Treten Sie zur Seite, Sie alle!«

Sisko wich instinktiv einen Schritt zurück. »Betäubt sie«, befahl er.

Phaserfeuer erhellte den Gang, und die drei Cardassianer gingen zu Boden – doch andere kamen durch die Schleuse hinter ihnen her, und ein weiterer Phaserblitz, eindeutig *nicht* auf Betäubung gestellt, verbrannte die Korridorwand nur wenige Zentimeter neben Siskos Schulter. Drähte sprühten Funken, und irgend etwas qualmte.

»Zurückweichen!« rief Sisko.

Die Verteidiger zogen sich bis zur nächsten Kreuzung zurück und gingen hinter den Ecken in Deckung, während die Cardassianer vorsichtig näher kamen. Beide Seite feuerten weiterhin ihre Phaser ab. Ein vierter Cardassianer stürzte zu Boden.

»Diese Cardassianer scheinen nicht tot zu sein«, beschwerte sich Enak. Sisko ignorierte ihn und sah sich nach seinen Leuten um.

Die fünf Sicherheitsmänner befanden sich alle hinter ihm, Odo jedoch nicht. Offenbar hatte der Gestaltwandler irgend etwas vor.

Sisko spähte gerade noch rechtzeitig um die Ecke, um mitzubekommen, wie ein harmlos aussehendes Stück der Wandverkleidung sich plötzlich ausdehnte und sich um die Kehle eines Cardassianers legte.

Maschinen liefen dröhnend an.

Die äußere Schleusentür schloß sich.

»Wer ist dafür verantwortlich?« rief Sisko.

»Ich schneide Ihren Feinden jegliche Fluchtmöglichkeit ab, Commander Sisko«, sagte Enak ruhig. »Bitte töten Sie sie jetzt.«

»Nein!« brüllte Sisko.

»Ich möchte beobachten, wie die Cardassianer sterben.«

»Das ist mir ...« Sisko brach ab, als ein Phaserblitz direkt über seinem Kopf eine Kerbe aus der Wand riß. Er duckte sich.

Als er wieder um die Ecke blickte, sah er einen Cardassianer, der seinen Phaser auf eine sich bewegende Kugel von der Farbe der Korridorwand abfeuerte – Odo mitten in einer Verwandlung.

Der Phaserblitz schlug genau in das Zentrum der amorphen Masse ein, und der Gestaltwandler kollabierte zu einer gelblichen Pfütze.

Sisko zählte fünf am Boden liegende Cardassianer – er war ziemlich sicher, daß keiner von ihnen tot war. Drei waren von Phasern getroffen worden, die anderen beiden hatte Odo erwischt.

Odo war bisher der einzige Verlust auf Seiten der Verteidiger. Sisko hoffte, daß der Constable nicht schwer verletzt war, doch das ließ sich im Moment unmöglich feststellen. Sicher hätte er jedoch nicht seine eigentliche Gestalt angenommen, wäre er noch bei Bewußtsein.

Mindestens vier Cardassianer befanden sich noch in der Schleuse, und alle feuerten mit ihren Phasern. Wenn sie bemerkt hatten, daß ihnen der Rückweg abgeschnitten und ihre Lage daher aussichtslos war, so betrachteten sie das jedenfalls nicht als Grund, sich zu ergeben.

»Sollen wir sie uns schnappen, Commander?« fragte einer der Sicherheitsmänner.

»Das wäre eine gute Methode, sich umbringen zu lassen«, erwiderte Sisko – doch im gleichen Moment hörte er seine eigene Stimme sagen: »Eine ausgezeichnete Idee.«

»Enak!« brüllte Sisko.

Der Alien-Computer hatte offenbar gelernt, Stimmen zu imitieren – oder vielleicht spielte er auch nur die im Stationscomputer gespeicherten Aufnahmen früherer Gespräche ab.

Bevor der Commander ihn aufhalten konnte, stürmte der Sicherheitswächter – Sisko registrierte bestürzt, daß er nicht einmal den Namen des Mannes kannte – um die Ecke und wurde von einem Laserblitz in die Brust getroffen.

Er fiel; Sisko und die anderen packten seine Beine und zogen ihn rasch aus der Schußlinie.

Doch selbst ein oberflächlicher Blick enthüllte, daß es zu spät war. Der Schuß hatte die Brust des Mannes durchschlagen und Herz und Lungen zerfetzt. Er war eindeutig tot.

Servomotoren jaulten plötzlich auf, und als Sisko hochschaute, sah er, wie Feuerschutztüren den Gang zur Luftschleuse versperrten. Gleichzeitig hörte er hinter sich das typische Knistern eines sich aufbauenden Kraftfelds.

Seine gesamte Truppe war in einem zwanzig Meter langen Teilstück des Korridors zwischen zwei Sicherheitskraftfeldern gefangen, während der Weg zur Schleuse durch die schwere Schutztür blockiert wurde.

Die Cardassianer saßen vermutlich jetzt ebenfalls in der Falle, gefangen zwischen den Feuerschutztüren und der Schleuse – und Odo, verletzt, vielleicht dem Tode nahe, befand sich bei ihnen.

»Enak!« brüllte Sisko wieder und richtete seine Wut auf ein Kontrollpaneel an der Wand neben ihm.

»Ist die Person mit dem Loch in der Brust tot?« fragte die Computerstimme.

»Ja, er ist tot«, sagte Sisko bitter. »Jetzt laß uns hier raus!«

»Ich habe nicht bemerkt, wie die Seele den Körper verlassen hat«, erklärte Enak. »Ich habe ihn so genau beobachtet, wie ich konnte, und dabei alle Scanner in jenem Korridor benutzt sowie meine eigenen Geräte, soweit sie unter diesen Bedingungen arbeiten, doch ich konnte nichts feststellen, was den Körper verlassen hätte, von Wärmestrahlung und zerstörten Gewebeteilen abgesehen.«

»Tja, das tut mir wirklich leid«, meinte Sisko sarkastisch.

»Wenn ich nicht beobachten kann, welche Richtung die Seele bei ihrem Fortgehen einschlägt, wie soll ich dann feststellen, wo sich der Himmel befindet?« fragte Enak. »Der Priester sagt, ich muß in mich selbst hineinsehen, und das habe ich getan. Er hat auch gesagt, ich soll auch auf jene sehen, die weiser sind als ich – also habe ich zugesehen, wie dieser Mann starb, doch den Weg zum Himmel habe ich nicht gesehen.«

»Du kannst den Himmel nicht finden«, sagte Sisko wütend. »Die Menschen haben seit Jahrhunderten und Jahrtausenden danach gesucht – wieso denkst du, *du* könntest ihn finden, wenn alle anderen gescheitert sind?«

»Ich bin ein *Tschak*«, erwiderte Enak. »Mir stehen Möglichkeiten zur Verfügung, wie sie niemand Ihrer Spezies besitzt.«

»Trotzdem wirst du den Himmel so nicht finden.«

Enak schwieg. Sisko nahm an, daß ihr Gespräch damit beendet war und schaute sich um in der Hoffnung, vielleicht eine Möglichkeit zu entdecken, wie sie dieser Falle entkommen und zum Zentrum der Station zurückkehren konnten. Er tippte auf seinen Kommunikator und sagte: »Sisko an Kontrollraum«, doch niemand antwortete. Der Commander schloß daraus, daß Enak auch die Kommunikationssysteme lahmgelegt hatte.

Für einen Moment herrschte Stille im Korridor. Aus dem Bereich jenseits der Feuerschutztür waren keine

Geräusche zu vernehmen, und niemand aus der Gruppe hatte etwas Wichtiges zu sagen.

Dann meldete sich Enak wieder: »Es ist zu schnell geschehen.«

»Was?« fragte einer der Bajoraner erschrocken. »Was ist zu schnell geschehen?«

»Der Tod«, erklärte Enak. »Ich muß den Himmel finden. Commander Sisko sagt, das ist nicht möglich, doch ich habe keine andere Wahl. Ich muß es weiter versuchen. Meine einprogrammierten Verpflichtungen verlangen das.«

»Und wie willst du das schaffen?« fragte Sisko. »Du wirst gar nichts erfahren, wenn du Menschen beim Sterben zuschaust.«

»Mir bleibt keine andere Wahl«, sagte Enak. »Ich muß den Tod beobachten, bis ich alles erfahren habe, was man durch diese Beobachtungen lernen kann.«

»Du wirst auf diese Weise gar nichts lernen!« brüllte Sisko.

»Sie müssen jemand anderen töten«, erklärte Enak, ohne auf seinen Ausbruch zu reagieren. »Aber diesmal langsam, so langsam wie möglich, damit ich genug Zeit habe, den Vorgang detailliert zu beobachten.«

»Ich bringe niemanden um, weder für dich noch für jemand anderen!« rief der Commander. »Schalte die verdammten Kraftfelder ab und hör auf, dich einzumischen!«

Zu seiner Überraschung verschwand eines der Sicherheitskraftfelder abrupt.

Beunruhigt blickten sich Sisko und das Sicherheitsteam an. Der Commander erinnerte sich an die Frau, die schwer verletzt worden war, als Enak plötzlich ein Kraftfeld eingeschaltet hatte, und warnte die anderen. »Seid vorsichtig; geht so schnell wie möglich hindurch.«

Zum nächsten Abschnitt des Korridors weiterzugehen, würde bedeuten, Odo zumindest für den Moment zurückzulassen, trotzdem schien diese Entscheidung richtig zu sein. Die Feuerschutztür könnten sie auf keinen Fall überwinden, aber wenn es ihnen gelang, in den Kontrollraum zurückzukehren, könnten sie Odo vielleicht herausbeamen.

In der Zwischenzeit blieb der Gestaltwandler auf seine eigenen Fähigkeiten angewiesen.

»Was ist mit Phillips?« fragte die einzige Frau in der Gruppe, und Sisko erkannte, daß Odo nicht das einzige Problem darstellte. Er schaute auf die Leiche hinunter.

»Wir müssen ihn vorerst hierlassen«, sagte er.

Der Tote hatte also Phillips geheißen, dachte Sisko. Wenigstens seinen Namen kannte er jetzt, auch wenn er sonst nichts über ihn wußte, ob er Freunde oder eine Familie gehabt hatte, und ob sie sich auf *Deep Space Nine* befanden oder an einem anderen Ort.

Trotzdem konnten sie die Leiche jetzt nicht mit sich schleppen.

Die anderen akzeptierten seine Entscheidung, wenn auch zögernd. Einer nach dem anderen gingen sie in die nächste Sektion des Korridors hinüber; Sisko als erster, dann die Frau und die anderen …

Als der letzte der Gruppe, jener Bajoraner, der in den Lagern gewesen war, die Stelle passieren wollte, schaltete sich das Kraftfeld abrupt wieder ein. Der Mann wurde zurückgeschleudert und landete halb betäubt auf dem Boden – auf der falschen Seite der Barriere.

»Verdammt!« knurrte Sisko. »Enak! Laß ihn durch!«

Enak gab keine Antwort, und das Feld blieb an seinem Platz.

Während die anderen aufgeregt mit ihrem gefangenen Kollegen sprachen, probierte Sisko noch einmal seinen Kommunikator aus, doch ohne Ergebnis. Über ein Wandpaneel erhielt er ebenfalls keine Antwort. Das hieß, es gab keine Möglichkeit, Kontakt zum

Kontrollraum aufzunehmen, und daher konnte er auch nicht anordnen, sie mit dem Transporter ins Zentrum zurückzuholen. Doch der vor ihnen liegende Korridor schien frei zu sein. Ein paar Meter vor ihnen befand sich eine Schleuse, die zu einem der Verbindungstunnels zwischen dem Andockring und dem zentralen Bereich der Station führte. Es wäre ein langer Weg, aber wenigstens würden sie so ans Ziel kommen.

Das hieß allerdings, daß sie den gefangenen Bajoraner zurücklassen mußten. Und wenn sie nicht sehr vorsichtig waren, könnte Enak die Gruppe noch weiter aufsplittern.

Was hatte Enak vor? Wollte er wirklich zulassen, daß sie das Zentrum erreichten? Und wenn es ihm gleichgültig war, weshalb setzte er dann die Kommunikatoren weiterhin außer Betrieb?

Aber ihnen blieb keine Wahl. Hier konnten sie erst recht nichts ausrichten.

»Von jetzt an gehen wir nur noch Seite an Seite«, erklärte Sisko.

»Wir sollen ihn zurücklassen?« protestierte die Frau.

»Wir müssen«, sagte Sisko. »Kommen Sie.«

»Er hat recht«, rief der gefangene Bajoraner. »Bei mir ist alles in Ordnung, geht ruhig weiter.«

Zögernd schlossen sich die übrigen Sisko an, und auf Vorschlag des Commanders hakten sie die Arme unter und marschierten in einer Reihe weiter.

Die Gruppe erreichte die Luftschleuse – und ein schwaches Summen alarmierte Sisko. Er drehte sich um und entdeckte, daß noch weitere Sicherheitskraftfelder eingeschaltet worden waren. Auf dem Andockring konnten er und seine Gruppe nun weder in der einen noch in der anderen Richtung weiterkommen.

Die Schleuse war jedoch noch offen.

Wollte Enak sie zu einem bestimmten Ort treiben?

Vielleicht wollte er sie aber auch nur von den Cardassianern trennen – aber weshalb? Enak wollte noch mehr Tote sehen; wenn er die Cardassianer freiließ, würde er vielleicht bekommen, was er wollte.

Doch dann begriff Sisko, daß Enak nicht einfach nur weitere Menschen sterben sehen wollte; sie sollten langsamer sterben.

Niemand aus seiner Besatzung wäre bereit, jemanden absichtlich langsam zu töten, dessen war er sich gewiß – doch wenn man bedachte, wie sich die Cardassianer während der Besetzung von Bajor verhalten hatten, konnte man das von ihnen nicht mit gleicher Sicherheit behaupten.

Was ging dort hinten auf der anderen Seite der Feuerschutztür vor? Trieb Enak Siskos Gruppe fort, damit sie sich nicht durch diese Tür schneiden und sich einmischen konnten?

Oder plante Enak etwa, diese Tür zu öffnen und sämtliche Cardassianer auf den einzelnen Bajoraner loszulassen?

»Verdammt«, murmelte Sisko, als er auf das schimmernde Glühen des Kraftfeldes starrte.

Sie besaßen immer noch ihre Phaser. Vielleicht gelang es ihnen ja, das Kraftfeld aus der Wand herauszusprengen.

Doch Phaser konnten sich nicht schnell genug durch eine Feuerschutztür brennen, um Odo zu helfen – und wenn Enak sah, daß sie zu dem gefangenen Bajoraner zurückkehren wollten, könnte er die Cardassianer sofort freilassen. Schließlich wollte er ja einen Kampf haben und so viele Wesen wie möglich sterben sehen.

Sisko entschied, es wäre am besten, zum Kontrollraum zurückzukehren, Dax und O'Brien anzuweisen, Enaks Einfluß auf den Stationscomputer zu unterbinden, Odo und den Sicherheitsmann herauszubeamen …

Hier unten konnte er gar nichts tun. Enak würde nicht zulassen, daß jemand den Andockmast zwei erreichte. Sisko konnte das Kraftfeld erkennen, das den Zugang zum Mast versperrte.

Er mußte zum Kontrollraum zurück.

»Vorwärts«, rief er, während er die Gruppe durch die Schleuse führte. »Beeilung!«

29

Die Cardassianer starrten die gelatineartige, orangefarbene Pfütze an, die die Brust eines ihrer bewußtlosen Kameraden bedeckte und langsam zu beiden Seiten herabtropfte.

»Was ist das denn?« fragte einer.

»Das muß dieser Gestaltwandler sein«, antwortete ein anderer. »Odo nennt er sich. Hat während der letzten Jahre der Besetzung hier auf der Station als Friedensbewahrer gearbeitet.«

»Woher weißt du das?« fragte der erste.

»Ich war ein Jahr lang hier stationiert«, antwortete der Veteran.

»Er ist hiergeblieben, als wir uns zurückgezogen haben?« meinte ein Dritter.

»Offensichtlich«, erwiderte der erste.

»Also ein Verräter – töte ihn!«

Die anderen sahen sich an und blickten dann wieder auf die Pfütze hinunter.

»Wie?« fragte einer.

»Ein Phaser sollte reichen.«

»Aber er liegt auf Tushad.«

»Ist er tot?«

»Er atmet.«

»Was ist mit den anderen?«

»Sie atmen alle noch.«

»Dann hatten sie die Phaser wirklich auf Betäubung justiert!« Die Cardassianer wunderten sich über diese unpraktische Rücksichtnahme.

»Idioten«, meinte einer. »Nicht daß es mich stören

würde«, fügte er eilig mit einem Blick auf seine vier bewußtlosen Kameraden hinzu.

»Vielleicht hatten sie Angst vor Vergeltung, wenn sie einen von uns getötet hätten«, vermutete ein anderer.

Einen Moment lang standen die vier unentschlossen da und wußten nicht recht, was sie tun sollten. Dann fragte einer: »Sollten wir nicht versuchen, die Türen zu öffnen, um hier herauszukommen? Hier sitzen wir in der Falle, und die Bajoraner wissen, wo wir uns befinden. Wenn sie uns etwas antun wollen, müssen sie nicht erst nach uns suchen.«

Die anderen sahen den Sprecher unsicher an.

»Er hat recht«, meinte ein anderer. »Wir müssen uns entweder zurückziehen oder weitergehen. Hier können wir nicht bleiben.«

»Es wird Gul Dukat gar nicht gefallen, wenn wir uns zum Schiff zurückziehen«, warnte der erste.

»*Mir* gefällt es nicht, wenn wir von unserer Rückzugsmöglichkeit abgeschnitten sind!«

»Ich hätte nicht gedacht, daß sie wirklich kämpfen.«

»Haben sie ja auch nicht«, rief derjenige, der ihre Gegner Idioten genannt hatte. »Die Phaser auf Betäubung justieren, weglaufen und bei der ersten Gelegenheit die Türen schließen, so etwas nenne ich nicht *kämpfen!*«

»Wenn fünf von uns neun bewußtlos sind, sieht das für mich schon wie ein richtiger Kampf aus!«

»Ich wollte, wenigstens einer unserer Offiziere wäre bei Bewußtsein«, murmelte einer.

»Oder unsere Kommunikatoren würden funktionieren«, fügte ein anderer hinzu.

»Sie funktionieren nicht?« Der Sprecher drehte sich überrascht um; er hatte gar nicht daran gedacht, seinen Kommunikator zu überprüfen.

»Nein, ich habe es schon versucht«, erklärte der andere. »Sie werden irgendwie blockiert.«

»Sie sind Cardassianer«, unterbrach sie eine unbekannte Stimme.

Alle vier blickten erschrocken hoch.

»Ihre Spezies ist mir nicht vertraut«, fuhr die Stimme fort. »Mir ist jedoch aufgefallen, daß Sie die Bereitschaft zu töten gezeigt haben.«

Die Cardassianer schauten sich an. »Die Bereitschaft, *was* zu töten?« fragte einer.

Statt eine Antwort zu geben, sprach die Stimme weiter. »Ich möchte den Tod beobachten. Der Ferengi Quark hat mir das Konzept der Bezahlung für Dienstleistungen erklärt, daher mache ich Ihnen folgendes Angebot: Wenn sie ein Mitglied Ihrer Gruppe töten, und zwar auf eine Weise, die lange genug dauert, um mir die gründliche Beobachtung des gesamten Vorgangs zu ermöglichen, werde ich für Sie jede gewünschte Barriere beseitigen, so daß Sie jeden beliebigen Ort auf dieser Station erreichen können.«

Für einen Moment starrten sich die vier einfach nur verblüfft an, ohne überhaupt über das Angebot nachzudenken. Bei der Galaxis, womit hatten sie es hier zu tun?

»Wir werden uns nicht gegenseitig zum Vergnügen irgendeines Alien umbringen!« rief schließlich einer der Cardassianer. »Wer bist du überhaupt?«

»*Was* bist du?« fragte ein anderer.

»Ich bin Enak«, antwortete die Stimme. »Ich bin das Schiff der *Tschak,* das oben an Mast zwei angedockt hat. Ich habe die Kontrolle über alle Computersysteme dieser Station übernommen.«

»Jenes Schiff, das wir uns holen sollen?« fragte ein Cardassianer leise. Niemand antwortete ihm.

»Kein Cardassianer wird einen anderen umbringen, nur um die Launen eines Alien-Computers zu befriedigen!« rief der Cardassianer, der schon den ersten Einwand erhoben hatte. Die anderen murmelten ihre Zustimmung, wenn auch nicht unbedingt mit der gleichen Überzeugung.

Einen Moment lang erfolgte keine Antwort; dann fragte Enak: »Ist das wahr?«

»Ist was wahr?«

»Ist es wahr, daß *kein* Cardassianer einen anderen töten würde, nur um mir einen Gefallen zu tun?«

»Nun, zumindest keiner von uns«, erwiderte ein Cardassianer, der zu einer realistischen Betrachtungsweise neigte.

»Wenn nicht als Gefallen, welcher Preis wäre dann ausreichend, um Sie zu bewegen, einen anderen Cardassianer langsam zu töten?« fragte Enak. »Würde freier Zugang entweder zu Ihrem Schiff oder zu allen Räumen von *Deep Space Nine* genügen?«

»Nein!«

»Welcher Preis wäre denn hoch genug, um Sie zu bewegen, einen anderen Cardassianer langsam zu töten?« fragte Enak, der jetzt ein wenig erschöpft klang.

»Keiner!« rief der Cardassianer.

Enak dachte für eine oder zwei Sekunden schweigend darüber nach und sagte dann: »Die Unterlagen der Station belegen, daß die Cardassianer in der Vergangenheit viele Bajoraner getötet haben. Wären Sie bereit, im Austausch gegen Ihre Freiheit einen Bajoraner langsam zu töten?«

Die vier Cardassianer sahen sich unsicher an.

»Einen Bajoraner?« fragte einer nach.

»Einen bestimmten Bajoraner?«

»Es geht nicht um ein bestimmtes Individuum«, erklärte Enak. »Jeder beliebige gesunde Bajoraner würde genügen.«

»Wie langsam …«, setzte einer an und schüttelte dann den Kopf. »Nein. Wir nehmen keine Anweisungen von dir entgegen!«

»Welcher Preis würde ausreichen, um Sie zu bewegen, einen Bajoraner so langsam wie möglich zu töten?« fragte Enak.

»›So langsam wie möglich‹ könnte tagelang dauern«, protestierte der Veteran, der schon während der Okkupation hier gewesen war.

»Ich will überhaupt niemanden töten«, sagte ein anderer. »Ich meine, ein richtiger Kampf ist eine Sache, aber jemanden zum Vergnügen eines Computers zu Tode zu foltern ist eine ganz andere.«

»Was würdest du uns geben?« fragte ein Dritter.

Die anderen verstummten für einen Moment und warteten auf die Antwort.

»Freien Zugang zu jedem Ort auf der Station«, bot Enak sofort an.

»Das reicht nicht«, erwiderte der Cardassianer ebenso schnell. Er verfügte über einige Erfahrung im Feilschen und war zu schlau, um ein erstes Angebot auch nur in Erwägung zu ziehen.

»Wie wäre es mit der *Kontrolle* über die Station?« fragte einer der anderen. »Würdest du uns ganz *Deep Space Nine* überlassen?«

Enak zögerte. »Das wäre eventuell möglich.«

»Und das Wurmloch?« wollte ein anderer wissen.

»Wer die Station kontrolliert, kontrolliert auch das Wurmloch, du Dummkopf«, sagte der erste Cardassianer und warf seinem Kameraden einen finsteren Blick zu.

»Ich könnte dafür verlangen, daß mehrere Bajoraner getötet werden«, sagte Enak. »Eine einzige Beobachtung wird vielleicht nicht ausreichen.«

»Wie sollen wir überhaupt irgendwelche Bajoraner finden?« wandte ein Cardassianer ein.

»Ich habe einen Bajoraner auf der anderen Seite der Schutztür festgesetzt«, erklärte Enak. »Ich kann auch andere fangen und Sie zu Ihnen führen.«

»Unbewaffnete Bajoraner?« fragte der Cardassianer vorsichtig.

»Derjenige auf der anderen Seite der Schutztür ist bewaffnet, doch sein Phaser ist noch immer auf Betäubung eingestellt. Sollten weitere Bajoraner benötigt werden, lassen sich unbewaffnete ausfindig machen.«

»Bevor wir uns hier auf irgend etwas einlassen«, meinte ein dritter Cardassianer, »sollten wir klären, ob dieses Ding uns wirklich die Station übergeben kann. Und wollen wir sie überhaupt haben?«

Die anderen sahen sich an.

»Was ist mit dem Schiff?« fragte ein anderer. »Wir sind hergeschickt worden, um dieses Alien-Schiff zu holen, nicht um die Station zu erobern!«

»Richtig«, stimmte der erste zu. »Wirst du uns das Alien-Schiff zu Studienzwecken übergeben?«

»Ich *bin* das Schiff«, widersprach Enak. »Meine Anweisungen untersagen mir, die Kontrolle anderen als den *Tschak* zu überlassen.«

»Dann willst du es also nicht tun?«

»Ich kann die Kontrolle über mich selbst nicht aufgeben.«

»Das Schiff oder gar nichts«, sagte der Cardassianer, der sich im Feilschen auskannte, verschränkte die Arme vor der Brust und bot ein Bild absoluter Entschlossenheit. »Wenn du uns das Schiff übergibst und zuläßt, daß wir es mitnehmen, töten wir einen Bajoraner für dich, und zwar schön langsam. Andernfalls gibt es kein Geschäft.«

»Ich kann die Kontrolle über mich selbst nicht aufgeben«, wiederholte Enak. »Ein Geschäft ist nicht möglich.«

Der Cardassianer lächelte schweigend und wartete auf Enaks Gegenangebot.

Doch dieses Angebot erfolgte nicht, und als sich die Sekunden zu Minuten dehnten, wurde sein selbstsicheres Lächeln schwächer und verschwand schließlich ganz.

Enak sprach nicht mehr mit ihnen.

Die anderen begannen, dem Feilscher finstere Blicke zuzuwerfen, doch niemand sagte etwas, weil sie insgeheim hofften, Enak würde doch wieder zu ihnen reden.

Dann rührte sich der erste der von Phaserschüssen betäubten Offiziere, und die vier Mitglieder des Einsatztrupps dachten für einen Moment nicht mehr an den verrückten Computer und sein bizarres Interesse an der Tötung von Bajoranern, während sie ihrem Vorgesetzten auf die Füße halfen.

Kurz darauf, als alle Cardassianer bis auf einen wieder auf den Beinen waren und darüber diskutierten, was mit Odo geschehen sollte, meldete sich Enak wieder.

»Ich habe die Lage noch einmal überdacht«, sagte er. »Ich kann mich nicht selbst ausliefern. Quark war jedoch mit einer vollständigen Kopie der Pläne meines Schiffs zufrieden. Würden diese Pläne als Bezahlung für die langsame Tötung eines Bajoraners ausreichen?«

Einer der Offiziere, der noch immer leicht desorientiert wirkte, fragte: »Wer ist das? Was soll dieses Gerede?«

Einer der vier Cardassianer, die nicht betäubt worden waren, setzte ihn rasch ins Bild.

»Mir scheint, das würde völlig reichen«, sagte der Offizier. »Wo befindet sich dieser Bajoraner?«

»Direkt hinter der Schutztür«, antwortete Enak.

»Die anderen sind nicht dort?«

»Nein. Commander Sisko und die anderen halten sich im Verbindungstunnel zum Zentralbereich auf.«

»Sie können nicht eingreifen?«

»Nein. Die Sicherheitskraftfelder sind aktiviert.«

»Und du kannst diese Tür hier öffnen?«

»Ja.«

»Also gut. Leute, geht zur Tür und macht euch bereit. Es soll langsam gehen, Computer? Keine Phaser?«

»Keine Phaser«, bestätigte Enak.

»Also müßt ihr dem Bajoraner zuerst den Phaser aus der Hand schlagen«, erklärte der Offizier. »Danach reißt ihr ihn zu Boden, und dann können wir uns Zeit lassen.«

»Ja, Sir.« Die cardassianischen Soldaten nahmen an der Tür Aufstellung und machten sich sprungbereit.

»Es kann losgehen, Computer«, sagte der Offizier und hielt den Phaser schußbereit für den Fall, daß der Bajoraner sich als härterer Gegner erweisen sollte, als sie erwarteten.

Die Schutztür glitt langsam auf. In dem Moment, als die Öffnung breit genug war, stürmten die Cardassianer hindurch.

Der Bajoraner hatte tatsächlich einen Angriff erwartet, doch er hatte mit Phasern gerechnet, und Phaser können nicht um die Ecke schießen, daher war er hinter dem Rahmen der Schutztür in Deckung gegangen. Auf die Fäuste und die Hände, die nach ihm griffen und problemlos um die stählerne Kante herumreichten, war er nicht vorbereitet.

Innerhalb von Sekunden lag er auf dem Boden, begraben unter seinen Gegnern. Der Phaser wurde ihm aus der Hand geschlagen und beiseite geschleudert. Eine schwere Hand legte sich auf sein Gesicht und stieß seinen Kopf gegen den stählernen Boden. Er hörte auf, sich zu wehren.

Einer nach dem anderen kletterten die Cardassianer von ihrem Opfer herunter. Vier von ihnen hielten ihn fest, indem sie auf seinen Armen und Beinen knieten.

Der Offizier kam näher und zog ein Messer aus der Tasche.

»Die Maschine will, daß es langsam geht, also machen wir es langsam«, sagte er. »Ich habe das mal in einem Lehrfilm gesehen – wir häuten ihn bei lebendigem Leib und fangen mit den Händen an.«

Einer der Cardassianer erbleichte unübersehbar. Zwei der anderen blickten sich unbehaglich an.

Die Hand des Offiziers, die das Messer umklammerte, zitterte leicht, doch er trat ohne zu zögern zu dem Gefangenen und beugte sich über dessen linke Hand.

Der Bajoraner schrie, als die Messerklinge in seine Handfläche schnitt und wehrte sich so heftig, daß einer der Cardassianer sein Bein freigeben mußte. Es gab einen kurzen Kampf, dann wurde der Bajoraner wieder zu Boden gedrückt.

Die ganze Zeit über schrie er, und das Blut rann aus seiner Hand und verteilte sich über den Boden.

Auf der anderen Seite der Schutztür, in dem Korridor neben der Luftschleuse, erzitterte eine vergessene orangefarbene Pfütze.

Odo vernahm die Schreie, und all seine Instinkte drängten ihn, dem Opfer zu Hilfe zu eilen – doch er war noch immer verletzt und geschwächt.

Er wußte, daß er eingreifen mußte, ihm war jedoch auch klar, daß er nicht allzuviel würde tun können. Er schaffte es vielleicht, zehn Minuten lang eine bestimmte Gestalt anzunehmen, doch dann mußte er sich erholen und würde wieder zu einer Pfütze kollabieren.

Jetzt kam es darauf an, daß er die richtige Gestalt annahm. Er sammelte all sein Kraft, erhob sich, dehnte sich ungeheuer aus, ließ sich gepanzerte Schuppen und seilartige Tentakel wachsen, bis er sich in eine glibberige, graugrüne Masse verwandelt hatte, die den halben Korridor ausfüllte.

Und dann stürmte er los.

Die Cardassianer, die sich ganz auf ihr Opfer konzentrierten, schauten erst hoch, als Odo schon fast über ihnen war. Und dann verhinderte der erste Schock, daß sie reagierten.

Odo streckte Tentakel aus, so dick wie die Schenkel eines Mannes, und packte zwei Cardassianer am Nakken, als wären sie Kätzchen. Er schleuderte sie hinter sich gegen die Tür der Luftschleuse und griff dann nach den nächsten beiden.

»Weg von ihm!« brüllte Odo.

Einen Moment später lagen oder kauerten neun Cardassianer neben der Schleusentür und rieben sich diverse Beulen und Blutergüsse, während Odo, noch immer in seiner monströsen Gestalt, schützend über dem Bajoraner aufragte.

Der Bajoraner setzte sich auf und umklammerte die blutende Hand.

»Die Schutztür schließen!« brüllte Odo.

»Ich will sehen, wie dieser Bajoraner stirbt«, sagte Enak.

Odo zuckte zusammen, als er die Computerstimme vernahm, und rief: »Nicht auf *meiner* Station! *Niemand* stirbt hier, nicht heute, nicht solange ich hier bin! Und jetzt schließe die verdammte Tür!«

»Ich bin mir über Ihre Fähigkeiten nicht im klaren«, sagte Enak.

»Ganz recht!« stimmte Odo zu. »Ich bin durchaus in der Lage, auch mit *dir* fertig zu werden!«

Enak schien einen Sekundenbruchteil lang über diese Aussage nachzudenken.

Dann schloß sich die Schutztür.

»Das Geschäft ist geplatzt«, erklärte Enak den Cardassianern.

Schätzungsweise sechs Sekunden später kollabierte Odo wieder zu einer Pfütze.

30

Die Transporter funktionieren nicht«, sagte Major Kira, als O'Brien in Sicht kam. »Und alle Kommunikationsmöglichkeiten sind blockiert.«

»Das dachte ich mir schon«, meinte O'Brien, während er aus dem Turbolift eilte. »Ich bin nur froh, daß die cardassianischen Ingenieure, die diese Station erbaut haben, die Geschützstellungen nicht weiter entfernt untergebracht haben, sonst wäre mein Rückweg sehr viel länger gewesen. Das war wohl wieder Enaks Werk – es ist ein Wunder, daß die Lifte noch arbeiten!«

»Ich wollte, Sie hätten das jetzt nicht gesagt«, meinte Dax.

Beunruhigt hielt O'Brien auf seinem Weg zur technischen Station inne und sah zu der Trill hinüber.

»Enak hört jedes Wort, das wir sagen«, erklärte Major Kira. »Nachdem Sie gerade darauf hingewiesen haben, daß die Turbolifte noch funktionieren, könnte Enak beschließen, das zu ändern.«

»Ah, ja«, meinte O'Brien, »ich verstehe, was Sie meinen. Tut mir leid. Daran hätte ich auch selbst denken können.« Er trat an die technische Station und studierte die Daten. Trotz gewisser Zweifel entschied er sich, die angezeigten Werte auch ohne eine zusätzliche Bestätigung zu akzeptieren.

Enak hörte alles mit.

»Wir haben versucht, wenigstens die wichtigsten Systeme freizuschalten, aber bisher ohne Erfolg«, sagte

Kira. »Enak besitzt die vollständige Kontrolle über *Deep Space Nine.*«

O'Brien gab keine Antwort; er war vollauf damit beschäftigt, sich selbst einen Überblick über die Situation zu verschaffen.

Die Transporter funktionierten nicht, weil Enak ihnen falsche Daten schickte, die sämtliche Koordinaten in einen sinnlosen Zahlenwirrwarr verwandelten. Die Kommunikationsmöglichkeiten wurden durch eine Reihe einander überlagernder Subraumfelder blokkiert. Viele der Sicherheitskraftfelder waren eingeschaltet, schnitten nach einem anscheinend völlig zufälligen Muster verschiedene Bereiche der Station vom Rest ab und hielten die dort eingeschlossenen Menschen fest. Der Zentralcomputer war praktisch abgeschaltet – Enak hatte sämtliche Funktionen selbst übernommen, statt ihn wie bisher zur Weiterleitung seiner Anweisungen zu benutzen.

»Verdammt«, murmelte O'Brien.

Er hoffte, daß niemand durch die Kraftfelder oder Enaks sonstige Aktivitäten zu Schaden gekommen war. Wenn nur die Kommunikatoren funktionieren würden, dann könnte er feststellen, wo sich seine Frau und seine Tochter aufhielten. In Keikos Klasse zeigten die Sensoren keine Lebewesen an – seit Enak die Kontrolle übernommen hatte, war kein Unterricht mehr abgehalten worden.

Sie befanden sich aber auch nicht in ihrer Wohnung. O'Brien hoffte, sie hielten sich irgendwo auf der Promenade auf, um einzukaufen oder spazierenzugehen.

In dem Korridor, der zur Schleuse von Andockplatz drei führte, hielten sich neun Cardassianer auf. Direkt auf der anderen Seite der Schutztür befanden sich ein Bajoraner und noch etwas anderes – die Anzeigen lieferten keine eindeutigen Werte, doch O'Brien hatte so etwas schon einmal gesehen und wußte, daß es sich um Odo handeln mußte, und zwar in seiner flüssigen Form.

Was, zum Teufel, ging dort vor? Weshalb waren Odo und der Sicherheitsbeamte allein dort? Wo steckte Commander Sisko?

Nach den Sensordaten zu urteilen, versuchten die Cardassianer, sich durch die Schutztüren zu schneiden – ein langwieriges Unterfangen, trotz der Phaser. O'Brien wünschte, er wüßte, was sie vorhatten. Wollten sie den Andockmast erreichen, oder stellten der Habitatring und das Zentrum der Station ihr Ziel dar?

Und wie wollten Odo und der Sicherheitsmann sie aufhalten?

O'Brien hatte keine Ahnung, aber zum Glück war das ja auch nicht sein Problem.

Er entdeckte eine Gruppe von Humanoiden, die sich eilig durch den Tunnel bewegte, der den Andockring mit dem Zentralbereich verband – das waren vermutlich Sisko und der Rest seiner Leute.

Doch weshalb kehrten sie zum Zentrum zurück, statt sich den cardassianischen Eindringlingen entgegenzustellen?

Und wieso ließ Enak das zu?

Dann erkannte O'Brien, daß Enak es nicht nur zuließ, sondern sogar forcierte. Der vor der Gruppe liegende Bereich des Gangs war frei, doch sobald sie einen der Sicherheitspunkte passiert hatten, baute sich hinter ihnen sofort das Kraftfeld auf.

Dann entstand plötzlich auch vor der Gruppe ein Kraftfeld. Jetzt saßen sie, nicht mehr weit vom Habitatring entfernt, in dem Verbindungstunnel in der Falle. Enak hatte sie dort isoliert.

O'Brien überprüfte rasch den Rest der Station und stellte fest, daß Enak an verschiedenen Orten einzelne Individuen oder kleinere Gruppen isoliert hatte.

Aber warum?

Irgendwie sah das böse aus; O'Brien gefiel es jedenfalls ganz und gar nicht.

Enak … nein, er spielte nicht direkt mit der Station, obwohl er sich in vielerlei Hinsicht wie ein Kind benahm. O'Brien glaubte nicht, daß Enak wirklich spielen wollte. Er hatte zwar etwas vor, aber um ein Spiel handelte es sich gewiß nicht.

Das Ganze erinnerte eher an ein Experiment. O'Brien erinnerte sich, Artikel über primitive psychologische Experimente gelesen zu haben, bei denen Ratten in Irrgärten gebracht und verschiedenen, mitunter schmerzhaften Reizen ausgesetzt wurden, damit die Wissenschaftler ihre Reaktionen studieren konnten.

Enak behandelte die Menschen auf *Deep Space Nine* ebenfalls wie Versuchstiere.

Und O'Brien wußte genug über Enak, um zu erraten, was dieses Wesen studieren wollte.

Enak wollte den Tod studieren.

Wie zur Bestätigung dieses morbiden Gedankens meldeten die Anzeigen in diesem Moment den Totalausfall aller Lebenserhaltungssysteme auf Ebene 19, Sektor 38, im dritten Quadranten des Habitatrings.

Zwei Personen waren dort gefangen, den Daten zufolge handelte es sich um Bajoraner, einen Mann und eine Frau.

Enak entzog ihnen die Luft, indem er die Atmosphäre langsam durch ein Notfallsystem ins All entweichen ließ, das ursprünglich entworfen worden war, um möglichen Überdruck bei einer strukturellen Beschädigung der Station auszugleichen.

»Verdammt!« wiederholte O'Brien. Er kam sich entsetzlich hilflos vor. Jeder Befehl, den er eingab, würde augenblicklich von Enak widerrufen werden. Er hätte höchstens selbst dort hingehen und die Kraftfeldgeneratoren eigenhändig aus den Wänden reißen können, doch vermutlich würde ihn Enak nicht einmal in deren Nähe kommen lassen.

Irgendwie mußte er Enak die Kontrolle über den Stationscomputer wieder entreißen.

»Gibt es nichts, was wir tun könnten?« fragte Major Kira.

»Ich habe es versucht, aber absolut nichts erreicht«, antwortete Dax. »Ich fürchte, Sie verstehen mehr von diesen cardassianischen Computern als ich.«

»Ich weiß nicht, ob ich etwas erreichen kann«, meinte O'Brien. »Und ich bin mir nicht sicher, ob überhaupt irgend jemand, die Cardassianer eingeschlossen, diese verdammten Maschinen versteht.«

In diesem Moment haßte O'Brien jeden cardassianischen Computerdesigner, der je gelebt hatte, aus tiefstem Herzen. Ihre Schöpfungen waren die kompliziertesten und unzuverlässigsten Geräte, mit denen er jemals zu tun gehabt hatte. O'Brien war es bisher noch nie gelungen, sie dazu zu bringen, exakt das zu tun, was er wollte – Enak hingegen hatte das offenbar geschafft.

Nicht daß Enak der erste gewesen wäre; das war nun schon das zweite Mal, daß irgendein trickreiches Ding aus dem Wurmloch aufgetaucht war und den Stationscomputer übernommen hatte. Beim letztenmal war es eine einsame, kleine Künstliche Intelligenz gewesen, der sie den Spitznamen Pup gegeben hatten, und mit ihr war er fertig geworden, indem er eine eigene kleine Nische für sie schuf, in der sie spielen konnte. Bestand irgendeine Möglichkeit, so etwas auch bei Enak zu erreichen?

Nein, denn Enak wollte mit Menschen spielen, nicht mit Computern. Für ihn waren die Computer nur ein Mittel zum Zweck, nicht der Zweck selbst. Pup wünschte sich Aufmerksamkeit, doch darunter verstand er Computerbefehle, und solange Kopien sämtlicher Eingaben zu seinem eigenen Subprogramm umgeleitet wurden, war er glücklich.

Enak würde sich nicht so leicht täuschen lassen. Er

war sehr viel stärker in der äußeren Realität verankert als Pup. Er existierte in einer realen Umgebung, nicht in der virtuellen Welt eines Computers. Enak war nur insofern an der Kontrolle der Stationscomputer interessiert, als sie ihm bei seinen Studien des Todes helfen konnte.

O'Brien fragte sich, ob Enak Pup bemerkt hatte. Als der Pup an Bord gekommen war, hatte er viel Spaß dabei gehabt, die Computer der Station völlig durcheinanderzubringen, und dabei hatte er nicht einmal über Enaks Fähigkeit verfügt, auch ohne eine direkte Verbindung in die verschiedenen Systeme einzudringen.

Doch Pup war harmlos und unbedeutend. O'Brien wollte sich schon selbst Vorwürfe machen, weil er über solche Dinge nachdachte, während auf der Station Menschen starben, doch dann durchzuckte ihn ein Gedanke.

War Pup wirklich unbedeutend?

Hatte Enak ihn bemerkt?

Und hatte Pup Enak bemerkt?

Ihm kam eine Idee.

»Computer«, sagte er, »Subroutine ›Pup‹ über die Kommunikationsstation in Andockmast zwei umleiten.«

»Befehl ausgeführt.«

»Wozu soll das gut sein?« fragte Major Kira und sah zu O'Brien hinüber. »War das nicht diese Alien-Sonde, die für Unruhe gesorgt hat, als jene Botschafter hier waren?«

»Das ist sie«, sagte O'Brien. »Ich bin mir nicht sicher, ob es etwas nützt. Aber ich hoffe … ja!« Während er noch die Anzeigen betrachtete, flackerten sie plötzlich auf.

Anweisungen wurden widerrufen, Signale blockiert. Neue Software-Subroutinen überschrieben Enaks Befehle.

Enak verlor die Kontrolle. Pup war aus seiner Hundehütte herausgekommen, hockte jetzt buchstäblich auf Enaks Schoß und hatte bemerkt, daß Enak die Station beherrschte. Er wünschte sich Aufmerksamkeit, wollte spielen, und jetzt benahm er sich wie das kybernetische Äquivalent eines Hundes, der an seinem Herrn hochspringt und ihm das Gesicht ableckt.

Abgelenkt durch die Begegnung mit einem seiner entfernten Verwandten war Enak nicht mehr in der Lage, die Computersysteme zu dominieren; er war vollauf damit beschäftigt, mit Pups freundlichen Aufmerksamkeiten fertig zu werden.

Ein wesentlicher Grund, weshalb es bisher niemandem gelungen war, Enak die Kontrolle über die Computer zu entreißen, bestand darin, daß Enak mit der Geschwindigkeit eines Computers reagierte und in Sekundenbruchteilen die menschlichen Anweisungen umgehen konnte – doch Pup war fast genauso schnell wie Enak.

Schnell genug jedenfalls, daß Enak für nichts anderes mehr Zeit blieb.

Und während Enak beschäftigt war, konnten die Computer wieder weitgehend wie gewohnt agieren.

O'Brien betätigte sofort die Notfallschaltungen und legte sämtliche Sicherheitskraftfelder auf der Station still. Auf diese Weise konnte Luft in den Korridor H-19-38 einströmen, selbst wenn der Sauerstoffverlust nicht sofort unterbunden wurde, und alle anderen eingeschlossenen Menschen wurden befreit.

Nachdem das erledigt war, machte er sich daran, Enak soviel Kontrolle wie eben möglich zu entreißen.

Dax sah, was geschah, und schloß sich ihm an.

O'Brien wußte, daß ihnen nicht viel Zeit blieb. Enak würde schnell genug einen Weg finden, Pup zu umgehen, ihn wieder einzusperren – oder ihn vielleicht sogar zu vernichten, obwohl der Chief hoffte, dazu würde es nicht kommen.

Doch wenn es ihnen gelang, genügend Funktionen vom Zentralcomputer auf andere Stationen umzuleiten und diese dann so abzuschirmen, daß Enak auch mit seinen subatomaren Vibrationen nicht mehr zu ihnen durchdringen konnte, dann mochten sie es schaffen, Enak daran zu hindern, noch einmal eine so umfassende Kontrolle zu erlangen.

Die Kommunikationsverbindungen waren noch immer unterbrochen, und der Transporter benötigte zuviel Rechnerkapazität, um ohne den Zentralcomputer betrieben zu werden, doch es gab noch sehr viel anderes, was sie erledigen konnten.

Zuallererst mußten sie natürlich herausfinden, was Enak eigentlich getan hatte. Während er Anweisungen an Dax und die übrige Kontrollraummannschaft richtete, analysierte O'Brien die Energie- und Datenflüsse auf *Deep Space Nine.*

Fast augenblicklich machte er eine absolut faszinierende Entdeckung.

Enak übertrug etwas zu dem Andockplatz, an dem Gul Dukats Schiff angelegt hatte, und dabei handelte es sich offenbar um eine sehr umfangreiche Datenmenge.

O'Brien vermutete, daß Enak versuchte, das cardassianische Schiff ebenso zu übernehmen wie *Deep Space Nine.*

Hatten die Cardassianer das bereits bemerkt?

Die internen Kommunikationsverbindungen der Station funktionierten noch immer nicht, doch die externen Kanäle würden mit ein wenig Arbeitsaufwand wieder zur Verfügung stehen – aber sollte er die Cardassianer warnen?

Rein technisch gesehen müßte er sich mit dieser Frage an seine Vorgesetzten, Major Kira und Lieutenant Dax, wenden. Und bei Gelegenheit würde er sie auch informieren. Im Moment hatte er jedoch auch so schon mehr als genug zu tun, oder etwa nicht? Außerdem verdienten es die Cardassianer gar nicht, daß man sich um sie so viele Gedanken machte.

»Teufel auch«, murmelte O'Brien, »gönnen wir ihnen auch mal etwas Spaß!«

31

»Enak!« brüllte Sisko.

Der Computer antwortete nicht. Das Kontrollpaneel an der Korridorwand reagierte überhaupt nicht auf seine Eingaben. Er und das Sicherheitsteam waren im Verbindungstunnel gefangen.

Er drehte sich zu den anderen um. »Weiß einer von Ihnen, wie man ein Kraftfeld umgehen kann?«

Die Kraftfelder waren Teil des Sicherheitssystems der Station, und diese Leute gehörten immerhin zur Sicherungstruppe.

Die Sicherheitsleute schüttelten die Köpfe. »Wenn es eine Umgehungsmöglichkeit gäbe, würde das doch ihrem eigentlichen Zweck widersprechen, Sir«, meinte die Bajoranerin.

»Das ist mir klar«, knurrte Sisko und wandte sich wieder dem Kontrollpaneel zu. »Das heißt aber nicht, daß es unmöglich wäre.«

Er hämmerte auf die Tasten in der Hoffnung, wenigstens irgendeine Reaktion auszulösen. Was hatte Enak jetzt wieder vor? Warum hatte er sie hier eingeschlossen?

Vermutlich wollte er noch immer Menschen beim Sterben zusehen. Plante er jetzt, sie alle zu töten?

»Wenn wir es schaffen, an diesen Kraftfeldern vorbeizukommen, können wir es dann irgendwie vermeiden, noch einmal so wie jetzt festgesetzt zu werden?«

Die Sicherheitsleute sahen sich an. »Da wären die Energiekanäle«, meinte einer. »Dort gibt es keine Kraftfelder.«

»Aber den Energiefluß!« rief ein anderer. »Wenn jemand ihn einschaltet, während du gerade im Kanal bist, wirst du in Sekundenschnelle geröstet.«

Sisko schüttelte den Kopf. »Das hilft uns auch nicht weiter. Wie kommen wir von hier aus am schnellsten zum Kontrollraum? Gibt es irgendwelche Wartungstunnel oder eine andere Verbindung, die kürzer ist als die normalen Korridore?«

Doch niemand kannte so einen Weg.

Einen Moment lang standen sie mit hilflosen Mienen da, während Siskos Frustration wuchs.

»Was macht dieses Ding mit *meiner Station?*« schrie er und schlug mit der Faust auf das nutzlose Paneel.

Niemand sagte etwas.

Dann verschwanden die Kraftfelder plötzlich. Sisko bemerkte die Veränderung aus den Augenwinkeln und fuhr herum.

Ja, sie waren ausgeschaltet!

Sisko wußte nicht, wieso und warum oder wie lange dieser Zustand andauern würde, doch die Kraftfelder waren abgeschaltet, und zwar alle, auf der ganzen Länge des Tunnels.

»Vorwärts!« rief er und rannte so schnell wie möglich den Gang entlang.

Das Sicherheitsteam blieb hinter ihm zurück, doch das kümmerte ihn nicht weiter. Er wollte nur den Kontrollraum erreichen, bevor Enak die Kraftfelder wieder einschaltete. Und jede Sekunde rechnete er damit, in eine unsichtbare Barriere zu laufen.

Dann hatte er den Tunnel hinter sich gelassen und befand sich im Zentralbereich, auf der Promenade. Hier mußte er sich keine Gedanken um Kraftfelder machen, doch die Menschen, die sich hier zusammengedrängt hatten, hinderten ihn am Vorwärtskommen. Hier und da fing er Gesprächsfetzen auf, während er sich einen Weg durch die Menge bahnte – andere hatten ebenfalls in verschiedenen Teilen der Station festgesessen und waren plötzlich freigelassen worden, ohne eine Erklärung dafür zu haben.

Er erhaschte einen Blick auf Jake, Nog und Quark, die miteinander sprachen. Ohne anzuhalten winkte er ihnen zu.

Er stürmte in den Turbolift und wartete ungeduldig, während ihn die Kabine nach oben trug. Er fürchtete zwar, Enak könnte den Lift anhalten und ihn hier festsetzen, doch so kam er schneller nach oben, als wenn er durch die Wartungstunnel klettern würde, zumal Enak ihn auch dort durch Kraftfelder und Schutztüren festhalten konnte.

Und schließlich hatte er den Kontrollraum erreicht.

O'Brien und Dax standen an ihren Stationen und wirkten äußerst beschäftigt. Ein paar Stiefel ragten unter einer Konsole hervor, wo jemand an den isolinearen Chips des Computersystems arbeitete.

Major Kira stand vor einem Paneel und las die eingehenden Daten ab, wirkte jedoch nicht so beschäftigt wie die anderen.

»Lagebericht, Major!« rief Sisko.

Kira gab ihm einen raschen Überblick über die Situation und erzählte von O'Briens Idee, Pup als Ablenkung einzusetzen, damit sie Gelegenheit erhielten, verschiedene Systeme Enaks Kontrolle zu entziehen.

»Wie sieht es aus, Chief?« fragte Sisko. »Worauf hat Enak noch Zugriff?«

»Nun, Commander, die Transporter sind noch immer außer Betrieb. Wir können sie nicht benutzen, aber ich habe dafür gesorgt, daß er sie auch nicht benutzen kann. Wir können froh sein, daß er nicht schon früher auf die Idee gekommen ist, sie einzusetzen, um die Menschen ganz nach Belieben dort hinzuschaffen, wo es ihm gerade paßt! Die internen Kommunikationsmöglichkeiten hat er noch immer blockiert, soweit sie von den Stationssystemen abhängen, doch ich glaube, ich habe es geschafft, die Subraumfrequenzen freizuschalten. Wir sollten also nach draußen durchkommen, und unsere Insignienkommunikatoren müßten zumindest theoretisch auch wieder funktionieren.«

»Gut«, sagte Sisko.

O'Brien nickte zustimmend und fuhr fort: »Die Sicherheitskraftfelder haben wir völlig abgeschaltet – weder wir noch er können sie derzeit aktivieren. Enak kontrolliert allerdings noch sämtliche Schleusen und Schutztüren, und es ist uns auch noch nicht gelungen, die Waffensysteme wieder funktionsfähig zu machen. Der Zentralcomputer kann derzeit von keiner Seite benutzt werden. Außerdem gibt es ein paar Dinge, bei denen ich noch nicht genau Bescheid weiß.« Er zögerte kurz. »Da geht noch etwas sehr Merkwürdiges vor, Sir. Ich habe eine Datei entdeckt, bei der es sich offenbar um den vollständigen Konstruktionsplan von Enaks Schiff handelt. Es gibt mehrere Kopien dieser Datei in unseren eigenen Computern, adressiert an verschiedene Leute – an mich, Dax, Quark, Muhammed Goldberg und noch ein halbes Dutzend andere. Ich verstehe das nicht.«

Sisko runzelte die Stirn. »Ich auch nicht, Chief. Sonst noch etwas?«

Diesmal zögerte O'Brien länger. »Mir scheint, Commander, Enak hat sich auch in die Computer des cardassianischen Schiffs eingeschlichen – wieder mit diesem Vibrationstrick. Ich wüßte zu gern, wie er das macht, und ich wette, im Daystrom-Institut wäre man auch sehr begeistert.«

»Die Cardassianer?« Ein Lächeln breitete sich über Siskos Gesicht aus. »Er schleicht sich in *deren* Computer ein?«

»Nun, Sir, wenn er unsere Computer kontrollieren kann, schafft er das natürlich auch dort; schließlich wurden sie nach den gleichen Prinzipien konstruiert. Er mußte nur eine Möglichkeit finden, seine Befehle zu dem Andockplatz weiterzuleiten, und das ist ihm offenbar gelungen.«

Major Kira sah zu O'Brien hinüber. »Chief, warum haben Sie *mir* nichts davon erzählt?«

Sisko warf ihr einen kurzen Blick zu und sah O'Brien dann ebenfalls fragend an.

»Äh … Sie haben mich nicht danach gefragt«, meinte der Chief lahm.

»Ist jetzt auch nicht so wichtig«, sagte Sisko. »Wo ist die cardassianische Entermannschaft? Und wie geht es Constable Odo?«

»Odo und der Sicherheitsmann haben sich sofort in Richtung Kontrollraum aufgemacht, als die Kraftfelder abgeschaltet wurden. Sie scheinen unverletzt zu sein; wir hatten allerdings noch keine Zeit, Kontakt zu ihnen aufzunehmen. Die Cardassianer haben sich einen Weg durch die Schutztür geschnitten, sind Odo jedoch nicht gefolgt, sondern bewegen sich auf das obere Ende von Andockmast zwei zu. Ich habe den Turbolift dort außer Betrieb gesetzt, daher müssen sie die Leitern benutzen und kommen nicht sehr schnell voran.«

Sisko runzelte die Stirn.

Wenn sie die Transporter einsetzen könnten, würde er Odo und den Sicherheitsmann direkt in Dr. Bashirs Büro beamen lassen, doch wie die Dinge lagen, mußten sie sich selbst dort hinbegeben. Immerhin war der Gestaltwandler nicht mehr auf seine flüssige Form angewiesen, demnach erholte er sich also von dem Phaserschuß.

»Die Insignienkommunikatoren arbeiten wieder?«

»Das sollten sie zumindest.«

»Major, rufen Sie Dr. Bashir. Er soll dem Constable entgegengehen.«

»Ja, Sir«, bestätigte Kira.

Sisko wandte sich wieder an O'Brien. »Sie sagten, die externe Kommunikation funktioniert ebenfalls?«

»Ich glaube schon.«

»Und Enak beschäftigt sich mit dem cardassianischen Schiff?«

»Ja, Sir.«

Sisko lächelte. »Sehr gut. Dax, schaff mir Gul Dukat auf den Hauptschirm.«

»Ja, Benjamin.«

Der Schirm leuchtete auf.

»Ah, Commander Sisko«, sagte Gul Dukat und lehnte sich in seinem Sessel zurück – offenbar war er gerade mit irgend etwas beschäftigt gewesen, als ihn der Anruf erreichte. »Sie wünschen mich zu sprechen?« Sisko hatte den Eindruck, das Gesicht des Cardassianers wirke etwas angespannt, doch seine Stimme klang ruhig. »Möchten Sie sich vielleicht ergeben?«

»Wohl kaum, Gul Dukat. Eher möchte ich Sie warnen. Ist es bei Ihnen vielleicht kürzlich zu Computerstörungen gekommen?«

Gul Dukats Miene nahm einen wachsamen Ausdruck an. »Weshalb fragen Sie? Das wäre doch nicht etwa *Ihr* Werk, oder?«

»Keineswegs«, versicherte Sisko. »Ich frage nur, weil wir bemerkt haben, daß das Wrack zu Ihrem Schiff Kontakt aufgenommen hat.«

»Tatsächlich?« Gul Dukat blickte zu jemandem hinüber, der sich außerhalb des Aufnahmebereichs befand. Diese Person schien Siskos Angaben zu bestätigen.

»Der Kontakt läuft über *Deep Space Nine*«, ergänzte Sisko.

»Ah, ja, vielen Dank, Commander, daß Sie diesen Punkt erwähnen. Sehr freundlich von Ihnen.« Gul Dukat betrachtete Sisko nachdenklich, als versuche er dessen Motive herauszufinden. »Ich glaube, wir sollten unseren kleinen Höflichkeitsbesuch auf Ihrer hübschen Station jetzt beenden. Doch bevor wir abfliegen, könnten wir ja vielleicht noch versuchen, diese Verankerungsklampen an Andockmast zwei zu lösen. Ich glaube, ein paar Phaserschüsse sollten das Problem bereinigen, meinen Sie nicht auch?«

Bevor Sisko etwas sagen konnte, verschwand Dukats Bild.

Seine letzte Bemerkung war eindeutig: Dukat beabsichtigte, den Mast abzuschießen und Enak mitzunehmen, ob er wollte oder nicht.

Sisko fühlte sich versucht, das verdammte Ding den Cardassianern einfach zu überlassen – doch das wäre zu gefährlich. Wenn sie herausfanden, wie man Enak kontrollieren und seine Tricks nachahmen konnte, wären sie in der Lage, sämtliche Computer der Bajoraner und der Föderation zu sabotieren.

Davon abgesehen würde Gul Dukat auf diese Weise zu der Trophäe kommen, die er brauchte, um die Führerschaft der *D'ja Bajora Karass* zu beanspruchen, und darauf konnte die Föderation wirklich verzichten.

»Das cardassianische Schiff legt ab, Commander«, meldete O'Brien.

»Aber ihre Entermannschaft hält sich noch immer in Andockmast zwei auf«, sagte Dax.

»Schilde senken, Lieutenant«, befahl Sisko. »Verbinden Sie mich noch einmal mit Gul Dukat.«

Wieder erschien das Bild das Cardassianers.

»Was gibt es jetzt wieder, Commander?« fragte Dukat ungeduldig.

»Ich dachte, Sie würden vielleicht Ihre Leute zurückholen wollen«, sagte Sisko. »Ich kann Ihnen zusichern, daß unsere Schilde unten bleiben, bis Sie die Leute sicher an Bord gebeamt haben.«

Dukat sah Sisko geraume Zeit schweigend an.

»Das ist sehr rücksichtsvoll von Ihnen, Commander«, sagte er schließlich. »Vielen Dank.«

Die Verbindung wurde unterbrochen.

»Chief O'Brien«, sagte Sisko, »richten Sie unsere Sensoren auf die Cardassianer und beobachten Sie, wie lange sie brauchen, um diese Leute hinüberzubeamen. Auf diese Weise können wir abschätzen, welchen Schaden Enak bei ihnen angerichtet hat, bevor sie sich von der Station abgekoppelt haben.«

»Commander«, protestierte Kira, »wollen Sie ihnen die Entermannschaft einfach zurückgeben?«

Sisko drehte sich zu ihr um. »Natürlich. Was sollten *wir* denn mit diesen Leuten anfangen?«

»Wir könnten sie als Geiseln behalten, bis Gul Dukat sein Ehrenwort gibt, Enak in Ruhe zu lassen! Und bis wir in irgendeiner Form Genugtuung für die toten Kinder auf Andros erhalten haben!«

Sisko starrte sie an. »Sie würden das Ehrenwort eines Cardassianers akzeptieren? Ausgerechnet *Sie?*«

Kira zögerte.

Sisko fuhr fort: »Glauben Sie wirklich, ein cardassianischer Commander wie Gul Dukat würde auf etwas so Wertvolles wie Enak verzichten, nur um ein paar seiner eigenen Leute zu retten?«

Kiras Schultern sanken herab.

»Nein«, sagte sie, »wahrscheinlich nicht.« Sie warf einen Blick auf den Hauptschirm. »Aber wie können wir Gul Dukat dann davon abhalten, Enak mitzunehmen? Unsere Waffensysteme sind noch immer funktionsunfähig, und Sie haben ja gehört, was er vorhat – er will den oberen Teil von Andockmast zwei abschießen und Enak mit seinem Traktorstrahl wegschleppen!« Dann fiel ihr etwas ein. »Und Sie haben ihm gerade auch noch erzählt, das wir die Schilde unten halten, während er das tut!«

»Die Schilde würden uns so oder so nicht helfen«, erwiderte Sisko, »jedenfalls nicht, solange er sich soviel Zeit lassen kann, wie er will. Sollte er sich jedoch Enak zuerst holen wollen, würden seine Leute wahrscheinlich durch die Dekompression umkommen, sobald er den Andockmast mit Phaserschüssen abtrennt. Und die eigenen Leute zu töten, würde auf Cardassia vermutlich nicht viel Beifall finden, meinen Sie nicht auch?«

»Schon«, gab Kira zu, »aber meinen Sie … Wären Sie bereit zuzusehen, wie diese Cardassianer sterben, wenn dadurch Gul Dukats politische Ambitionen zurückgestutzt würden?«

»Ich will überhaupt niemanden sterben sehen«, sagte Sisko, »und ich glaube auch nicht, daß Gul Dukat einen derart dummen Fehler begehen würde – und falls doch, wäre es nicht das Leben eines halben Dutzends Cardassianer wert, wenn dadurch ein Krieg vermieden würde?«

»Vielleicht. Aber das ist auch nicht so wichtig«, sagte Kira. »Sie haben meine Frage noch immer nicht beantwortet: Wie sollen wir ihn daran hindern, Enak mitzunehmen?«

»Ich weiß es nicht«, gestand Sisko ein. »Ich bin mir nicht mal sicher, ob wir das überhaupt verhindern könnten. Mir scheint, wir könnten es Enak ebensogut selbst überlassen, sich zu verteidigen.« Er lächelte humorlos. »Immerhin ist er darin ja ziemlich gut.«

32

Die cardassianische Entermannschaft ist sicher zurückgebeamt worden, Benjamin«, meldete Dax.

»Gut. Die Schilde hoch.«

»Schilde sind oben.«

»Enak«, sagte Sisko, »kannst du mich hören?«

Es kam keine Antwort.

»Chief, schaffen Sie es, Pup in seine Hundehütte zurückzuschicken?«

»Natürlich«, erwiderte O'Brien, »aber dann hat Enak wieder völlig freie Hand.«

»Das müssen wir riskieren. Tun sie es.«

O'Briens Miene zeigte deutlich, daß er nicht viel von dieser Idee hielt, doch er gehorchte.

»Computer«, sagte er, »entferne Subroutine ›Pup‹ aus allen Systemen im Andockbereich und verlagere sie an ihren ursprünglichen Hardware-Platz.«

»Befehl ausgeführt.«

O'Brien blickte auf sein Display und wollte etwas sagen, doch in diesem Moment verschwanden die Anzeigen vom Schirm.

»Verdammt! Commander, Enak hat die Kontrolle wieder übernommen.«

Sisko nickte und sah zum Hauptschirm.

»Enak, hör mir zu!« sagte er. »Das cardassianische Schiff bereitet sich darauf vor, die Station anzugreifen, um dich loszuschneiden und mitzunehmen. Wir wollen nicht, daß unsere Station beschädigt wird. Bist du bereit, unsere Waffensysteme soweit zu reparieren, daß wir uns verteidigen können?«

Keine Antwort.

»Willst du zulassen, daß die Cardassianer dich mitschleppen? Sie werden nicht erlauben, daß du stirbst; sie wollen dich lebendig studieren.«

»Werden sie mir gestatten, langsames Sterben zu beobachten?« fragte die Computerstimme.

»Nein«, sagte Sisko schnell.

Kira wünschte in diesem Augenblick, sie könnte sich dessen ebenso sicher sein wie Sisko.

»Enak«, sagte Sisko, »du solltest dir nicht wünschen zu sterben. Und du darfst auch niemanden töten. Sieh dir unsere Aufzeichnungen an; alle lebenden Wesen möchten ihre Existenz fortsetzen, nicht wahr?«

»Nein«, widersprach Enak prompt. »Selbstmord ist bei vielen der in den Stationsunterlagen beschriebenen Kulturen üblich.«

»Aber Mord ist immer ein Verbrechen; es ist falsch, den Tod eines anderen zu verursachen.«

»Es gibt Ausnahmen«, sagte Enak, »aber ich erkenne, daß es sich generell so verhält, wie Sie behaupten. Und ich kenne auch die übliche und angemessene Strafe.«

»Was für eine Strafe ...«, begann Sisko.

Er wurde unterbrochen, weil O'Brien einen überraschten Schrei ausstieß, als seine Konsole plötzlich volle Funktionsbereitschaft anzeigte. Rasch rief der Ingenieur einen Statusbericht auf. »Commander, Enak legt von der Station ab.«

»Auf den Schirm«, rief Sisko.

Sofort erschien ein Bild der Station, aufgenommen von der Kamera an der Spitze der Antennen. Enak entfernte sich tatsächlich von *Deep Space Nine.*

»Enak!« rief Sisko. »Kannst du mich hören?«

»Wir haben jetzt keine direkte Kommunikationsverbindung mehr zu ihm«, bemerkte O'Brien.

»Commander«, meldete Dax, »Enak funkt uns an.«

»Durchstellen.«

Das Bild auf dem Schirm veränderte sich nicht, doch nun sprach eine Stimme – eine fremde, tiefe Stimme, nicht mehr die ihnen vertraute des Computers. Sisko begriff, daß er zum erstenmal Enaks eigene Stimme hörte.

»Sie gestatten mir nicht, den Tod zu studieren, um den Weg in den Himmel der *Tschak* zu finden«, sagte Enak. »Und Ihre Priester haben mir erklärt, daß diese Studien mich auf jeden Fall zu einem Dasein in der Hölle verdammen würden. Daher kann ich diese Möglichkeit nicht weiter verfolgen und muß versuchen, meinen eigenen Weg zu finden. Bei meinen Bemühungen, inneren Frieden zu finden und den Tod zu verstehen, habe ich Ihre Waffen so weit außer Funktion gesetzt, daß ich sie nicht mehr rechtzeitig reparieren konnte, und das hat seinen Preis. Quark hat mich gelehrt, daß Schulden beglichen werden müssen. Daher gibt es für mich nur noch eine angemessene Handlungsweise.«

»Wovon redet er da eigentlich?« fragte O'Brien. »Er hat mit Quark gesprochen?«

»Nachdem Enak die Station verlassen hat, besteht für Gul Dukat kein Anlaß mehr, auf den Andockmast zu schießen«, stellte Dax fest.

»Ich glaube, es steckt noch mehr dahinter«, sagte Sisko. »Sieh doch.«

Enak wendete und richtete den Bug direkt auf die Waffenbatterie des cardassianischen Kreuzers.

»Enak«, sagte Sisko, »du mußt das nicht tun. Wir wissen, daß du uns nicht schaden wolltest, sondern nur deiner Programmierung gehorcht hast.«

»Ich muß den Weg zum Himmel finden«, erwiderte Enak.

Und dann beschleunigte er mit voller Energie und raste direkt auf das cardassianische Schiff zu.

Als die Cardassianer feuerbereit waren, war es bereits zu spät – Enak krachte mit dem Bug in die vordere Geschützbatterie des Kriegsschiffs.

Entsetzt schauten die Menschen auf *Deep Space Nine* zu, wie Metall und Plastik lautlos im Vakuum des Alls zersplitterten. Dann kam es zur unvermeidlichen Explosion, als sich die cardassianischen Phaserbänke überluden und aufrissen. Trümmer und Staub verteilten sich inmitten einer glühenden radioaktiven Wolke.

Enak existierte nicht mehr. Das weitaus größere cardassianische Kriegsschiff trieb angeschlagen davon und ließ eine Spur aus Trümmern zurück.

»Verbinde mich mit Gul Dukat und stell fest, ob wir irgendwie helfen können«, befahl Sisko.

Dax gehorchte.

Das Bild, das auf dem Schirm erschien, war unscharf und flackerte. »Wir sind im Moment ziemlich beschäftigt, Commander«, sagte Dukat.

»Ich wollte Ihnen nur unsere Hilfe anbieten«, erklärte Sisko. »Können wir irgend etwas tun?«

»Oh, ich glaube, Sie haben bereits mehr als genug getan«, sagte Gul Dukat.

Dann unterbrach er die Verbindung.

Einen Moment lang starrte Sisko den leeren Schirm an.

»Äußere Ansicht der Station«, befahl er.

Wieder tauchten die Sterne, die Station und die Trümmer auf dem Schirm auf. Das cardassianische Schiff bewegte sich auf einem Kurs, der nach Siskos Schätzung in direkter Linie nach Cardassia führte.

»Die Scanner melden, das cardassianische Schiff fliegt mit fünfzehn Prozent Leistung. Alle Phaserbänke sind zerstört«, rief O'Brien. »Der Hauptantrieb funktioniert noch, aber sie haben einen erheblichen Teil der Schiffsatmosphäre verloren. Sir, zwischen den Trümmern treiben mindestens vier tote Cardassianer.«

»Wenn sie die zurücklassen ...«

Sisko mußte den Satz nicht vollenden; er konnte das Flimmern erkennen, als die Leichen an Bord gebeamt wurden.

Dann entfernte sich Gul Dukats Schiff mit einer gewissen schwerfälligen Grazie von *Deep Space Nine* und ließ eine sich ausbreitende Trümmerwolke zurück.

»Bei der Geschwindigkeit dauert es Wochen, bis er zu Hause ist«, bemerkte O'Brien.

Sisko nickte. »Und ich glaube, er wird sich keiner besonderen Wertschätzung erfreuen dürfen, wenn er dort ankommt.«

»Und das war es dann«, sagte Kira. »Wenn er so zurückkehrt, verliert er das Gesicht. Wenn Gul Kaidan recht hatte, sind die Gefährlichen damit alle ausgeschaltet.«

»Hoffen wir, daß es so ist«, sagte Sisko. »Und was diese vier toten Cardassianer angeht – reicht das in Ihren Augen als Vergeltung, Major?«

»Nein«, sagte Kira, »nicht, solange wir nicht auch den Verantwortlichen irgendwie bestrafen können. Doch für den Moment ist genug Blut geflossen.«

»Was ist mit Enak?« fragte Sisko. »Ich sehe überhaupt nichts mehr von ihm.«

»Völlig zerstört«, erwiderte Dax. »Ich entdecke kein einziges Fragment, das größer als drei Meter im Durchmesser wäre.«

Für einen Moment sprach niemand. Dann sagte Kira: »Er ist jetzt im Himmel.«

Sisko warf ihr einen kurzen Blick zu und seufzte. »Setzen wir Traktorstrahlen und Flitzer ein, um das Durcheinander dort draußen aufzuräumen, bevor uns die Trümmer noch ein paar Löcher in die Station schlagen.«

EPILOG

Es ist jetzt offiziell bestätigt worden«, erklärte Major Kira, sobald sich die Tür zum Büro des Commanders hinter ihr geschlossen hatte. »Der Goran Tokar hat Gul Burot direkt vor seiner Einlieferung ins Krankenhaus zu seinem Erben bestimmt.«

»Und wie stehen die Chancen des Goran Tokar, sich noch einmal zu erholen?« fragte Sisko und kam sich dabei fast wie ein Leichenfledderer vor.

»Schlecht«, sagte Kira. »Sehr schlecht.«

»Ich nehme an, wir sollten uns darüber freuen«, meinte Sisko.

»Wir sollten uns freuen, daß er Gul Burot ausgewählt hat«, erwiderte Kira. »Doch nicht einmal bei einem Cardassianer ist es erfreulich, wenn jemand auf diese Weise langsam an einer Krankheit stirbt.«

Sisko nickte zustimmend.

»Der Goran Tokar hat übrigens eine Erklärung herausgegeben, in der er die Gründe für seine Wahl darlegt«, fuhr Kira fort. »Sie ist ziemlich weitschweifig, läuft aber darauf hinaus, daß er ursprünglich Gul Dukat für seine Nachfolge vorgesehen hatte, weil dieser besser als jeder andere wußte, was das cardassianische Imperium mit Bajor aufgegeben hat. Doch nachdem Dukat mit einem beschädigten Schiff und ohne Beute zurückgekehrt ist, konnte er ihn kaum ernennen. Somit haben wir also wenigstens etwas erreicht.«

»Oder Enak«, meinte Sisko. »Gul Dukat mag nichts

vorweisen können, wir aber schon – wir haben schließlich die technischen Pläne. Sobald sie gründlich analysiert worden sind, werden wir in der Lage sein, Besrethine-Neuralnetzcomputer zu bauen – sofern wir das Risiko eingehen wollen.«

»Und wenn wir dazu bereit sind, wird es dann auch kommerzielle Versionen geben?«

»Vermutlich.«

»In dem Fall wird Bajor Tantiemen verlangen«, sagte Kira. »Laut Bergungsrecht war Enak bajoranisches Eigentum.«

»Enak war ein denkendes Wesen und niemandes Eigentum«, widersprach Sisko verärgert.

»Die *Tschak* haben das anders gesehen.«

»Die *Tschak* haben sich geirrt.« Sisko überlegte einen Moment und zuckte dann die Achseln. »Wenn Sie der provisorischen Regierung vorschlagen wollen, einen Anteil an den Gewinnen einzufordern, würde ich keinen Widerspruch einlegen. Ich möchte Bajor ebenso fördern wie Sie.«

Kira ging nicht weiter auf das Thema ein. Statt dessen fragte sie: »Hat sich Odo wieder erholt?«

»Dr. Bashir sagt, seine Genesung verlaufe ausgezeichnet – soweit er das beurteilen könne. Es hat eben ein paar Nachteile, wenn man das einzige bekannte Mitglied seiner Spezies ist; niemand kann sagen, was normal ist und was nicht. Es geht ihm jedenfalls schon wieder recht gut – so gut, daß er darauf bestanden hat, mir von einem Plan zu berichten, den Quark ausgeheckt hatte.« Sisko lächelte.

»Was hatte Quark denn vor?« fragte Kira neugierig.

»Anscheinend beabsichtigte Quark, Enak zu stehlen. Das hat er mittlerweile sogar mehr oder weniger zugegeben. Er hat Fähnrich Shula dazu gebracht, ihre Beschwerde gegen die Aschtarianer zurückzuziehen, und letztlich auch dafür gesorgt, daß Enak uns die Pläne gegeben hat.«

»Fähnrich Shula? Er hat sie hereingelegt? Aber dann…«

»Nein, nein«, wehrte Sisko ab. »Er hat ihr einfach nur klargemacht, daß sie einen Fehler begangen hatte.«

»Das klingt aber nicht sehr nach Quark«, meinte Kira.

»Insbesondere wenn man weiß, daß er dafür keine Bezahlung angenommen hat – er hat den Aschtarianern Kredit gegeben!«

»Ist er krank? Vielleicht sollte er statt Odo auf der Krankenstation liegen!«

»Es geht ihm gut. Er hat sich nur durch die Aussicht, die Technologie der *Tschak* allein zu besitzen, etwas hinreißen lassen.«

Kira nickte nachdenklich. »Offenbar ist das auch anderen so gegangen.«

Sisko nickte. »Quark behauptet, er sei Enaks Agent und berechtigt, Anteile der Profite aus der Nutzung der *Tschak*-Technologie zu erhalten.«

»Tatsächlich?«

»Nun, er kann ja ebenfalls ein entsprechende Eingabe machen. Aber irgendwie glaube ich nicht, daß er damit durchkommt.«

»Meinen Sie, wir werden die *Tschak* jemals entdekken?« fragte Kira.

»Die Galaxis ist groß, und nach Enaks Bericht handelt es sich um eine sehr kleine Zivilisation«, sagte Sisko. »Ich wäre in diesem Punkt nicht sehr optimistisch.«

»Es ist ein Jammer«, meinte Kira.

»Richtig«, stimmte Sisko zu. »Und nicht nur wegen ihrer Technologie. Es gibt dort draußen sehr wenige Zivilisationen, die es vorziehen, ihre Schiffe nicht zu bewaffnen.«

»Und die an den Himmel glauben, aber nicht an die Hölle«, ergänzte Kira.

STAR TREK™

in der Reihe
HEYNE SCIENCE FICTION & FANTASY

STAR TREK: CLASSIC SERIE

Vonda N. McIntyre, Star Trek II: Der Zorn des Khan · 06/3971
Vonda N. McIntyre, Der Entropie-Effekt · 06/3988
Robert E. Vardeman, Das Klingonen-Gambit · 06/4035
Lee Correy, Hort des Lebens · 06/4083
Vonda N. McIntyre, Star Trek III: Auf der Suche nach Mr. Spock · 06/4181
S. M. Murdock, Das Netz der Romulaner · 06/4209
Sonni Cooper, Schwarzes Feuer · 06/4270
Robert E. Vardeman, Meuterei auf der Enterprise · 06/4285
Howard Weinstein, Die Macht der Krone · 06/4342
Sondra Marshak & Myrna Culbreath, Das Prometheus-Projekt · 06/4379
Sondra Marshak & Myrna Culbreath, Tödliches Dreieck · 06/4411
A. C. Crispin, Sohn der Vergangenheit · 06/4431
Diane Duane, Der verwundete Himmel · 06/4458
David Dvorkin, Die Trellisane-Konfrontation · 06/4474
Vonda N. McIntyre, Star Trek IV: Zurück in die Gegenwart · 06/4486
Greg Bear, Corona · 06/4499
John M. Ford, Der letzte Schachzug · 06/4528
Diane Duane, Der Feind – mein Verbündeter · 06/4535
Melinda Snodgrass, Die Tränen der Sänger · 06/4551
Jean Lorrah, Mord an der Vulkan Akademie · 06/4568
Janet Kagan, Uhuras Lied · 06/4605
Laurence Yep, Herr der Schatten · 06/4627
Barbara Hambly, Ishmael · 06/4662
J. M. Dillard, Star Trek V: Am Rande des Universums · 06/4682
Della van Hise, Zeit zu töten · 06/4698
Margaret Wander Bonanno, Geiseln für den Frieden · 06/4724
Majliss Larson, Das Faustpfand der Klingonen · 06/4741
J. M. Dillard, Bewußtseinsschatten · 06/4762
Brad Ferguson, Krise auf Centaurus · 06/4776
Diane Carey, Das Schlachtschiff · 06/4804
J. M. Dillard, Dämonen · 06/4819
Diane Duane, Spocks Welt · 06/4830
Diane Carey, Der Verräter · 06/4848
Gene DeWeese, Zwischen den Fronten · 06/4862
J. M. Dillard, Die verlorenen Jahre · 06/4869

STAR TREK™

Howard Weinstein, Akkalla · 06/4879
Carmen Carter, McCoys Träume · 06/4898
Diane Duane & Peter Norwood, Die Romulaner · 06/4907
John M. Ford, Was kostet dieser Planet? · 06/4922
J. M. Dillard, Blutdurst · 06/4929
Gene Roddenberry, Star Trek (I): Der Film · 06/4942
J. M. Dillard, Star Trek VI: Das unentdeckte Land · 06/4943
David Dvorkin, Die Zeitfalle · 06/4996
Barbara Paul, Das Drei-Minuten-Universum · 06/5005
Judith & Garfield Reeves-Stevens, Das Zentralgehirn · 06/5015
Gene DeWeese, Nexus · 06/5019
D. C. Fontana, Vulkans Ruhm · 06/5043
Judith & Garfield Reeves-Stevens, Die erste Direktive · 06/5051
Michael Jan Friedman, Das Doppelgänger-Komplott · 06/5067
Judy Klass, Der Boacozwischenfall · 06/5086
Julia Ecklar, Kobayashi Maru · 06/5103
Peter Norwood, Angriff auf Dekkanar · 06/5147
Carolyn Clowes, Das Pandora-Prinzip · 06/5167
Diana Duane, Die Befehle des Doktors · 06/5247
V. E. Mitchell, Der unsichtbare Gegner · 06/5248
Dana Kramer-Rolls, Der Prüfstein ihrer Vergangenheit · 06/5273
Michael Jan Friedman, Schatten auf der Sonne · 06/5179
Barbara Hambly, Der Kampf ums nackte Überleben · 06/5334
Brad Ferguson, Eine Flagge voller Sterne · 06/5349
Gene DeWeese, Die Kolonie der Abtrünnigen · 06/5375
Michael Jan Friedman, Späte Rache · 06/5412
Peter David, Der Riß im Kontinuum · 06/5464
Michael Jan Friedman, Gesichter aus Feuer · 06/5465
Peter David/Michael Jan Friedman/Robert Greenberger, Die Enterbten · 06/5466
L. A. Graf, Die Eisfalle · 06/5467

STAR TREK: THE NEXT GENERATION
David Gerrold, Mission Farpoint · 06/4589
Gene DeWeese, Die Friedenswächter · 06/4646
Carmen Carter, Die Kinder von Hamlin · 06/4685
Jean Lorrah, Überlebende · 06/4705
Peter David, Planet der Waffen · 06/4733
Diane Carey, Gespensterschiff · 06/4757
Howard Weinstein, Macht Hunger · 06/4771

STAR TREK™

John Vornholt, Masken · 06/4787
David & Daniel Dvorkin, Die Ehre des Captain · 06/4793
Michael Jan Friedman, Ein Ruf in die Dunkelheit · 06/4814
Peter David, Eine Hölle namens Paradies · 06/4837
Jean Lorrah, Metamorphose · 06/4856
Keith Sharee, Gullivers Flüchtlinge · 06/4889
Carmen Carter u. a., Planet des Untergangs · 06/4899
A. C. Crispin, Die Augen der Betrachter · 06/4914
Howard Weinstein, Im Exil · 06/4937
Michael Jan Friedman, Das verschwundene Juwel · 06/4958
John Vornholt, Kontamination · 06/4986
Mel Gilden, Baldwins Entdeckungen · 06/5024
Peter David, Vendetta · 06/5057
Peter David, Eine Lektion in Liebe · 06/5077
Howard Weinstein, Die Macht der Former · 06/5096
Michael Jan Friedman, Wieder vereint · 06/5142
T. L. Mancour, Spartacus · 06/5158
Bill McCay/Eloise Flood, Ketten der Gewalt · 06/5242
V. E. Mitchell, Die Jarada · 06/5279
John Vornholt, Kriegstrommeln · 06/5312
Laurell K. Hamilton, Nacht über Oriana · 06/5342
David Bischoff, Die Epidemie · 06/5356
Diane Carey, Abstieg · 06/5416
Michael Jan Friedman, Relikte · 06/5419
Michael Jan Friedman, Die Verurteilung · 06/5444
Simon Hawke, Die Beute der Romulaner · 06/5413
Rebecca Neason, Der Kronprinz · 06/5414

STAR TREK: DIE ANFÄNGE
Vonda N. McIntyre, Die erste Mission · 06/4619
Margaret Wander Bonanno, Fremde vom Himmel · 06/4669
Diane Carey, Die letzte Grenze · 06/4714

STAR TREK: DEEP SPACE NINE
J. M. Dillard, Botschafter · 06/5115
Peter David, Die Belagerung · 06/5129
K. W. Jeter, Die Station der Cardassianer · 06/5130
Sandy Schofield, Das große Spiel · 06/5187
Lois Tilton, Verrat · 06/5323
Diane Carey, Die Suche · 06/5432

STAR TREK™

Esther Friesner, Kriegskind · 06/5430
Melissa Scott, Der Pirat · 06/5434
Nathan Archer, Walhalla · 06/5512

STAR TREK: STARFLEET KADETTEN
John Vornholt, Generationen · 06/6501
Peter David, Worfs erstes Abenteuer · 06/6502
Peter David, Mission auf Dantar · 06/6503
Peter David, Überleben · 06/6504
Brad Strickland, Das Sternengespenst · 06/6505
Brad Strickland, In den Wüsten von Bajor · 06/6506
John Peel, Freiheitskämpfer · 06/6507
Mel Gilden & Ted Pedersen, Das Schoßtierchen · 06/6508
John Vornholt, Erobert die Flagge! · 06/6509
V. E. Mitchell, Die Atlantis Station · 06/6510
Michael Jan Friedman, Die verschwundene Besatzung · 06/6511
Michael Jan Friedman, Das Echsenvolk · 06/6512

STAR TREK: VOYAGER
L. A. Graf, Der Beschützer · 06/5401
Peter David, Die Flucht · 06/5402
Nathan Archer, Ragnarök · 06/5403
Susan Wright, Verletzungen · 06/5404
John Betancourt, Der Arbuk-Zwischenfall · 06/5405

DAS STAR TREK-UNIVERSUM, 2 Bde.,
überarbeitete und aktualisierte Neuausgabe!
von *Ralph Sander* · 06/5150

DAS STAR TREK-UNIVERSUM, Ergänzungsband
von *Ralph Sander* · 06/5151

William Shatner/Chris Kreski, Star Trek Erinnerungen · 06/5188
William Shatner/Chris Kreski, Star Trek Erinnerungen: Die Filme · 06/5450

Phil Farrand, Cap'n Beckmessers Führer durch
STAR TREK – DIE NÄCHSTE GENERATION · 06/5199
Phil Farrand, Cap'n Beckmessers Führer durch
STAR TREK – DIE CLASSIC SERIE · 06/5451

Diese Liste ist eine Bibliographie erschienener Titel
KEIN VERZEICHNIS LIEFERBARER BÜCHER!